张淳／著

青黄

张淳中短篇小说集

羊城晚报出版社
·广州·

图书在版编目（CIP）数据

青黄：张淳中短篇小说集 / 张淳著. —广州：羊城晚报出版社，2023.9

ISBN 978-7-5543-1209-4

Ⅰ. ①青… Ⅱ. ①张… Ⅲ. ①中篇小说—小说集—中国—当代 ②短篇小说—小说集—中国—当代 Ⅳ. ①I247.7

中国国家版本馆CIP数据核字（2023）第091579号

青黄——张淳中短篇小说集
QING HUANG——ZHANG CHUN ZHONG DUAN PIAN XIAO SHUO JI

责任编辑 潘子扬
责任技编 张广生
装帧设计 友间文化
出版发行 羊城晚报出版社
（广州市天河区黄埔大道中309号羊城创意产业园3-13B
邮编：510665）
发行部电话：（020）87133824
出 版 人 陶 勇
经　　销 广东新华发行集团股份有限公司
印　　刷 广州小明数码印刷有限公司
规　　格 880毫米×1260毫米 1/32 印张9.5 字数180千
版　　次 2023年9月第1版 2023年9月第1次印刷
书　　号 ISBN 978-7-5543-1209-4
定　　价 48.00元

序

Preface

张淳是一位勤奋而悟性甚好的青年小说家。她已经出版了《打春》等长篇小说多部，并且多年来坚持在文艺刊物上发表短篇小说和中篇小说。她有自己的本职工作，还是一个孩子的母亲，业余写作，成绩斐然，如今结集而成的《青黄》就是她最新的中短篇小说集。

张淳的勤奋不必多说，有数量可观的作品为证。至于说到悟性，则可以略加梳理。小说家一般都会各有各的悟性，没有悟性难以写出好的小说。悟性有高低之分和深浅之别，均来源于个人的观察、体验和感知，而一个好的小说家的悟性还表现出特有的机敏、灵动和识别事物的穿透力。我不会说，张淳在这些方面都已经“达标”了，她作为小说家还在“磨炼”期，阅历还有待加深，艺术手法还有待完善，见识还有待提升，可是，读完《青黄》诸篇，连同我以前读过的张淳的长篇小说，我感觉到，张淳的悟性还是值得说一说的。

记得很多年前，我的一位已经毕业的研究生来找我，向我推荐她的一位媒体同行张淳来做我的研究生，希望我指导张淳写学位论文，并介绍说，张淳已经发表过若干篇小说，文字功底好，写得也快。后来，张淳完成了论文，研究对象是中国古代小说，文章写出后，得到答辩委员会各位专家的好评，获得通过，并拿到学位。在我的记忆中，我所指导过的众多学生里，张淳是属于很顺利的那一类毕业生。她用功，基础扎实，历史典籍读过不少，古代文学修养也随着她的古代文学专业研究生的学历而不断提高，其悟性在我的学生里是比较高的一位，所以，我敢说张淳是有悟性的小说家。

张淳观察生活，领悟人生，有一个敏锐的角度，就是寻视故事主人公的“错位境遇”。所谓“错位”，说白了，即为现实与理想的不吻合，其不吻合的程度的大小决定着故事“烈度”的大小，二者成正比例。常言道“不如意事十常八九”，这就是“错位”。唐人有一句诗，人们也经常引用，就是“恨不相逢未嫁时”，且不管原诗是写实还是托喻，这一句诗也是道出千百年来男女相逢过程中的“错位”：在不对的时空里终于遇上了各自以为是“对”的人，故事由此而生。古人是如此，外国人又何尝不是？《红与黑》《安娜·卡列尼娜》里面的男女主角还不是这样吗？“不如意”有方方面面，不仅限于男女的遇合，生活里其他方面也随时会有。我们来看《青黄》里的小说，像《瓜瓞》，题目充满古意，字眼来自《诗经》，寓意代代相传，绵延不断，福寿康宁；可看看这篇小说里的朱奶奶，享有高寿，还有房产，且有些值得纪念的颇有年头的物件，更为难得的是“四世同堂”，这是多少人梦寐以求而不得的好事，本来不用操心，但是要操心甚至是糟心的事情接踵而来。世间没有“一劳永逸”，却永远有意想不到的“错位”，懂得“错位”的必然性，才会明晓人世的不易和无奈，丢掉“一劳永逸”的幻想，去拥抱属于自己的“日常”，化解随时发生的“错位”。人生智慧，大抵如此吧。

张淳毕竟是古代文学专业研究生出身，她写起历史题材小说来较为得心应手，她尤其对宋代的历史、经济、民俗和手工艺等有较多的研读，将这些知识储备转化为其笔下的历史题材小说的“质地”，读来颇有一种“真实感”。不过，她知道，写出这样的“质感”不是她的目的，起码不是主要目的，其主要目的在于，借助具有小说意味的“历史书写”，揭示人性的恒常性。“太阳底下无新事”，人性难以“进化”，一千年前与一千年后的人性，都差不多，人物的出身、境遇、气质、意志等等，决定着其行为选择与人生价值取向，特定的人际关系激化出其与众不同的、只能符合其性格逻辑的言行举止。《青黄》里的中篇小说《禁步》，就是以宋朝曹彬在世的时代为背景的，主人公方胜儿作为一家名头不小的绣庄的女庄主，纵横捭阖，巧于周旋，女性的柔情与庄主的权术相结合，风情万种而跌宕腾挪，故事好看，人性之复杂与善变更是怵目惊心。

张淳的想象力丰富，善于将生活的虚化与小说的意境结合起来。小说家的本事之一固然是精准的描写，可小说家不能仅仅满足于此，还要以自己的想象力“催生”出“生活的虚化”，似真似幻，疑幻似真，营造出自己想要呈现的“小说的意境”。日本小说巨匠夏目漱石写出了《我是猫》，公认的名著，真幻结合，摇曳生姿，这是小说的一种很高的境界；不用说，《西游记》《红楼梦》《镜花缘》等，也是中国的小说传统。张淳借鉴了这样的传统，尝试着去追求，像小说集《青黄》里的《青黄》，小说主要刻画了那一位不愿意结婚的“姐姐”的形象，也写活了与“姐姐”相伴的“我”，“我”就是一只被“姐姐”收养的猫。这篇作品，凄美多情，其中有一句“再善良的人心，也经不起试错的人生”，是点题之笔，低回婉转，回味无穷。至于“姐姐”有着怎样的人生，读者不妨读读原作，我就不便“剧透”了。

小说集《青黄》内收短篇小说9篇、中篇小说1部。以上的梳理，自然是蜻蜓点水，挂一漏万。这一部小说集，不好意思说“您值得拥有”，但是值得一读是可以说的。

是为序。

董上德

2023年6月26日于中山大学补拙斋

（董上德，中山大学中文系教授，博士生导师，广州市人民政府文史研究馆馆员。）

CONTENTS

目录

张淳中短篇小说集

短篇小说

鱼门驿

01 小先生奔前程去了

对于龙门，有的鲤鱼跳过去了，有的鲤鱼没有；对于龙门，有的鲤鱼去跳了，有的鲤鱼没有；对于龙门，有的鲤鱼听说过，有的鲤鱼不知道。跳龙门的，除了鲤鱼，还有别的鱼；除了鱼，还有其他。跳过了龙门的鲤鱼，有的变成了龙，画在画上；有的变成了年纪更大一点的鲤鱼，后来，它们或者在海里，或者在网里。

它们呢？有金盔银甲，是水中飞翔的鸟儿，或为盘中餐，或是砧上肉，或有五德之才，或在五脏六腑中埋，或处惊涛骇浪之中，或遨游河清海晏之所。它们据说是美人，西方童话中的公主，东方神话中的鲛人。它们不远万里来到鱼门驿，做特产。

小先生第一次来到鱼门驿，好奇地看着特产们。特产是干巴巴的，明码标价的。特产放在驿站的商店橱窗里，是商品，也是饰品。不讳言其美，不讳言其丑。

驿站有诗情画意吗？有桥吗？有寂寞的梅吗？望不见了。小先生看到这里有停车场、男厕、女厕、鱼蛋粉、烧鸡翅以及茶叶蛋。而驿外，有高速路、高速车，有寂寞和不寂寞的人。

咖啡要热，方便面也是。冷了，方便面和咖啡都酸。咖啡三块五毛钱，方便面也是。小先生要了方便面，吃了一半，猛停下来，把背上的双肩包抱在胸前。小先生念完高三，要过鱼门驿，去更远的地方读书。小先生的行李中除了书，什么都带了。

地上的树叶和塑料袋绕着咖啡的利乐纸盒打转转，像两个追逐的孩子。那天晚上，当年1号台风登陆鱼门。在鱼门驿建成之前，从小先生家到大学要坐五天的车。小先生没受过那个罪。

咖啡冰了，有冰的滋味。驿站的商店今天卖了七瓶咖啡，纸盒三瓶，铁罐四瓶。今天，有七个人在匆匆赶路的时候还喝了咖啡吗？小先生奔前程去了。

02 真实的虚荣，你我皆有

鱼门驿的地形我熟悉，两山夹一道，北边叫作故乡，南边叫作他乡。每年，小先生都要在鱼门驿来回蹦跶，或是过年、清明、中秋，或是五一、国庆，也可能因着某个兄弟结婚。每次回老家，亲朋好友聚会，有的谈收入，有的谈买房买车，有的比一比对象，也有的含蓄表明自己升职了，更有的直接告诉大家，孩子考上名校了。无论哪一种，总会被另一个亲朋好友，或者亲朋好友口中的某个不认识的人生赢家所打败。

你想着大家会祝福你年入80万，在座的虽然不敢说自己挣得比你多，但永远有人会提及一个某某某。这位某某某跟他本人很熟、关系很铁，这位某某某则是年入100万呢。这时，摆龙门阵的人，不管出一张什么样的牌，总是会被后来者打倒，占不到上风。

往往在这种场合，小先生是脱俗的。他总是脱颖而出，他永远不用语言表达自己跟什么人熟，他只用图像，也就是照片。

大学还没毕业的时候，过年回家小先生带回来四张跟名人的合影，那气场就压住了大家。他觉得自己赢了。此后，每年他带回来的名人合影都在增加。许多年过去了，他竟然攒了两千多张与名人的合影。许多年过去了，他只攒了两千多张跟名人的合影，没攒别的，比如钱，比如所谓的事业跟爱情。

鱼门驿像一个水电大坝，用落差演绎能量。小先生在这个落差之间，贪婪地收集着能量。

大四那年，小先生在一家境外媒体的内地记者站实习，受派采访自己所在那所名牌大学的一位著名经济学家。那是学校数一数二的名专家、院长、教授，头衔多得能填满整条采访稿的字数。在平时，本城本省的记者约这位经济学家做专访，他总是要拒绝一番的，因为没有档期，最近也真的很忙。

但是，这位经济学家也看重国际影响力这个他涉及未深的领域。他没有怀疑小先生那瘦弱的外表，也没有介意小先生对经济学一窍不通的谈吐。

他欢迎小先生，亲自为他倒水。在采访的过程中，作为大忙人，身兼多职的教授接了三个电话。每个电话他都说一遍：我很忙，我正在接受外媒的采访。

采访结束时，教授热络地拉着小先生合影，发到朋友圈上，告诉大家，今天他接受了某外媒的专访。他感谢小先生。小先生不会告诉教授，此时他只是本校大四未毕业的普通学生。如何普通？就是四年来没有拿过奖学金，努力要进社团，但是没有进得了学生会，也没有进得去校团委的一个普通学生。

院长发在朋友圈的那张合影，震惊了认识小先生的同学和其他普通老师。这是真的吗？至少这也不算假的。

从那之后，小先生发觉与名人合影，别有滋味。那种真实的虚荣，你我皆有。那种你我皆有的心态，让人不必分清理想、雄心壮志，或者是炫耀、显摆等等。

03 猜猜我是谁

从鱼门驿的北边来了一个名人，小先生和他合影时，称他为刘主。

入行的时候，一位不受各路主办方待见的同行大哥告诉他，做记者虽然穷，但是可以“调戏”名人。跟刘主合影的时候，他践行了这句话。

小先生没有受到邀请，但那天他西装革履地走进了这个国际性的商帮会场。他没有任何身份，包括记者身份，他只是像一只液体小动物一样流淌着进了门。

会议规格很高，他从一个老乡那里听说了这个会。会上有大商人，也有政要。告诉他有这种会存在的老乡，虽然博闻，但也不敢奢望到会议现场去。小先生却默默地出现在会场的一个角落里。也许他看起来像一个工作人员，来自主办方，或者来自承办会务的酒店。也许他看起来像一个底气十足的受邀嘉宾，因为他面对这样的场合，总是一副见怪不怪的神情。

长条形的主席台上就座的是头一等的嘉宾，大厅里散开的小圆桌则坐着不分大小的各色人等。圆桌堆里有一个老年人，被小先生认出来了。是了，这个人就是鱼门驿北面大名鼎鼎的刘市长。

大名鼎鼎，并不是因为他的行政级别，而是因为老家民间流传着诸多关于他的励志故事——如何起于卑微，最后电视新闻里天天有他；如何经历曲折，奋斗不息，最终倾倒众生。

小先生读初中时，老师就在课堂上讲起过这位刘市长，是本中学校友，也是县里第一个考上某知名大学的人。然而，在外地，在这样高规格的一个盛会上，刘市长也只是安安静静地坐在自己的位置上，托着腮看着人来人往。

远远望去，他像极了一个普通的人。

应该叫他什么？刘市长？刘主！小先生刚听了一耳朵旁边的年轻人这样称呼他，于是也学着这样叫。小先生也不明白，为什么要称他为刘主？刘主是什么意思？刘主又是什么官儿？刘主属于什么级别？是这两个字吗？小先生不明白，不过，发音是这个发音没错了。

刘市长听到这家乡话，微微笑着转过头来，应了一声，看着小先生，那目光不是看陌生人的目光，而是看熟人的。

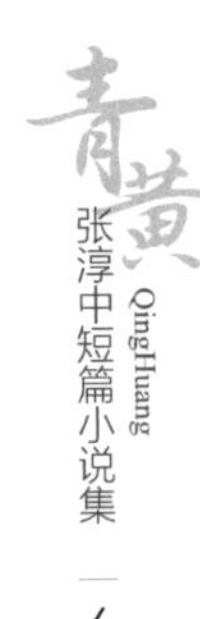

看来，叫刘主是对的。

小先生忙自我介绍：“刘主，我是阿影。我现在在这边工作。”刘市长并不知道“这边”指的是什么，或许是某个机构，或许是指这座他乡之城，他只是笑着点着头：“好，好，好。后生人，在这边好好工作。”

“刘主，我们合个影吧！”小先生已经不是新手，他眼疾手快，快得比快门还快。于是又一张与名人的合影出炉了，后来被贴在了出租屋那面并不体面的墙上。

在平凡人的认知中，这样的场合也许是个资源池。混进其中的弱者，大概怀着各种各样的目的来分杯羹，或是谈事情，或是谋名利，也有可能是来消灾免祸的。谁也没想到，像一只液体小动物一样流淌进这个严密场合的小先生，竟然是为了合影。他没有采访任务，只是为了合影。

合完影之后，他就走了。也许他怕露馅，也许他真的尿急。

从厕所出来后，他被两个一米七几的女服务员一左一右架走了。由于没有证件，他受到了最恶意的质问。好在他是从厕所出来的时候被架走的，最后人们相信他只是来上厕所的不懂规矩的人。

04 拥有姓名

小先生并不拥有姓名，许多人一直不知道他姓甚名谁，只知道他叫小先生。因为没有留下名字，有一天他可能要重新跨过鱼门驿，从漂一族变为逃离北上广深一族。

其实，有那么两三回，小先生差点儿就留下了名字。

第一回是在海边。在一个灯火辉煌的厅堂，霸满整面墙的落地窗沁入幽幽寒气，远处有渔火和海的光。在这样的“乡下地方”，没人知道小先生是谁，于是他竟然拥有了一个水牌。

尽管整个会场近一半的座位都摆着水牌，但小先生还是感到特殊，觉得高兴。他找到自己的专属座位。尽管这个座位在最左侧偏中后的地方，但他还是感到特殊，觉得高兴。他第一次看到自己的姓名被放得这么大。

有水牌了，就意味着在这个圈子拥有姓名。

小先生仔细聆听主持人有没有介绍他，并没有。但他还是很高兴，乃至不关心今天来是干什么的，以及此刻的会场是什么主题。

小先生只知道有人在台上讲话，以及过了一会儿换了一个人讲话。这个夜晚有几次捧场式的哈哈大笑，有人在说很幽默，也有几番掌声。笑声响起来的时候，小先生正对着落地窗外辽阔而深蓝的天色出神；掌声响起来的时候，小先生慌张地放下手机，也鼓起掌来。此时他正拿着手机拍自己的水牌呢。

鼓完掌了，小先生咬了咬嘴唇，把水牌照片发到群里了——只有图，没有配文字。许久了，并没有人回复。他看了两三回手机，静悄悄的。他尴尬地撤回消息，可是已经超过两分钟，撤不回了。他赶紧把群聊天记录删除，自己看不见，就当没这回事儿。仅仅只是没人回复，但他的心里已经上演了一场大戏，比如，被人看出来他平时是没有水牌的。

在这次兴奋夹杂着失落的海滨之行中，小先生最大的收获就是十余张跟名人的合影。

第二回是在街边。大清早的，一个首发式在街边举行。公共汽车站牌就愣愣地立在会场边沿上。早晨的太阳照下光线来，给公共汽车站牌拉下一道长条状的影子，这影子几乎是横切会场而过的。小先生从本趟公共汽车上下来。作为全车最拉风的乘客，下车之后，他径直走向会场，并且坐在了第一排。是的，这一次，他的水牌在第一排，并且不是靠边边的位置。他的左侧还有三位，他的右侧还有七八位。

有水牌了，就意味着他在这座城市拥有姓名。

这是一个露天公开会场，围观的路人不少。摄像机、照相机和麦克风们来来回回地走动。小先生觉得，这来来回回的走动也就是装模作样罢了，真播出来也就十几秒，有十几秒都不错了。虽如此，这却是极严肃的。他默默检查了一下自己的衣着，把手机往回放，注意着自己的言行举止和公众形象。

愉快的首发式结束了，小先生快、狠、准地找到了全场最有名气的名人合影。他再三确认照片保存好了，才回到自己座位上。一群人开始过来收拾会场了。

一个不认识的女人跟他说，把这个水牌带回去留念。女人把小先生的水牌拿起来，递给了他。他顺手接着，就往自己的袋子里放。放到一半，他发现自己被侮辱了，又连忙拿出来。是呀，哪有人参加完活动把水牌带走留念的？这得是多没见过世面的人哪？他再寻觅那个女人的身影，已经不见了。会场上只有走动着的稀稀落落的人。他不知道她是谁，以及人在哪里。

大家都走了，他也该走了吧？临走，小先生悄悄伸出手机，拍下那个水牌，若无其事地向公交车站走去。

05 这显然不是P图

小先生在鱼门驿吹牛的时候，我认识了他，大鸿途公关公司的傅总也是。大鸿途公关公司原本把小先生作为公关对象，后来却成了他的东家。傅总带着一名女性工作人员青姐自驾车路过鱼门驿。小先生从长途大巴上下来的时候，青姐认出他来，叫了他一声。

青姐和他打过许多回交道，因为小先生是一名小报记者，帮大鸿途公关公司的项目做过好几回宣传。傅总则是第一次认真看到小先生。

这是清明时节，春寒料峭。傅总回乡祭祖，小先生也是。能在鱼门驿这个关隘相遇的，从大范围来说都是老乡。傅总和小先生都兴奋起来，小先生开始介绍自己和多少名人合过影。他从手提电脑中调出一张重量级的照片，上面和小先生合影的，是另一个大国的知名政要罗先生。

从肉眼来看，这显然不是P图。

小先生想从道理上说服傅总，这张图不是P的。说起来，自己虽然是个小报记者，可是那次也有幸约到了罗先生的专访。虽然说这一开始不太可能，不过，领事馆的新闻官在未成为新闻官时，曾是他的老师。他做实习生时，这位新闻官带过他。老师经常关照他，因为老师很看好他。小先生说，自己也没有什么长处，就是略懂五门外语。学生时代在老家打暑假工，就是帮小厂翻译外贸单。

小先生说得也在情在理。不过，后来他又说过那次见罗先生的另一个版本。

罗先生的出访并不是一个秘密。在向公众公布的四个行程点中，每两个点都间隔着十几站地铁、七八站公交或三四次换乘。尽管距离如此不紧凑，但每个点都拥满了小先生的同行。当看到这帮娘儿们追新闻的时候，小先生才知道优雅且紧身的一步裙，以及八厘米的尖高跟鞋都是可以跑马拉松的。

第一个站点在蓝天会议中心，活动安排在早晨，小先生提前到了。他精神饱满，连平时不怎么吃的早餐今天也吃了。他一直在想办法进门，想了一个小时之后，罗先生的车从另一个门离开了。小先生没有看到离开时的罗先生，只看到离开时的罗先生的车。又或许那不是罗先生的车，只是他车队中的一辆。总之，小先生从同行们那印着LOGO的公务车着急忙慌的动向，感觉到最前面那些车里，总有一辆载着罗先生。

片刻之后，第一个站点的人空掉了，只剩下些许收拾场地的工作人员，就像一个灌满水的气球，被针扎了一下，水瞬间就漏光了。

第二个站点在一家超市，比较好进，因为这里原本就是市民百姓来来往往的公共场所。小先生相信自己在第二个站点不会失手。但是，他迟到了。当他从地铁站跑步进场时，刚好看到驱车离开的同行们。他果断放弃了第三个站点，打车直奔第四个站点。

第四个站点是小先生的母校，大门是进得去的，但是罗先生即将发表演讲的学院大楼已经被围成铁桶一个。小先生百无聊赖地走进学院大楼相邻的那栋楼。这里有一条他熟悉的防火通道，宽敞、干净。这通道最优秀之处就是安静、孤独，不被任何人打扰，连幽会的年轻情侣也不会来这里。读书的时候，每次小先生的自闭情结犯了，就会一个人跑到通道这里，闷坐、发呆。

这一次，他照例是闷坐、发呆。忽然，楼上下来七八个穿西装打领带，高高瘦瘦，身板笔直的黑人和一个穿白色套裙的白人。白人女士领着走近前的竟是罗先生？小先生不慌不忙地站起身，一边说了句“我们合个影吧”，一边已经按下连续快门。

路过的人群迅速通过，往通道的另一端去了。小先生只顾低头检查他的照片，无论是七八个黑人，还是那位白人女士，没有人说了什么跟小先生有关的话，或者做一个跟小先生有关的动作。

主要的人群已经路过，次要的人群正在变得稀疏。一个人迅速地揪住小先生，训斥着：“你干什么？找死吗？你刚才有多危险知不知道？好玩吗？”揪住小先生的是另一家媒体的一个老记者，平日，他被小先生称为大哥。他年长，他平时说话都挺有道理的。

今天，他也来了。不过，找死？不至于吧？这里是小先生读书和初恋的地方，他熟悉着呢。找死？不至于吧？如果可以用生

命来合影，也没有关系。小先生回过头，看到老记者恨铁不成钢的眼神。

06 公关达人

在鱼门驿，小先生像一匹千里马遇到了自己的伯乐。他告诉傅总，不仅外国政要，本国的大领导，他也有合影。他举了个例子：安部长，您知道吗？小先生看着傅总，他估计傅总最多也就是个混省城的，安部长这种级别的，估计能镇得住他。果然，傅总被镇住了。

傅总和小先生坐在鱼门驿公厕对门的餐饮桌上吹牛聊天，傅总请他喝啤酒。奇怪吧？喝酒不开车，开车不喝酒，但是鱼门驿这种专供过路客歇脚排泄的地方，却有啤酒卖。尽管，可供选择的啤酒只有一种。

傅总找来一个一次性软塑料杯，给小先生满上啤酒。小先生喝上一杯，更加兴奋了，除了吹牛，他还开始讲段子。比如有个鬼故事，讲凶杀案的。凶手试图洗掉衣服上的血迹，却怎么也洗不掉。最后死者看不下去了，为凶手推荐了某品牌的洗衣皂。这个段子我在网上看到过很多次，但经他讲出来的版本，是最好笑的。

傅总对青姐说，把小先生挖到咱们公司去。青姐说，您看不出来他就胡吹啊？其实他能有什么人脉？您别信以为真。傅总说，我管他真的假的，我想要这个人。这也是个人才啊，两千多个名人的合影呢。傅总又说，我试过他的酒量了，一杯啤酒的量就开始讲段子。傅总迟疑了一下，称赞说，讲得很好，尺度、分寸恰到好处，有氛围。

傅总还没跟青姐说完这话，小先生已经在公厕门口吐了。他不确定哪边是男厕，怕进错了，只好在门口就吐了。就这酒量去公关公司？但是小先生解释说，他晕车，正因为晕车，所以才不敢开车。

大鸿途公关公司的薪水比报社高，小先生毅然投到傅总麾下。傅总亲自挖来的人才，又是傅总的老乡，初来乍到的他得到不少女同事的青睐。但是，他很快办砸了两件事，不得不离开公关公司。

第一件事，小先生把大鸿途一个重要客户的真实收视率泄露给媒体。第二件事，他把大鸿途另一个更重要的客户的真实投资金额泄露给媒体。办砸第一件事的时候，傅总骂了他一顿。办砸第二件事的时候，傅总直接让他走人了。

小先生抱着小纸箱，收拾自己办公桌的时候，委屈巴巴地看着青姐："青姐，傅总不相信我。我真的没有泄露商业机密。"青姐有点同情他了："你没有泄密，媒体怎么知道呢？唉，我知道你和他们关系好，肯定是他们看你老实，套路你了。"青姐觉得可惜："傅总挖你过来，就是看中你有媒体资源，结果你把这个优势反着用？"

小先生张了张嘴，没说什么。办第一件事的时候，他正和众媒体觥筹交错，一个男记者突然指着新闻通稿上的数据说："不是吧？你这个收视率鬼才信。”一个女记者笑道：“你这夸大了一倍吧？”又一个男记者比画着手指：“八倍。”而另一个男记者喊：“十倍！”

他们喊数的时候，像极了拍卖会上的买家，口气坚定，声音响亮。小先生忙说，通稿上都是真实数据，大家又哈哈一笑。一屋子曾在同一跑道上的兄弟姐妹，此时有说有笑。这毕竟是酒桌，大概也只是说笑吧？

但惊悚的是，当天网媒出来的数据，就是通稿上的数据缩小了十倍，第二天的传统媒体，数据也惊人的一致。

办第二件事的时候，“拍卖会”再次上演。小先生冒着冷汗，找出了所有相关的新闻、通讯、评论文章，没有一条稿提到的信息源跟大鸿途有关。小先生没法找记者们要什么说法，因为稿件可以有其他信息源。

07 东安里684号的门票

做不成记者，也做不成公关了，暂时待业的小先生找到了我。他说，去年清明节在鱼门驿见过我，当时和傅总是一起的。他问我有无印象。

小先生知道我是一个策展人。他说，他是一名行为艺术家，现住在东安里684号。他想在那里办一场展览，而他那两千多张与名人的合影一展出，足以用来收门票。

小先生想成名，从很久很久以前就想，但无论正道歪道，他都没有成名的资本。后来，追寻名人成了他的癖好。为了这个癖好，他不停地与名人合影。有一天，他发现自己跟名人的合影已经达数千张之多。他发觉，这是一场行为艺术！

我看着小先生，他有着谜一样的自信和神一样的思路。我决定先看看他的展品再回答他。

我去看过几次现场，东安里684号是一栋很老的别墅了。也许当年它曾经像一栋别墅，但如今却更像闹市中被租客们瓜分的一具残骸。

老别墅的门窗和黑漆栏杆对着巷子里的书店，可以看到络绎不绝的人来书店里买鲜花、面包和冰淇淋，也可以看到夹着手提电脑的年轻人来书店里喝咖啡。当然了，偶尔也会有人来买书。

老别墅的身后是一处安着健身路径的小院子。晴天，健身路径上遮满了老妇人们抱过来晒的被单和枕头胎。雨天，小院子里虽然没有被单和枕头胎，但大概也不会有人来健身了吧？

夜里，巷子里多数店面都齐门拉闸了。烧烤摊飘着烟，麻辣烫档冒着水汽，偶有酒瓶子破碎的声音在夜风中转瞬即逝。这里是小先生这位行为艺术家的深夜食堂。

进入小先生那间三十来平方米的出租屋之前，需要越过许多奇形怪状的木楼梯和窄通道，这可能会使参观者不满。小先生把拎着的外卖打包盒搁在楼梯扶手上，顾不上吃，就忙着替我打开房间门。

在房间，哦不，在展厅里，阳光从窗户外照射进来的路途并不平坦。它需要穿越梧桐树叶的层层障碍。它需要被削得支离破碎，然后斑斑驳驳地映在那面墙上。天花板上，某年新刷上去的白粉已经掉出一块“地图”来，边界上还有掀开了的、摇摇欲坠的墙皮。这也许会危害参观者的人身安全。墙上是密密麻麻的照片，照片与照片中间，是上一任租客以及上上任租客留下来的铁钉和挂钩。

尽管如此，房间里有香气，有隐隐的音乐以及迎面而来的和煦的风。有名的马拉松冠军在电台楼下等车，伸手一挥，似乎在跟远处的人说再见。著名的美食节目主持人在新酒楼开业剪完彩的空地上，颔首看着一个阿姨搬椅子。知名歌星的御用词人从人来人往的文体中心走出，后面跟着背吉他的年轻人。富甲一方的商人躺在椅子上献血，不远处是停在广场上的献血车。一名妇孺皆知的官员调整着自己的麦克风，他的背后是足球场和红横幅，横幅上写着“面向基层就业”几个大字。学术大师走下讲台，面向观众挥舞着双手。当红的女明星在背景布前摆着专业的姿势，双眼望着斜上方，神情忧郁而模式化。德高望重的心理学专家穿着与相声演员同款的长褂，正运用传统文化教人看淡一切。诲人不倦的成功学教父穿着齐整的黑白套装，营销着他的时不我待成王败寇……

在这些偶然与非偶然的画面中，小先生总能恰到好处地出现。他表现得完全不像一个背景物。

小先生倚在房间门口，手里端着麻辣烫外卖泡沫盒，吸溜着盒里的面条，以及整扎整扎的香菜，咸咸的酱油味儿飘满了整个屋子。

空有一个民国时期老别墅的文艺外壳，但这个现场真是十分不理想。

“可以，但是办展要经费，你得给我钱。”我说。小先生问：“经费都用在哪些方面？”

“包括做水牌什么的……”我漫不经心地说着，却被他打断了，“水牌？水牌有什么费用？不就一张纸？”我告诉他，我也要挣一点儿。

“挣我的？”小先生很惊讶。

“不然呢？”我波澜不惊。

小先生脸上浮起失落的神色，吸溜完最后一根面条，酱油溅到了他的眼镜片上。

08 有一种艺术叫俯仰

我们的买卖谈成了。小先生终于成名了，他是一名行为艺术家。有一阵子，来看摄影展的人塞满了东安里684号。他们很快看完，很快便走了。他们没有购买门票。他们多是小先生的朋友或者朋友们的朋友。我看到，小先生的朋友还是不少的。

小先生向观展者讲述每一张合影背后的故事。故事或者励志，或者充满对人生的思考，总之，都饱含着关乎艺术或者哲学的意蕴。这些故事基本是真实的，但故事的意义则是我和他一起思索出来的。

在东安里684号热闹的日子里，也有来访者要求与小先生合影。是的，因为和许多名人合过影，他自己也成了一个平台，一个概念平台。于是，便有了要和小先生合影的人。尽管我们在小先生和名人的合影中，看到他总是笑容满面，但在他与观展者的合影中，我们却看到了另一种笑容。这种笑容似乎在宣告，他把合影这件看似毫无意义的事做到极致了。

在不久之前的人生低潮期，小先生想证明自己的欲望强烈到了极点。他几乎逢人就说，他见过某某某，采访过哪个人，又和谁谁谁合过影……这种啰唆重复、麻木无神使他像极了男版的祥林嫂。嘴里的璀璨过往和他低潮期的真实处境形成了刺目的对比色。也正因这种强烈的欲望，他没有犹豫太久就应下来我开的价钱。

不过，名气和其他气体略有相似之处，那就是流动不定。

作为一名行为艺术家，这个行为结束了，下一个行为是什么？想好了吗？作为一个尚未构建起盈利模式的行为，下一笔办展经费在哪里？想好了吗？小报记者出身的小先生，想必也懂得这些道理。作为一名行为艺术家，小先生紧握着左手中的“行为”、右手中的“艺术家”，它们却正从指缝间流走，像握不住的气体一样。

我给小先生提供了一些思路，并不新颖，甚至有点老套。我告诉他，有的艺术家拍了许多个不同的笑容，以展现不同处境中的明媚人生；有的拍了许多双不同的眼睛，以展现不同视角下的风景；也有的拍了许多双手，以展现辛劳与收获；或者拍了许多双脚，以展现跋涉与远方。你，仍是去拍许多不同的人吧。和名人相对应的，是留不下姓名的甲乙丙丁。你去和他们合影吧。

有一种艺术，叫俯仰。

这么一说，似乎很有道理，但并不准确。仰望是仰望了，大家对上都有仰望之心，倒也不必讳言，但是俯视呢？小先生能俯视什么？

我和小先生站在平坦的大地上，人群川流不息。夜，他睡在用书本砌起来的“榻榻米”上。由于有一些新书还没有开封，吸塑包装经常在他翻身的时候就滑掉了一角。日，阳光被风吹散，柔和地照在环保袋材质的衣柜上。睡的、用的、吃的，住所的一切都显得那么临时，就像那不被提倡的一次性杯子。

从生理年龄来看，小先生不小了。许多比他小的男青年，都有着自己的成就。但从心理年龄来看，他似乎还是一位小先生。生活或工作，一切都显得那么临时。这种临时暴露出他的一无所成，但也透露着那种乾坤未定的萌动。

这次没有摆拍

在没有思路的时候，小先生接受了我的思路。为了和货车司机合影，他先偷拍了一位五官很耐看、表情很亲和的司机师傅。在那个车来车往、人声喧哗的城乡接合部工业区，他表现得像个欠揍的路人甲。司机师傅把烟头一吐，紧起眉头问他想干什么？

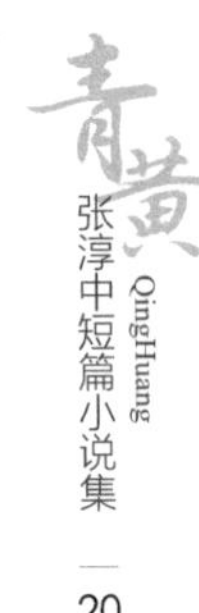

他说，想合张影。司机师傅没有正面回答他的问题，只跟他说：“老板你如果有货就上平台下单。”

说完，货车响起了威严的倒车警示音。那倒车的声音告诉他，此时强行合影，比面对名人的八个警卫要危险。

车开走了，小先生向第二位、第三位、第四位货车司机“下手”，仍是没有“得手”。他有点意外，怎么跟货车司机合影，比跟名人合影还要不顺利一些？然而，对于名人来说，与仰慕者合影已经是不成文职责的一部分，他们习以为常了。与他们合影，看似有阻力，其实门是敞开的。但对于货车司机呢，他们不觉得自己有义务和小先生合影。

近黄昏了，工业区的美食街上袅袅升起人间烟火气。沙县小吃、隆江猪脚、原味汤粉、化州糖水们像雁阵一样，一字排开。市井之声飘浮在渐渐密集起来的灯火中。小先生有主意了，和快餐店的老板们合影，也一样很有意义的。然而，快餐店的老板并不觉得和小先生合影有什么意义。

汤粉店的老板忙得飞起，没听清楚小先生想干什么。每次小先生一开口，总有其他的顾客杂七杂八地喊着：“我要七块钱的”“我要十块钱的”“我不要放辣”“我的两个辣一个不辣”“我的是细粉”“我两个宽面一个细粉”“一个细粉大碗，一个细面中碗，一个宽面不要辣”……

小先生的声音被淹没了，然而记忆超群、天分过人的汤粉店老板仍然目无遗留地注意到他，并向老板娘说了声：“你问问他想干啥？”

脾气不好，也没有耐心的老板娘并没有问小先生想干什么，只是在一个小姑娘拼命喊着“我要的是小碗！小碗！”之后，把那份没人要的中碗端给了小先生。小先生有点莫名其妙，就像老板娘看小先生同样也是莫名其妙。老板娘用一句“这碗不用钱”加剧了这种莫名其妙，并意图结束小先生这一天的努力。

小先生一边吃着“中碗”，一边上货车平台下单。他没有货，但他打算为一次合影埋单。然而，当他看到数额并不算大的估价时，手指在手机上划了两划，退出了。从前，他为了和一位名人合影，曾经自掏腰包买下相当于半个月收入的门票。在他沾沾自喜说出这段经历时，友人给了他一个大拇指，而家人给了他两个白眼。如今，拉货估价远没有当初的门票高，但他退出了。毕竟，此时的他作为收入不稳定的自由职业者已经有一段时间了。

小先生扫码付了“中碗”的款，就走了。他没有再纠缠汤粉店的老板，但是老板那句“你问问他想干啥？”却留在了他的脑海里，成了一句禅语。他品，他细品。

小先生接触过许多名人。名人谈人生，谈经验，基本都是专业的。名人的许多“成功经”，都很有道理，但小先生却找不到使用说明书。他又打开了那个拉货的手机APP平台，像玩游戏一样，玩了许久。

由于经费没到位，我们的合作黄了，后来就没联系了。最近一次路经鱼门驿，我又遇到了小先生。他从一辆货车上下来，由北往南走。我从省城回老家，由南往北走。我们在驿站休息，他递给我一支矿泉水，自己也咕咚咕咚地仰着脖子喝水。

我问小先生："我记得你是晕车的？你说因为晕车所以才不敢开……"他把瓶盖拧上，接着我的话说："自己开就不晕了。"

我问小先生："以后我们还合作吗？"他说："以后有机会吧！"他接着解释，那个我曾经提议的"俯仰系列艺术展"，现在"俯"的部分，他只攒了20张不到的合影。这些合影从他和他的同行货车司机开始，然后向产业链的上下游延伸。

小先生又咕咚咕咚喝了几口矿泉水，把空瓶子往垃圾箱里一丢，从手机里翻出照片给我看了。那20张不到的合影，却几乎覆盖了一条产业链的代表性符号。

不同的是，小先生和与他合影的人不仅在照片中存在联系，现实生活中他们也是打着交道、不离彼此的。这些照片，都是有小先生参与其中的真实"活场景"。它们的优秀之处在于，看起来没有一张是摆拍的。

小先生继续解释，他还是很希望"俯仰系列艺术展"能够出来的，不过，要等一等，等他的照片攒得再多一些。这在短时间内是完成不了的，他希望我有耐心。我们聊得不多，便又分手。我上了车，从鱼门驿由南往北走；他也上了车，由北往南走。

我看了看后视镜，小先生奔前程去了。

（本文2021年8月发表于《安徽文学》）

短篇小说

耳　洞

引子

一条鱼，是生的，却是死的，由一个看不清五官的人递到他的手中。他接了，一股泥塘的腥臭扑鼻而来。鱼鳞黯淡无光泽，鱼脊上的尖刺却扎了他的手一下。手被扎了，脸也疼痛了一下。他被扎醒过来，发现扎他的是耳洞中掉出来的细茶枝，一端扎在脸上，一端扎在脸枕着的手上。

母亲说，梦见没煮熟的鱼，是即将生病的预兆。他打了个呵欠，为自己做了不好的梦感到生气。今天是周末，午后雨仍未停，又是一天雨。他起床侍弄茶具，茶水顺成了一根细线，像窗玻璃上淌着的雨水。瓷碰瓷的声音叮叮当当，他从茶叶罐里摸出一根半厘米长的细茶枝，单手安到耳洞里。

这是一个重复了三十年，习惯到近乎无意识的动作。虽然现在大小男人们打耳洞，戴耳钉不是什么奇怪的事，但若有一天他把耳洞的用处发挥出来，正儿八经地戴上耳饰，而不是一根细茶枝时，家里一定会炸开锅，为一个新出现的人设而惊慌不已。

不过，这个耳洞正是小时候家里人哄着他打的呢。

他曾经有一个哥哥，养到三岁夭折了。小镇上为人算命的青盲老伯说，他父母的命只能生女儿，不能生儿子，生了儿子养不活。这当然是一个坏消息，不过，正当这对夫妇打算“认命”的时候，二胎却又生了一个儿子。

母亲慌了，给他起了个乳名，叫“二妹”。活过三岁，家人便赶忙带他去打了耳洞。在三十几年前，打耳洞毕竟是女子才会做的事情。母亲认为，这样可以骗过老天——这是一个女儿。

01 起

打耳洞的情形他自己早已不记得了。据家人描述，那天他因为打耳洞的疼痛扯着嗓子哭了许久，比任何一次打防疫针都要哭得厉害。后来，家人买了好几只小熊气球才把他哄安静。

此后，在童年的某个阶段，他因为耳洞遭到了同学们的嘲弄。嘲笑他的有男同学，也有不少女同学。

就如那个夏天，校园广播从吵闹且无序的知了声浪中挤了出来，挑起自己的新秩序——“眼保健操，现在开始。第一节，揉天应穴……”

孩子们都静了下来，举起双手，挤挤眉，弄弄眼。他刚一闭上眼睛，左耳坠子便被人揪了一下，睁眼一看，大家都在做眼保健操；他眼睛一闭，右耳坠子又被人揪了一下，睁眼时，所有的孩子依然在做眼保健操。

“谁偷摸我耳朵？”他叫了起来。

“老师，文杰打耳洞了。”一根小指头向他指了过来。紧接着，又有几根小指头向他指了过去：“真的呢，文杰真的打耳洞呀？”

老师取下黑框眼镜，凑近了他的脸，看了看：“文杰，男生不能留长发，不能打耳洞，不能戴首饰，你不知道吗？”他忙捂住耳朵，低下了头。他感到，仿佛还有一根小指头，在某张小脸蛋儿上“羞羞羞”。

放学了，他走在挂着蝉蜕的豆荚树下。校园里明晃晃的红跑道似乎褪色了，在骄阳下散发着暑气。小池塘里的蝌蚪总是从他的指缝里轻易地溜走，而那长出喷泉形状的水草终在鱼儿的啮咬中扑通倒下。

他便回家跟父母发脾气，想要消灭这个耳洞。他把细茶枝从耳洞里拔出来，摔到地上的那天中午，母亲也对他狠了一个。母亲把碗摔到地上，父亲忙从茶叶罐里重挑了两根细茶枝，重新给他安回去。不安着茶枝，耳洞可就长没了！母亲恨铁不成钢地看着他。

关于耳洞的“讲究”他一直是不服气的，直到高三那年，他生病了。

全家都慌了。父亲哽咽着，虽然儿子已快成年，但他仍担心“生了儿子养不活”的预言要成真。

他在少年，且在一个幸福的家庭里，从没认真思考过关于死亡的问题，但是，父亲的哽咽让他头皮麻了一下。毕竟，中年男人很少哭的，除非是有大事发生。他看着父亲的泪眼，惊慌地摸了摸自己的耳洞。

他生的是什么病，到现在也说不清楚。总之，他是个疾病缠身的人。

美好的生活总是消失得猝不及防。读初中的时候，他是个运动健将，尽管腿不长，但短跑很厉害，在校运会上显过身手。还记得那个大汗淋漓的初冬，班里的女生在校园广播中给他点了一首徐怀钰的《向前冲》。他几乎是踩着节拍拿下第一的，那种奔跑成了舞蹈，饱含情绪，带着审美。女孩子们的声音尖，盖过了男同学的喝彩，阵阵呼喊萦绕耳畔，久久不去。

考上重点高中之后，“跑得快”成了他在校足球队里的优势，他从没认真思考过关于生病的问题。

高二那年，母亲多年以来惹人羡慕的好单位由于机构改革和产业转型升级，需要精简部分人员，实行技术换血。不强求，但是如果自愿按照“内退”政策提前退休，则可以获得一笔补偿，照样按干部身份拿退休金。母亲面对自己从事了一辈子的行业突然间的数据化感到无所适从。曾经她那一身工作服，引来多少人赔笑脸找她办事，然而，突然间却被数据“化”掉了。她脱下了工作服，心里是不服的。她觉得自己这个年龄，是学不会的。

那一年，母亲的许多同龄人“内退”了。也有一些年龄比她还大的“骨干”被单位留了下来，但她是不服气的。“不过是指给底下的年轻人来做，他们自己哪里弄得明白？”母亲“嗤”了一声，说，“内退就内退吧，他们早晚也一样的，不过是迟几年的事。”

总之，她是不服的。

但她对外总是说，儿子马上高三了，她要专职在家给儿子补补营养。

就在儿子高二升高三的那个暑假，她把儿子每周要喝的各类煲汤填在一个表格里，贴在挂历上。她的食材必然不是在往常的菜市场上买的。她开始折腾那些仰仗过她的朋友们，调动那些仰视过她的远亲们，寻找没有打过针的鸡，不容易让人上火的鸽子和在干净池塘里长大的黄鳝。不拘远近，只管送来，不会讲价。她懊恼地向邻居诉说着，鸽子比鸡补，最近他老是牙疼，只好换水鸭，可气的是黄鳝那些他通通不吃了，好劝歹劝都不吃。

邻居幽幽地说了句，你家二妹坐了个月子呀。母亲听了，挺生气，此后不管是抬头不见还是低头见，都懒得打招呼了。

有那么一天，她送汤进房间时发现，儿子坐在桌前学习的时候老是叹气。不，是大口大口地呼吸，好像透不过气来，好像在喘着。她问：“你怎么老是叹气？这个习惯不好。”他手里抓着化学卷，一脸茫然地转过头来：“啊？我在叹气吗？”

“你没注意吗？”母亲说，“以后注意一点，不能老是这么叹气，坏兆头！”母亲开始纠正他这个坏习惯，就像他小的时候纠正他眼睛离书本一尺，胸口离桌子一拳，腰杆子要笔直一样。母亲观察了他一段时间，开始和他谈心，询问他叹气的原因是什么？他的学习成绩一直很好，也没有什么压力。叹气的原因，他想来想去，因为胸口闷？大叹一口气会舒服一点，对，是这样，这样舒服一点。

“要不去看一下？妥当点。”父亲说。

母亲开始忙了，约名医，做检查，跟老师沟通请病假，又跟培训机构沟通把落下来的功课补回去。然而，医生只略开了些药给他，也不说是什么病。细问时，医生说没什么问题，观察一下吧。

母亲将手里的检查结果抖了抖，仿佛爱财之人在抖动一张崭新的钞票，上面晃着“窦性心律不齐”之类的字样，仿佛钞票上的水印。

一口气蹬上七层楼梯的他，正对着阳台上的风吐舌头，将运动鞋率性一踢时，母亲忽然把手伸到他的左胸来。

她皱起眉头：“太不耐喘了，我也一样上七楼，你看我。”母亲一脸的平静，大气不出的神色让他羞愧。他赶忙闭了嘴，把吸进来的空气往肚子里吞，大口大口的。

目之所及，是不远处局促成团的老旧房屋，屋顶毛茸茸地长着不知名的贫贱的草，像极了培养皿里的细菌。他忽然感到，在介于胸口和咽喉之间，一处不知何处的地方，有异物，有令人极不舒适的，恐怕也是样子可怖的异物。他望着状如倒立的马桶刷的屋瓦之草，怀疑刚才在阳台上吃风的时候，也把远处屋顶的草不小心咽了进去，才有这种异物感。

他躲在母亲看不见的地方，放心地大喘几口气，然后又在母亲的目光之中，默默憋着气，仿佛一个游泳的人，在水中挑战自己。然而，母亲的目光总在注视着他。

母亲总是紧着眉头：“不要紧的，医生说了，观察一下吧。”母亲叮嘱他：“你自己一定要仔细留意，确实喘了，就不是闹着玩的，咱们得再去检查检查。”

他认真观察自己了，是的，喘。他仔细留意自己了，是的，喘，而且不耐喘，越来越不耐喘。他的心扑通扑通跳起来。

他终于跟着母亲，去医院做进一步的深入检查了。他回家了，穿戴着一身小盒子和小电线，如同童年他最爱的机器人那样。小盒子将24小时监测记录他的心率。他开始坐卧不宁，一举手一投足都小心翼翼。

夜里，他想起白天在医院走廊等叫号时，病友们看他的眼神。有一个慈眉善目的胖老头好心地跟母亲攀谈着，并说：“这一条走廊，就他年纪最小啊。怎么年纪轻轻的，也跟我们挂同一个医生的号？有遗传吗？”母亲连忙解释，没有遗传，家里的长辈都很健康，没有心脏病史，可惜这个孩子先天身子弱。聊到最后，好心的老人建议母亲备一些救心丹，常放一小瓶在他书包里，难受的时候可以拿出来救急。

他伸手摸了摸书包里那瓶救心丹，琢磨着难受到什么程度，就应该吃药了？

房间里的灯已经灭了，窗台上的花藤被邻居家的灯火投影在挂着球拍的墙上，如一幅地图。风起时，花影动，如一些动物在张牙舞爪。他心里空荡荡、凉飕飕，有一种不知如何描述的感觉。

这种不知如何描述的感觉，第二天母亲帮他描述了出来，叫作“心悸”。这种不知如何描述的感觉，似乎遭到了大医院里医生的“藐视”。医生一脸的不以为然，收了他那身小盒子和小电线，轻描淡写地撇了一句：“没什么啊。”便叫下一个号了。

母亲对此愤愤不平，并且告诉他，大医院里的医生就是傲慢。她不平的是，医生替其他人看病时，问了很多，说了很多，看了很久；替她儿子看时，问也不问，一句也不肯多说，一分钟不到就打发出来。她念叨着，这队可是排了好久的。

但是，各种难以名状的症状并没有消除，比如，气喘，比如，心悸。

大医院查不出结果，还是回归老祖宗的中医吧。母亲动员了多年的老闺蜜，找到一个不怎么肯帮人看病的老中医——86岁了。老中医的药汤子一直喝了几个月，也不见效。

说起来，头一回见面的时候，老大夫还是对他的病充满信心的。老人说，这孩子是有些弱，气没顺下去，倒逆了，所以有异物感，加上学习有压力，精神紧张啊，需要安神。母亲连忙解释，他成绩很好的，他没有压力的，不会精神紧张。老人笑了笑，不会就好，反正三分药，七分养，光吃药是没用的。

之后，他几乎是药一喝完，就登门拜访老大夫，每次都复述着雷同的症状和感受。母亲则委婉而焦急地表达着同一个意思：“为什么他还不见好？您的药怎么不见效？”

老大夫脸上讪讪的，开头几回还解释上一两句，后来也便不解释了。细问病人时，母亲总是抢先替儿子回答了：“他说，前两天似乎好了些，这两天好像又会了。”而儿子则紧随其后点了点头。

这个方子的气息，他太熟悉了。巧克力色的汤水上，飘着小点点朱红，仿佛装错碗的拉花咖啡。咕咚咕咚，他一仰脖喝了下去。

其实，老大夫一看到家门口又出现那对母子的身影时，他也会叹一口气。那是一身熟悉的校服和一个干练的中年母亲，他们走进了老中医家的旧式院子。旧式的院子，只要家里有人，大白天都是敞着门的，无法拒客。小猫儿被惊动了，从微霜的大莲花缸上跳下来，蹿回客厅，盘在桌子上，如同把脉时垫手腕的垫子。

老中医一边把脉，一边说了句："中药汤喝太频，也是伤胃的。"

母亲一脸的紧张："伤胃？怎么个伤胃法？"老中医静默不语，只把着脉。母亲唯恐扰了他把脉，不再言语。这一天是小年，农历腊月二十四，老中医给他开了五剂药，跟他说："吃完这五剂，就要过年了，我休息。吃完你们不用再来找我了。"

他心里"咯噔"了一下，开始想象医生为什么不给他看病了？母亲在家讲了半天电话，打给老闺蜜，说这个老中医拒绝他们了。闺蜜阿姨尖尖的声音从话筒里传出来："不可能啊，你知道的，我们本地就他最有名了。从我们还是小孩时，他就很有名了，就没有他治不好的。怎么？文杰一点儿都没觉得好转吗？"

是啊，就连这么有名的老中医都治不好吗？

承

高三那年短暂的寒假里，一家人度过了忧心忡忡的春节。

年花也无心多买，父亲只是例牌种了棵水仙。偏偏那年水仙不开花，来拜年的亲戚们瞅着青青蒜苗，一个个都知道他病了。大家叹息着："这么个节骨眼儿上，怎么就病了呢？"

"趁着放寒假，赶紧把病治好，不然下学期学习更紧张，到时候请假看病更不好。"母亲一脸"战时"的神色，对众人说着她替儿寻医问药的计划。

烟花在远村的夜空里起起落落，鸡鸣与狗吠交替着昼夜。他每天除了机械地完成学习计划，就是不断地觉知自己的身体有没有好一点儿。

如今的他，对与疾病有关的信息格外敏感，对与疾病有关的坏消息更是优先接收。但对他的同龄人来说，这些信息即使在生活中出现过，可能也是一晃而过，不被记住。

大正月里，热络而善良的亲戚们不时带点儿营养品过来探病，问好些没有，并且鼓励他要克服困难把高考考好，实在不行还是身体要紧，别报考分数太高的学校。

婶婶和姆姆们多半会细细地瞅着他，关切地告诉他："你的气色不好"，或者"你的脸色挺苍白"。从那时起，他不仅要觉知自己的气有没有喘，心有没有悸，还多了一样照镜子。镜子照多了，他熟悉自己的五官，却分不清楚"表情"和"气色"，区别不开"神态"和"脸色"。更多的时候，他愁眉苦脸或者无精打采地去照镜子，然后发现镜子里的自己果真一脸病容。很久了，他没有尝试对着镜子笑一个，或者仅仅是自若地、平静地看一眼镜子里的自己。

他彬彬有礼地送走客人，脸色苍白地看着院子里嬉戏追逐的小孩们，还有摔坏在地上的玩具元宵灯。坏了，但还响着电子音乐。他关上了门，还有小孩们红脸蛋上的年味。

新学期开始时，他感到胃不舒服。

母亲又慌了，想起老大夫那句“中药汤喝太频，也是伤胃的。”母亲矛盾极了，既如此，调理肠胃的中药汤，还喝得喝不得？

“你是怎么个不舒服嘛？”眼前问他话的中医只有五十来岁，显然，比先前给他治心脏的老大夫年轻多了。“嗯——”他斟酌着怎样表达更精准。母亲却替他回答了：“他总是打嗝，一天到晚的。他胃里有点儿杂痛杂痛的，说不清楚。你看他这样子，消化就不好。”他紧随母亲点了点头。

医生一边替他把着脉，一边说：“要运动。你一运动起来，加速血液循环，各个内脏器官就都不会缺血，对胃好，对啥都好。要吃苹果，喝牛奶。”医生一边说着，一边龙飞凤舞地写着方子，并推荐他们买店里的猴头菇。

母亲拎着一大袋红色礼盒装的猴头菇，一走出药店便向他絮絮叨叨：“别听他的，你心脏不好，运动啥？多危险！散散步得了。牛奶是不好消化的，居然让你喝牛奶？你可不知道，你小时候那会儿，一喝牛奶准吐的。”

他烦恼极了，似乎他的健康问题永远没有正确的解。

咕咚咕咚，他把治疗胃病的汤药喝了下去，并且极其怀疑这碗汤药的药效。果然，他的胃被他的心脏传染了，重复着“前两天似乎好了些，这两天好像又会了”的故事。

填报志愿的时候来了，那是先填志愿后考试的年代。“报太好的学校怕你压力大，身体吃不消，再加上你胃不好，哪能住校吃食堂？还是不要报外地学校了，就报我们本地的大学，这样妈妈可以每天给你熬粥吃。”母亲操心地望着他。

本地的大学也没有什么选择，只好这样了。他点了点头。

他似乎没有什么雄心壮志。所有人都告诉他，身体才是最重要的。有一天，同班一个绰号“菜脯”的男生突然唱了声反调。

菜脯说：“文杰，你是不是有病？为什么老请假？走，放学踢球去！”

不，他不能去！对，有心脏病是不能剧烈运动的。但他没有说出来。父母嘱咐过他，自家亲戚知道就算了，对学校，这件事是要保密的，不然会影响他的前途。

他找不到拒绝的理由，菜脯跟几个男生就把他拽走了。足球场上，他小心翼翼地跑着，下意识地放缓速度，然而，那种畅快淋漓的感觉仍是回来了。结束后，他站在足球场看台的阶级上，眼中地旷天低，云团柔软。风从四面八方吹过，校服鼓了起来，夹着酸酸的汗味儿，略为熟悉。他心口空荡荡的，那一直卡着、堵着的东西，那说不清道不明的异物，没有了？难道是刚才一不小心，被吞下肚子了？

他想把这个好消息告诉父母，可是，回家的路上，他开始感到腰疼。晚饭时，他一坐下就不舒服，站起来却更好一些。他把腰疼的事情说了出来，却不敢说踢球的事，怕惹父母生气。到了晚上在灯下做功课时，他几乎只能站着写。

“不会是肾吧？”母亲瞪起了眼睛，操碎了心。

“肾？”他讷讷地盯着灯下的书桌，“化学方程式们”几乎要在卷子上荡起阵阵涟漪。

两个小时的车程，他们终于到达了目的地。父亲、母亲还有他，一家三口穿过一片老旧小区，灰沉沉的墙像极了下雨天。他们蹬上阴暗的楼道，楼梯转角处冷不丁冒出一簇待扔的生活垃圾。

“笃笃笃”一阵敲门声之后，给他们开门的是一位专治肾病的医生。医生很健谈，他向母亲介绍了肾虚的许多表现，例如，说话没有丹田之力，声音不洪亮；又如，眼睛老是眨……

母亲忽然转头看着儿子，可不是嘛，眼睛老是眨，眨得一抽一抽的。他闻言，努力控制眼睛，然而，用眼过度的他却做不到不眨。

总之，那天母亲购下了许多中成药丸子。每个丸子跟夏威夷果一般大小，口味像咸金枣，只是更甜些，温水送服。另外，气息难以描述的盐焗猪腰子成为他必须要吃的例餐。

下课铃一响，他便站了起来，双手撑着腰，划着圈子。菜脯又靠了过来：“文杰，你是不是有病？怎么跟来大姨妈似的？”他指着腰上：“这儿酸，酸疼。”菜脯从书桌下摸出一瓶敷运动损伤的药油，把他上衣一掀，便糊了他一身的药味儿：“多踢几次球就好了。”

他发出“啊嘶嘶嘶”的声音，说道：“轻点儿，疼。”

此后，他也不知道自己的腰到底好了没有？总之，上午连坐五节课，下午坐到太阳下山，晚上坐到凌晨，三餐坐着吃，中午坐着睡，坐久了，腰仍是时好时坏。

最担心的时刻来了，那是高考体检。父母很担心体检不过关，会影响儿子的前程。体检那天早晨，母亲上山去拜神了。体检结果出来时，也没有心脏病，也没有胃病，也没有肾病。母亲松了一口气，双手合十。那么，他到底有没有病？其实，他也可以相信自己没有病了，但他看到母亲犹疑的眼神，他也犹疑了。

“看来现在这些高考体检，也是形式主义罢了，形式主义啊！”父亲幽幽地点评着，把他快要爬上岸的心绪又推回水里。

也许没那么严重吧？不过，健康最重要，总是对的。高三结束了，他的成绩本来就很优异，这次更以甩同学几条街的分数，进了本地那所不好不坏的重点大学。

他带着心脏、胃和肾的种种“不舒服”进入了大学校园。大学期间，他又增添了一些新的不适。比如说，夏天晒到太阳就头晕，冬天吹到寒风就头疼，又比如说，鼻炎、咽喉炎，还有难以启齿的尿尿和大便的疼痛。这些大小疾病，他都看过医生了，有的治好了，有的莫名其妙地时好时坏。

虽然莫名其妙，但他知道，自己是个体弱多病的人。他叹了口气，就像那年他第一次因为叹了口气被母亲发现一样。

大学生活是空虚的，因为没有人像高中时那样，拿学习成绩竞技，因而他显得无用。他不住校，听说住校的兄弟们晚上都打游戏打通宵，不通宵打游戏也会通宵唱K、怼啤酒，或是在校门口撸烤串，吃麻辣烫。这些事情他统统做不了，因为家里监督着他，他身体不好。因而，他也显得孤独。

但他知道，父母并没有要约束他的意思，他也没有感受到被约束。父母是很开明的，甚至主动提出让他找个女朋友。

他其实早就有心仪的女孩子了。虽然还不是女朋友，不过，在夜深人静无人知晓时，他却在心里偷偷地称她为："我的女人。"他没有勇气向当事人表白，还是父母鼓励他去的。母亲第一次说出这样的话："你有什么好自卑的？你长得哪一点不如别人？咱们家哪一点比不上别人家？你身体也没问题啊，从来没有检查出有问题呀！"

那天，母亲说出这句话，第一次让他觉得，自己其实还能活很多年。

他带着一种由内而外的强壮，给女孩发了短信和QQ信息。一个星期过去了，女孩没有回复。他便托了另一个女生去问人家。传话的女生拿着手机短信给他看原话："我不喜欢这种男生，他没有一点侵略性。这样他自己是轻松，但是跟着他的人会很累。至于你说他善良，也许只是顺从，只是不会独立思考罢了。一个不会独立思考的人，甚至连善良的能力都没有。"

他把这段话背了下来，回家念给父母听。父母是他最无话不说的知己。父母听了，连忙摆着手说，你怎么看上这样的女孩子？这连三观都是不正的。唉！还侵略性？这是个混社会的女孩子。我们这样的人家，不要这样的儿媳妇。

父亲拍了拍他的肩膀说："现在大二了，马上就大四了，大四就要找工作了。只有两年，你先把别的事情放一放。找个好工作，还怕没有好姑娘追你？"他点了点头。

03 转

无论怎样枯燥乏味，四年的大学生活仍是溜走了。毕业典礼的时候，大家都在发疯，扔酒瓶的，烧被单的，搂着吉他大哭大喊的。到处都是青春的荷尔蒙，保安四处忙着灭火。那几天，一个淡化了两年的话题又变得浓墨重彩起来，那就是，他身体的病。

也许，他比很多人都优秀，也比很多人都幸运，早早地考上了铁饭碗。入职体检那天，家里担心路况不好，去迟了要排队，于是五点多就打发他出门。他果然是第一个到的，早早抽了血，检完所有项目。他回到家时，母亲上山拜神还没回来。

数日后，他被通知要复查，家里又炸开了锅。一定是心脏、胃，或者肾，要不然就是这几年经常困扰他的其他那些……不，他们所预估的那些项目都是正常的。这次他是血糖高了，要复查。

得知这个消息，他浑身又麻又冷，胸口一阵一阵的，仿佛有浪在涌。他开始在父母的督导下，“百度”高血糖的一切文字，并且逐条念给父母听。

怎么会这样呢？一病未息，一病又起？难道这真的是一个被诅咒的孩子？

母亲找到一个比她大十七岁，得了高血糖的大姐，希望大姐能帮忙找找原因。最后找出原因了，是母亲经常煲粥给他喝的缘故。“喝粥最容易导致血糖升高了。”老大姐这样说。

他又开始像个瘪了气的气球一样，耷拉着自己。不，也许他这个气球从来就没有膨胀过。夜里，客厅挂着的书法对联上，黑字们一笔一画地融化了，一点一滴地往下掉，浇到红木架上的吊兰花盆里。细长的吊兰叶子一片片蔫了，由黄变黑。他悄悄买了血糖仪，却没有勇气拆封，更别说使用了。

母亲问了他几次，为什么总去倒水喝？唉，母亲是明知故问。她不知道，糖尿病人就是会口渴吗？他于是特地等母亲走开的时候，才悄悄去倒水喝。“如果不口渴，就不要总是喝水。”母亲没有脚步声地，突然出现在他身后。他小吓了一跳，“哦”地应了一声。

那段小小的日子里，他既不用上学，也不用上班，每天干等着命运的判决书，不断地觉知自己口渴了没有。尿尿的时候，他总在瓷砖缝里四处搜寻蚂蚁，看看有没有蚂蚁爬过来？他总是等上许久，确认没有蚂蚁爬过来，才把冲水按钮按了下去。

他抹了抹额头上的汗，空气是温热的。毕业季，大夏天，舌头像一片砂纸，粗糙且枯燥乏味。口腔里的唾液黏稠度越来越高，且泛出苦来。喉咙像风口里的干马路，净是灰，只缺一台洒水车。口渴，是的，口渴了。他心头一阵拔凉，告诉自己也许并不渴，水能不喝就不喝吧。

他安安静静地摊在懒人沙发上，一个电话铃吓得他打了个激灵。复查有结果了？不，来电的是同校的师兄，已毕业两年。

师兄在电话那头说：“我帮你问了，是会影响录用的。不过，学校每年体检，不都有查血常规吗？你也没查出来血糖超标啊？你是不是晚餐吃晚了？半夜吃夜宵啊？还是别的什么因素？

哦，对了，听说往年复查这儿复查那儿的人也不少诶。但是复查结果很多都是正常的，都通过了。也许你也是这种情况吧？我也说不清楚。”

也许吧，人家也许会这样安慰自己的亲友吧？他想。

但是，复查结果出来了，显示血糖正常。他顺利入职了许多同学撞得头破血流也进不去的单位。复查正常的结论给母亲带来了片刻的欢愉，之后便又是担忧。她觉得虽然正常，但孩子的身体底子终究是不好，说不定，哪一天他会比别人更早得“三高”。她不能理解为什么第一次检查说血糖高了，复查又说是正常了呢？最终诊断结果到底是什么？她找了熟人，问了一个专家，这个结果到底正常不正常？专家说，正常的。她又追问，那为什么第一次检查又有问题要求复查呢？专家说，这个我不太清楚，也不是我们医院做的检查。

进入新单位并没有给这个家庭带来太多的快乐。

所有的亲朋好友每次见到他，都要说一句：“你又瘦了。”这句“你又瘦了”真是要命，像一句不祥的咒语，念念叨叨令他头疼。什么原因呢？是不是身体有问题没被发现？不是都说，要早发现早治疗？他不敢往下想。

母亲嘱咐尚未退休的父亲，说，你到底有一些老战友、老同学，给儿子调去一个别那么忙的部门吧？老战友呵呵笑道，现在哪有不忙的部门啊？文杰这个部门就很不忙啦。老同学嘿嘿笑道，现在大家压力都很大，追求工作效益嘛，领导明说了，要清理关系户。

父亲回到家说，已经觍着脸登门了，可人家看不起他。是的，几十年间，别人都进步了，只有他原地踏步，人可不就这么现实吗？再说了，几十年里往来甚少，一联系就开这个口，仿佛一个多年没有联系的初中同学，在微信上问你“在吗？”然后开始借钱一般。这脸皮，唉，这脸皮还是要的，父亲这么感慨着，不要去自讨没趣。

从小，父亲教育他非淡泊无以明志，非宁静无以致远。这个社会太浮躁了，一个个都上蹿下跳的，急功近利，殊不知，速成者必速朽。况且，贪得太多的名利，会把福报早早消耗完的。父亲并非不善言辞，甚至可以说是能言善辩，但是，他的原则性很强，在“道不同”的人面前，他是一声不吭的。

父亲还没退休，但他拒绝新事物，甚至很多已经不是新事物的事物，他也觉得抗拒。他在单位有句口头禅：“以前都是这样做的……”他不用电脑，久而久之，行政部的同事不给他装网线了，他也不吭声，反正他分内的事情，也没有上网需求。他大概是系统里面，坚持有纸化办公的稀有人员了。算了，他也不解释什么，反正不争则天下莫能与之争。不管工作还是生活，平平淡淡才是真。

尽管在职场上很寂寞，但是父亲并非没有朋友。用他的话来说，他有一群“贫贱之交”，他乐于资助他们，他们也乐于仰仗于他。他喜欢跟过得不如他的人来往，那样他可以更自尊自信。有的人说“救急不救穷”，也有的人说“长贫难顾”，父亲却乐于挑战这样的难事。

有一回，父亲偶然得了一包略好些的雪蛤，于是把他的朋友们请过来聚餐。厨房干货架子上放了许久也没下锅的大竹荪，既韧且脆。个头比同类们硕大许多的干贝，宜做鲜甜汤底。又有一条特地觅来的，粗大如蟒，活蹦乱跳的海鳗作为餐桌上的亮点。父亲很享受地说："还没见过这么大的吧？"脸上便洋溢起惬意的笑容。餐后，他的朋友们将会传说着："那个谁，家里顿顿都是这么大的雪蛤……"

总之，父亲的人脉资源圈子，是无法帮他调去一个不忙的部门的，想到这里，他觉得自己又瘦了。

就这样，消消瘦瘦好些年，他迎来了另一件人生大事。

在福满满茶餐厅，母亲为自己挑选了一个可意的儿媳妇。每次相亲，他们家总是一家三口齐出动。母亲的意见占主导，父亲总是很认可母亲。

他本人则觉得，每个女孩子都挺不错。毕竟，女生们在相亲那一顿早茶的时间里，总是打扮出最好的外表，呈现出最通情达理的举止和言谈。他始终没有学会暧昧，也难以自己去追求心仪的异性，相亲应该是解决问题的最好方式。

父亲已经退休好几年，双亲都老了。他应该承担起家庭的责任和义务，比如婚姻。他希望女生进了家门，最重要的是能够孝敬好父母。他端正的外表，清秀的眉眼，稳定的工作和三观超正的言谈，在历次相亲中很少有女生会直接拒绝，多数时候是先默可，然后在等待他主动约会中无疾而终。

后来结婚的妻，几乎是母亲帮他谈下来的。

妻比他大三岁，和母亲一见如故，无话不谈。她们像两个年过花甲的老姐妹那样亲，又像两个三十来岁的女人那样有着家常的喜悦。婚前，他和妻单独观看电影只有一次，看的是《2012》，一部讲述世界末日的灾难片。然后，这对新人在两家长辈的良辰吉日中成婚。

如今，父母对他的健康没有像从前那样颤颤发抖了。父母常说："儿孙自有儿孙福，不操这个心了，毕竟我们自己身体也不好。"

是的，到了这个阶段，父母的身体状况也滑了下去，隔三岔五地，两人轮着住院。虽说每次住个三天两头，又能出来和老友聚会，但花销也不小，好在他们的医疗保障都很好，没有给家庭造成负担。

母亲终于放下了这个已经成人的儿子，更多地专注于自己的圈子，比如交谊舞团队和卖保健品的微商。家里很少有矛盾。每天的餐桌上，两代人有着共同的话题。例如，邻居家的阿姨得了什么病，做了什么手术，术前会做哪些检查，这些检查都有哪些步骤，这些步骤都要注意什么。又如，某位老亲戚住院了，他的儿女很不孝，竟然在医院请了护工，还说工作太累晚上无法熬夜。这样的儿女在外面挣再多的钱又有什么用?

父亲赞同地说："是的，一孝消百贱，这是因果。"

妻点了点头，她觉得自己在孝敬公婆方面，在单位里是比较突出的，她的事业也一定会比较顺利。

每对夫妻都有自己相爱的方式，他的父母，以及他和妻都是如此。母亲比较强势，父亲是守成的性格。父亲开车的时候，不会开车的母亲就坐在副驾驶上指挥他应该怎样开，并且表示“说了都不听，被他气死了”。母亲对父亲一辈子都不认可，父亲对母亲永远那么崇拜，他们因此恩爱一生。他和妻不一样，不过，不知所措的时候，他也会像父亲那样，向妻求取锦囊妙计。

毕业之后，他在这个单位十年了。十年，意味着有十天年假可以休。休假了，他带着妻在湿地里泛舟。水鸟水草，有诗意也有禅意，画面极美，很符合他略沾书香的门第和岁月静好的现状。他说，十年了，在单位没有换过岗位。每个月都是上旬忙完几天，中旬和下旬就无事可做。这样不好，想跳槽。比如，这个单位以及那个单位，做这个或者那个。

妻吓了一跳，说在外人面前千万不要讲什么上旬中旬下旬啊！你说的这个单位以及那个单位，都很辛苦的，你身体又不好，受不了的。比如，他们经常要加班，你心脏不好，怎么熬夜？他们要出差，出差可是吃睡都没有规律的。一到吃饭就是喝酒，你肠胃本来就不好。

他看了看妻，觉得自己有这么多病，她还愿意嫁给他，她真是爱他。不过他仍没有被完全说服，贼心不死地说了一句，选调都限在35岁之前，如果再不动，以后就动不了了。他笑了笑。

妻惊讶地跳起来，小舟摇晃不已。你还真想去？做这个是要负责任的！有风险你知道吗？而且有考核压力的，如果年度考核不达标，会通报批评的，要写检讨的。妻的脸发青，他遂点了点头。

妻似乎看到他眼中有些许不甘，又安慰他说，你又不缺啥，不要去羡慕别人嘛。有些人看起来风风光光，咋咋呼呼，还不是踩着别人上去的？一个个阿谀奉承的，估计以后都没有什么好下场。哎呀，这个社会我是看透了，你也要明白，只有家里人最重要。除了家里的人，谁会真心为你好呀？还是顾着自己的身体要紧，健康就好。老人都说了，平安二字值千金呢。

他看了看妻，觉得她说的也没有毛病。那么，工作变动是不对的？他打消了这个念头。

合

对他来说，工作并不是非变动不可。他粗粗回顾了一下这十年，在单位“闹矛盾”也就那么两三次。

第一次，科室来了个老烟枪，枉顾墙上贴着“禁止吸烟”的标志，总在室内吸烟。为了这件事，他主动找单位领导反映。要知道，他平时低调做人，低调做事，很少找领导的，但是为了身体健康，他觉得该出声时就出声。领导对他很认同，“禁烟令”刚出，就有人顶风作案，这显然是不对的。领导批评了老烟枪。老烟枪认真做检讨，坚决不改正。他烦恼极了。他甚至在那段时间出现了咳嗽的症状，于是向领导提出要换办公室。领导二话不说同意了，他于是搬到了隔壁。

岗位还是那个岗位，但是环境焕然一新。这间办公室全是女人，有阿姨，也有姐妹们。她们待他都极好，甚至有珍稀动物重点保护的意思，更不存在什么办公室政治。阿姨尤其贴心，大夏天里，经常在他上旬出外勤较多的时候，给他递上一瓶清凉油，说抹在太阳穴、人中穴以及足眼上，可以防中暑，又在他出完外勤回来的时候，督促他用洗手液洗手。

第二次，单位搬办公楼了。新办公楼是新装修的，走进去的时候，有一种味道。当他跟同事描述这种味道，并且动员大家开窗通风的时候，老烟枪哈哈笑着，说甲醛是没有味道的。不管怎样，他在网上查了许多关于甲醛危害的资料，每天上班都充满阴影和排斥。妻给他出了个主意，可以休个探亲假，有二十来天，再回来时，甲醛的浓度应该会淡一点。他说，父母妻子都在本地，哪有探亲假？妻说，岳父岳母也算的，你的岳父岳母在外地，可以请的，我去帮你找法条。他差点忘了，妻是学法学的。

然而这个探亲假，起初领导是不批的，但也禁不住他据法力争，最后终于批了。在领导未批的那几天里，他天天戴着防毒口罩。他问姐妹们为什么不戴？姐妹们说，会把口红擦掉的。他摇了摇头，嘲笑现在的女人为了美，连命都不要了。

休完探亲假回来复工，妻每天在微信上问他办公楼是否还有味道？味道是否减轻一些？那些人现在还开不开窗？得知状态并没有明显改善，妻又是忧心忡忡，为他向微商闺蜜网购了好几种活性炭寄到他的单位，嘱咐他给每个同事都分一点，不能只放在自己的座位上，也不能只放在自己办公室。妻意犹未尽，向婆婆万般描述此事。婆婆一听又住院了，并且要求儿子一定要请独生子女陪护假，亲自陪护，不许要护工。

这一次，单位领导二话不说给他批了假。这么顺利，他反而有些失落。他看到领导的脸上满不在意，似乎已经不关注这些事情了。

也许别人看他的世界如同无澜的井水，但他自己的脑海里却惊涛拍岸。比如，办公室新来了个小姑娘，刚毕业。他之所以关注到这个小姑娘，不为别的，为的是她竟然在办公桌上摆放了一个剑形水晶塔。母亲告诉过他，要避开那些有尖顶的事物，因为那在风水上来说，是对人的健康有损害的。他对小姑娘说，把水晶塔拿走。小姑娘说，关你什么事？他难以启齿，只是隔三岔五就跟她说，把水晶塔拿走。他不介意用这种方式烦死小姑娘。小姑娘生气了，直说："我妈说了，水晶塔可以旺我的事业运。我偏不拿走，你老是叫我拿走，你又是什么想法？"

姐妹们和阿姨哄然大笑，有趣地瞅着他们俩。没多久，事情不胫而走，他和小姑娘双双被领导约谈，小姑娘的水晶塔也没得摆了。尽管他维护健康的目的达到了，但是他被约谈了。他一直觉得自己是个品学兼优、德才兼备的正面人物，没想到也被约谈了。他的情绪是低落的。

周末，雨停或不停，他都是孤独的。母亲有她热热闹闹的交谊舞团队，父亲有他日渐稀少的"贫贱之交"，妻和微商闺蜜们玩在一起，而他竟有点想念曾经的校足球队。是了，今天要去居委做义工。

居委的桌台上搭着几件红马甲，红马甲下压着青马甲。角落里叠着两箱灭蚊药，灭蚊药上累着一大盒避孕套。在这里上班的老林和小林都对他竖起了大拇指。老林说："现在像你这样的人不多了，我们居委组织一次义工容易吗？你们系统啊，个个都说忙，忙，忙……"小林插嘴道："我们才是'5+2''白加黑'，你亲眼见证的。"

他笑问二林："现在你们的待遇都提高些了吧？"

老林道："哪有你们高啊？"

小林补充道："今晚十点半收工，回去还要写检讨。"老林拍着小林的肩膀："喂，写埋我那份啦。我明天还有5户'两类人员'要走访。"小林拍开老林的手，说："我有8户，而且我检讨有两份，你才一份。"老林关切道："怎么你有两份，不是同我一样吗？"小林摇摇头："还有水浸街不及时处理那份。日日飞起，边个睬你？傻的。"老林又关切道："喂，你思想不要有负担喔。"小林骑上共享单车，留下门给老林和这位模范义工关。小林半天才回头应了声："得啦，你自己执生啦。"

离开居委，他充实地回到家，今晚易于入眠。

又是一个阳光灿烂的周一，妻一边收拾防晒霜，一边絮絮叨叨一件什么不平的事，并且说着："不要做那么快，做得快死得快，给多少钱干多少活儿。"

他在妻的价值灌输中离开家，上班去。这一天有点特别，也许不止一点点。他见到了大学时表白过的那个女生，就是说他没有"侵略性"的那个女生。在一个工作场合，女生作为乙方代表，和他领导的领导一起坐在台上。他作为一个不关事的工作人员，从现场偶然路过。路过之后，他又折回，在某处隐蔽的台阶上，踮起脚尖远远地，贪婪地望了她两眼，终于走了。

回家后，他忍不住把遇见她的事情说了出来。他太想说了，甚至有一点按捺不住的激动，而他能和谁说呢？他的家人就是他全部的知音，所以，他便在家里说了。

母亲问，她现在是做什么的？他舌头打着结儿，磕磕绊绊地描述出来。母亲翻了个轻蔑的白眼，说，还不是个打工的？妻忙问谁呀谁呀？母亲心安理得地说，他的初恋女友，我们嫌她家庭条件不好，父母都是打工的。

妻看了看他，脸上有些讪讪。母亲忙拍着儿媳的手，说，只是初恋女友，没什么的，你别多想。

他叹了口气，尽管当年表白之后，人家连一条短信也没回复过他，但在母亲眼里，那仍是他的初恋女友。他突然意识到自己刚才叹了口气，就像很多年前的某一天，他偶然叹了口气一样。他恨不得收回那一口气。

大概是念念不忘，必有回响。隔了一天，下班时，他又在大院的地下停车场看到她了。他们丢开各自的车，站在大柱子后面高兴地聊了个小天。他说："老同学，有十几年没见了吧？"

他看了看手表："办完事儿了吗？走，我们……"

"不，我刚来，早了二十分钟，一会儿才办事儿。"她道。

他又看了看表："现在已经下班了呀。"

她笑了笑："你们定的时间。"她的表情极其丰富，眉眼间写满起承转合，像一个没有套路却让人无处可逃的谈判者。

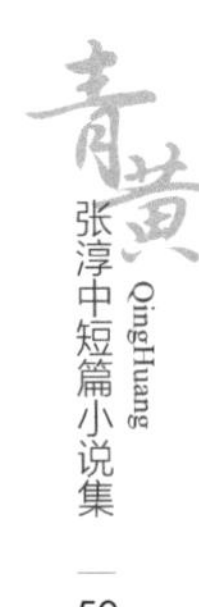

他搓了搓发抖的手，笑嘻嘻的："那么，今天没法约你了。"若在平常，他发现自己的手抖得这么厉害，一定会怀疑自己得病了，但这一次，他却对自己的身体很自信，这一定只是一种正常的反应。对，正常。

她娇嗔地笑道："今天才约呀，早干什么去了？"他也笑了起来。他觉得这娇嗔明显不是调情，只是她对他的调戏。对，调戏，连调侃都不算。不过，无所谓了，她怎样，他都是可以的。他敞开自己最直白的一面，嘴角一边笑一边抽动："我妈不让约。呵呵，呵呵，我妈敬神，却不知道你就是我的神。她巫医不分，却不知道你就是我的药。"

"啧啧啧，"她又娇嗔地说，"听听，这话居然是你说的。我怎么不知道你这么有种？"他哈哈大笑。她又问："怎么样？现在身体好点儿了吗？工作不会很累吧？"他尴尬地敛了笑，觉得在女神面前显得病恹恹的，成何体统？然而女神并不理会他怎么回答，只说时间差不多了，就道别走了。他被撇下，看着她的背影，竟然有点想哭。不过，只是想而已。

晚上，他按时坐在沙发上看电视剧。他本来要看足球的，但是妻想看电视剧。他本来可以开卧室那台电视的，或者用书房的电脑，或者就用茶几上的平板看足球的，不过他一坐到沙发上，就不会挪动了。这是他一直以来的习惯。

况且，他大概也没有十分想看足球吧？

电视剧上说，原生家庭就是你的命运。他听了，思考了一下，他的原生家庭其实很好的，他的命运也不算差。他突然从沙发上站了起来，他动了。

他走进父亲书房，父亲坐在灯下看《红楼梦》，呓语着：“从外头杀来是杀不死的，必须先从家里自杀自灭起来，才能一败涂地。”

他问：“父亲，您在说什么？”父亲诡黠地笑了笑，看着书房里高挂的字幅“淡泊明志”，说：“淡泊，是因为只能淡泊。没有机会了，那就心态好一点，也只能装作不在乎，也有人就说自己身体不好了。你以为的淡泊，是什么样的淡泊？”他心里“咯噔”了一下：“父亲，您好像变了，您以前不是这样的。”父亲又诡黠一笑：“媳妇的话，不要全听嘛。”他惊异地看着父亲：“父亲，您真的变了！”

他被惊醒了。他醒了过来，看了同床共枕的妻一眼，天已经蒙蒙亮了。

这一定是梦，梦里的父亲不是真实的父亲。

父亲在他起床不久，也起床了，走到厨房，问他为什么把鸡蛋全部水煮了？“我想要个生鸡蛋用来炒着吃，你们怎么全部煮熟了？”父亲问他。他说，你儿媳说炒鸡蛋煎煎炸炸的，油又多，对您的身体不好。父亲压低声音对他说：“媳妇的话，不要全听嘛。”

他心里又“咯噔”了一下。父亲又低声念叨：“炒鸡蛋都吃不得，人生还有什么乐趣？”

尾声

周末，雨越下越大。刚糊上空调泥一个月不到的空调洞，又开始渗水进来。水线刚好沁到他睡觉的位置上。床单湿了一片，像有人尿了床。他想找人修一修，母亲不允许，说儿媳刚查出来怀孕了，至少要等孩子出生以后家里才能修墙动土。他随手抓起一条干毛巾，往床上滴水的地方丢过去。毛巾歪歪地摊在那里，底下是湿的，上面也是湿的。

他的孩子即将出生。人生的责任，就是孝敬父母，养大孩子。完成了这两件事，他的人生就可以交差。他觉得自己把人生看透了，就像妻说她把社会看透了一样。

母亲的心态依旧很好。就家庭而言，她是充满优越感的。她也一直觉得自己在人群中属于上层人。也有优越感消失的时候，例如比起了谁谁谁，以及谁谁谁。每当这个时候，她会说：“但是我儿子儿媳是最孝顺的，这一点那两个女人都比不上我。”

每当母亲在人前历数儿子的优秀元素，他感觉自己已然活成了一个典范，事业成功、家庭美满，母胎自带高智商，运气从来都不差，人品更是好极了。“但我就是担心他的身体。”母亲末了都会这样总结。

母亲的话语落幕，他看到自己被夕阳拉长的身影。这不是一个边缘者吗？在一片落日的辉煌中，有着模糊不清的心理认知和理性判断。天边的红霞像醉酒的脸颊，红橙黄绿青蓝紫诸色混杂，仿佛一场有预谋的暗杀。当风吹过，把复杂的颜色条分缕析，则每一种颜色都是无辜的，正当的，天经地义的；当风停息，色彩们又杂糅起来时，他们谋杀了白天的最后一缕光。在谋杀之前，他们给白天打了麻醉针剂。白天于是在风清月白中，悄然睡去。

你身边的人，都因你而来，包括生你的人和你生的人，更别说那些萍水相逢的身影了。

他耳洞里的细茶枝不知道什么时候掉了，他也没留意，耳洞渐渐就长没了。大家都围着新生婴儿转，没人记得这件事了。父母老了，健康是老年人永恒的话题，这在情理之中。妻说的话都有她的原因，不过，不是所有话语都值得深究。妻发现他对自己越来越敷衍，甚至有时是不回答的。她生气了，揪了揪他的耳朵，说，你的耳洞封闭了吗？听不进去了吗？他以为妻发现了耳洞封闭的变化，但其实没有，妻说的不过是字面意思。

家还是家，不深思，不解释，不处理，甚至，也不过度关注；余生浅浅，来日可期。

（本文2020年11月发表于《作品》）

藤缠树

“藤缠树？是什么藤？又是什么树？”

“郁离藤、桑树。”

“桑树？对了，桑树潮汕话叫什么来着？”

“叫相随树。”

春

我是藤，郁离藤；他是树，桑树。

那是第一座森林，春天的森林。我仅仅是一颗躺在独角兽纯白鬃毛里的种子。在路过他身旁那一寸土壤时，我落地了。

那是个温润的季节。我将根伸了出来，尝试着探出第一芽。我毫无意识到，在那之前，我仅仅是匆匆过客，而在那一瞬之后，我就必须将此地视作故土。是的，从生到死，我都离不开这里了。

他也一样，于是我们有了同一片故土。我还未经历过第一个春天，而他已是二百三十岁的老树了，却未成魅。我匍匐在地上仅一寸长的藤叶儿，他显然怜爱着。但我不敢靠近他，我只与地上的小沙砾为伴。

他出果实了，红红紫紫的桑葚就是他的果实。灵巧的青啼鸟儿落到他的枝丫上，啄食他古老而又是新生的甜果。我感到奇怪极了，我曾听山妖在夜里歌唱："吁嗟鸠兮，无食桑葚。"为什么还有小鸟儿来啄食他的果子？

后来，我开花了。我的花不属于任何一种颜色任何一种形状，但是芬芳无比。蜂蝶儿是蝙蝠岩中的灵鬼。它们飞舞在我的四周，号叫着，哀哭着。云间渺渺然传来微雷，如同山妖们吹响的那支葫芦丝。

蜂蝶们禁不住山妖们哀伤的声音，都躲回蝙蝠岩中去了。瀑布与泉流在这种声音中扭曲自己的形状，暴戾并温柔着，如在狂舞，如正战乱。

这就是音乐。

微雷过后，我已花落结果。我的果子叫郁离子，和他的一样，红彤彤的。但我的果子红得更鲜艳，更光润，如同黑发红颜的相思子。

然而从未有一只小鸟儿来啄食我的果实，即使是俗气而丑陋的麻雀。我从自己的血液里感到，这些果子都是苦涩的。

"这里的水土这么好，不要结这样的果子。"他似乎在安慰，又似乎在劝诫。

"但是我一定会结这样的果子。我的父亲是一棵橄榄树，而我的母亲是一根苦瓜藤。橄榄味涩，苦瓜味苦，所以我是又苦又涩的郁离子，改变不了。"我凝视自己蔓在地上的一片红藤。

“橄榄涩中带甘，苦瓜苦后味甘。这些你都不知道吗？看看你的四周，密密层层的都是叶子。你被闷在不见阳光的阴暗地面，果子怎么会甜？你所有的只是被其他绿叶所淘汰的雨水。这些雨水洗刷过他们身上的泥垢而变得肮脏。这些雨水冲走了你所应有的甜蜜，只带给你湿漉漉的霉的气息。”他说。

“可是桑哥哥，我没有高干，更没有高枝……假如我无法改变这些，我就选择去适应它吧。”我回答着，“我将匍匐在地上，继续我的生生不息，也许我也能跟你一样，活上个两三百年呢。”

“难道你不想看到这整座森林吗？”他春风得意，淡荡枝头，“春天的森林多么美丽！映着遥远的蓝天白云，还有令人情灵摇荡的朝朝暮暮、山岚迷雾。那是多么神秘瑰奇的梦！难道你不想看到这些吗？你匍匐在森林的脚下，你甚至无法成为混沌的祭品。”

我知道，这一开始就是一场战争，需要英雄，也需要俘虏。这同时也是一场巫之舞，它应当伴随着牺牲。只有山妖，快乐地唱着她的歌儿：山头树儿山脚藤，若有灵兮山之棱。罹忧罹忧，求灭求生，罹忧罹忧，难灭难生。执子之手归溟涬，执子之手同成尘。

迷雾森林中，独角兽在奔跑。青鸟涉进芙蓉江，采撷远道之思。白天鹅顺流漂去，游向徘徊着青牛的草地。麒麟在岩石上磨着角，将与犀牛展开一场战斗。

“可是你看，春天已经老了。”我仰望着他。

“没关系，春天的森林消失了，夏天的森林就会来。夏天的森林更加美丽、灿烂、夺目。”他坚定地说。

真的吗？我开始向他蔓延，我攀上了他的干、枝，一直往上。我们根连着根，就算地上的一切被山火摧毁，我们地下的根仍会纠缠不清地连着。

夏

我相信那样的夏季使他变得很美丽。他已剩下一片葳蕤的气势，满树绿叶，但却因为我青藤的缠绕而多了舞的曼妙。他的枝头垂缀着红晶晶的郁离子。我的果子颜色总是那么鲜艳。

他满树的珠光宝气，足以令万木嫉妒。

夏季的雷雨浸袭着整座森林，而我依偎着我的勇士。我在不经意间，往下一望，满地是大大小小的蘑菇，红艳艳的，土灰灰的。我寻不见昔日同伏在地面的藤类伙伴。他看着我寻寻觅觅的目光，冷幽幽地笑了：

“他们早已腐烂在我们的落叶之下。那些蘑菇就是从他们的尸体上长出来的。”

“他们因何而死？”

“因为夏季。夏季迅猛的洪潮将他们淹没，而夏季刚烈的阳光无法恩及他们。这就是夏季森林之美，到处充满生机，也到处充满杀意。生机与杀意来得都是那么的刚烈。瞧，我们已从第一座森林来到第二座森林。我们都是草木，一旦扎根无法位移。但是不要紧，我们的一生同样很丰富。时间带着我们历遍冷暖。”

我哭了，祭奠着死去的藤类。

“别哭了，你看我们四周的花木，枝丫更繁茂了，绿叶更密集了，大家都争夺着阳光。这一切是必然的。”他说着。一阵夏夜之风吹来，我俩的身影婆婆娑娑。

我害怕起来，假如我没缠绕着他，现在窒息而死的，就是我。不，但是，当初我爬上他的躯干，也只是为了看一眼他所说的，一座美丽的森林。可是，这样的动机谁信呢？风儿在密林里传说，郁离藤攀上桑树，只是为了逃命、生存。

他呢？他有没有多心？不，草木是没有心的，何来多心？那么，我离他而去吧？花季走了，雨季也走了，剩下的，应该只有秋高气爽了吧？

但是，造物并未赋予我这样的能力。我是一棵藤，我蔓了上去，是造化所允许的，可造化没有教我怎样将藤缩回来。我无法离他而去，如同生命无法重来。

我紧握他的手，聆听他每一息光合作用的脉搏。

秋

一天清晨，当我依偎着他醒来时，胳膊下一阵疼痛，一片黄皱皱的郁离叶从高枝上跌了下去，杂在地上稀稀疏疏的桑叶上。我望着自己发黄的藤尖儿，一阵惊怵。我突然想到离他而去的一个办法，那就是令自己枯干，萎落。而曾经的点点残迹，则让秋雨为他洗净。不，我要阻止自己这么想，我怕自己真的这么做。

但是那天早晨，秋天来了。它亲吻我年轻的生命，赐予我两鬓星星。

我的藤伸到树洞里。我看到一枚标本一般的赤褐枯蛾。它也年老了。它跟我说起春天里的故事。它曾经蚕食桑叶。

那时的它像一条小白龙，如同东海鲛女，能织银色的纨素。那种光泽，连月光都羞惭。后来，它破茧而出，如同一只小金凤。它的舞姿巧致生动。

是的，万物年少都曾那样动人。

它说它的翅膀是桑叶变成的，这是轮回。但翅膀总有变得不再轻盈的时候，如同今天早晨枯落的桑叶。

它说，春天快老的时候，不知为什么，桑叶开始变得又苦又涩。而我，悄悄低下了头。

“你该离开了，你应该去化作一颗郁离子，明春再来。”他对我说，“你知道我们为什么要落叶吗？因为天越来越冷了，土地所能给我们的粮食也越来越少了。我们只能忍痛零落自己的叶子，以免它们消耗了我们体内的能量。我们让自己的叶子腐烂在泥土里，然后把它当养分吸收。换句话说，我们是被造化安排好的难民，饿极了，就开始吃自己的身体。”

我又是一阵惊怵。我还未历过这座秋天的森林。如果说夏季的杀意来自生机，那秋天的杀气又来自什么？

草木无情，秋声隐隐。

“不，郁离结子的时间是在暮春到盛夏。现在，我怎能变成一颗郁离子？”我的双眼充满信仰，“桑哥哥，郁离没有不老的钢筋铁骨，却有不老的香气。你让我抱着这一段香，在你的枝头老去，好吗？我同样喜欢这第三座森林，我要用渐渐模糊的双眼，看万山红遍层林尽染，看落霞与孤鹜齐飞，秋水共长天一色……”

“这不可能！”他将我的目光打断，“我们是草木，既然已经干枯，就该落入根旁的土壤。这是我们的故土，是我们的娘胎，也是我们的皈依。只有平静地贴着我们的土壤，才是真正的生生不息！才有机会拥有来年的春天！”

我冷冷地问：“拥有来年的春天，是你，还是我？”他不敢看我：“是我们。”我的一茎藤儿猛地从他的高梢滑落。我忽然说出一句：“我们都是被造化安排好的难民，而在这第三座森林里，我的一藤一叶留在你的枝头，对于你来说，都是浪费，不是吗？”

“你不要固执了，历过这座森林之后，还有第四座森林，冬天的森林！你如果不懂得舍弃，就无法保全自己的生命，无法等到第四座森林消失的那一天。”

“第四座森林消失的那一天又如何？”

“第四座森林消失的那一天，春天就来了。”

“你怎么知道第四座森林消失之后又会回到第一座森林呢？”

“这是轮回！冬天死去了，春天就诞生了。”

“如果不是呢？”

他笑了，再没说其他话。他在嘲笑我这个奇怪的物种，又苦又涩。他在嘲笑我离经叛道的想法。他以他二百三十一岁的经历自豪地将根网罗着大地。而我仍在浅水之畔，扎根未深。

草木无情，秋声大作。

桑树一根远端枯枝在深秋之夜折断了，发出很脆的断裂声。而枝端沉沉垂着的，是一大串郁离藤，倒挂着，如同一座翻覆了的宝塔。

夜深露重，我伏在他虬根旁的藤泛着墨绿色。这已经是我全身唯一还活着叶绿素的地方了。

每一个起风的秋夜，我都可以听到他垂着枯藤的枝端折断、下落的声音。

“你折断的是你的手足！”我对他说。

“并非如你所想。”他说，“我的枝丫已经脆弱得承受不起枯藤的重量。”他的脸上有色苍苍。

白露凝霜，重覆住地上成团的枯藤和成层的枯叶。我探求着一切活命的养分——以我浅短的根。我触摸到土壤中腐烂着的许多又苦又涩的东西。我知道那是春天里最得意的面孔，但我不知道那先前是属于他的身体呢，还是属于我的身体？

冬

我拼命地吸着养分，大概他也是。这附近的寸草寸木都是这样。我从高枝上萎落清澈的双眸。我已看不到上面的东西。那绿

盎盎的山头是否也变成一片白色？

我看到远处有我活命的食粮，但我再也没有力气把根伸过去了。我看到桑树的根蔓住了它们——那些腐臭了的躯体，连同昏昏欲睡的、不辨雌雄的灰蚯蚓。

大概在那一瞬，我曾经死去过。白雪软绵绵地抚摩我皱裂的身躯。我知道，我枯死的身躯还虬曲在他的树干上，而那，终将成为他的食粮。

桑哥哥，我们的时间尺度不一样。冬天的森林过后，对于你来说又是春天，而对我则不是。我是不懂得月圆月缺的清露，也是不知道春秋的夏蝉儿。我只能拥有我的时间尺度。对于我的青春，哪怕又苦又涩，造化也不肯多赐我一分一秒。但愿来生化成你枝头一颗玲珑红艳的桑葚果。

你满树的果子都是甜的，只有这一颗是又苦又涩的，斑鸠们一定不会将它吃掉。我还在你的枝头，凝望整座森林。

桑哥哥，我死了……不，我为什么要死去！是你，以二百三十一年的老根夺走我活命的机会！我们的时间尺度不一样，但那完全是被你所修改的！我要活下去！我不要变成你的盘中餐！

雷

惊蛰，是我的复活节。在获得重生的那一刻，我隐隐看到曾经熟悉的，将会发生在某一天的寒冷。我依旧盘在他身上，新叶点缀着他灰色的躯干。我望了望那张曾经俊秀的脸，他狰狞着。

在这第二个莺歌燕舞的春天，他的嘴角还有风雪里我苍色的血。

明年今日，我或许就无法亲眼看到自己的血痕了。不是每次死亡都能重生……

当最繁茂的森林又到来时，鸟儿们看到一棵奇怪的树。这棵树有着桑的枝干，郁离的叶藤。

我要密密地布满他每一梢一丫。我做到了！我要以自己的繁茂覆盖住他的一肌一肤，令他在阴影中丧失阳光的眷顾。我做到了！我开始觉察自己优越的基因。我是新生的物种。我的存在是合理的。我甚至可以要了他的命，令他彻底枯死！

我可怕的念头，曾经被他实践过。

他问我，有没有听说过"藤缠树"的古老故事。我说，当然有，那是老得掉了牙的爱情故事。故事就如同现实中我的父母所过的那样美好。他说，祝福他们，他们是幸运的。我说，别，你没有资格祝福他们。

他的每一片叶子都在向我乞求阳光，哪怕是如月光般微弱的一丝一缕。但他没有得到施舍。请原谅，造化同样没有赋予我这样的能力。我蔓延我的藤叶，是造化所允许的，但造化并没有教我怎样将藤缩回来。除非，以我死亡的形式！

他一边干咳着，一边诅咒我。去年夏天，如果不是他以高大的身躯保护了我，我早已被雨水浸死。但我还记得那个肃杀之秋，那是连靠尸体存活的蘑菇也会死去的时刻。我必须在这一时刻到来之前穿好战神的盔甲！

他几乎把叶绿素都咳了出来："听，听，山妖又在歌唱，歌唱那荒唐的，荒唐的……"他窒息了。我抚摸着他坚硬的躯干，我要将他做成冲锋的利刃。我想象着利刃的锋口，它像独角兽头上的角。

山妖又在歌唱："冬雷震震夏雨雪，冬雷震震夏雨雪……"

电

暮色将降，天地迷蒙。月光毒辣辣地曝晒我们。枭鸟和木魅在歌唱。那年老而庞大的木魅眉上堆积着冬天的雪，嘴唇上点着五月里的映山红，眼珠中滚动着夏天里的碧浪，而尾巴上垂挂着秋天的果实。

天神将在长满兰芷的汀洲等待水中仙子到来。他用香木枝搭起喜堂，对着满身所佩戴的兰花祈祷着。但我嘲笑那些香花香木。过早地死去使它们高尚，而残酷需要生存做载体。

而我们呢？求生不得求死不能吗？生或者死都需要时间的顺序而流，但现在时序已经混乱。吉祥的凤凰飞向月中，啄食着丹桂树所结的果。种子偶尔跌落，闪闪地发着幽白的光，如同一个镶着钻石的发夹……

忽然，天幕被扯开了，我生平第一次看到天空这块窗帘布。天神说，那是闪电。但我只看到两块窗帘布，一瞬间拉开了，很快地又关上了。我仿佛看到天帘里面有第五个季节的森林，而我们这残酷的四季，只不过是窗外一道浮陋的风景。

那一刻，我情不自禁双手拉住了窗帘布，紧抓不放。

我把他像囚徒一样捆了起来，扔进窗内。窗内，月亮吊床尚摇晃不定，而星星在冰箱里排排站着。我拿白云抹去地板上的灰尘，风儿烤干牛排最后的肉汁。这是你我共进的干涸的晚餐。

我把杯子接到银河上，为他递上一杯牛奶。就在他伸手接过热牛奶的那一刻，太阳又从烟囱里不识相地爬了出去。

我的囚徒，我们丧失了冰凉，丧失了苍白，丧失了时序混乱的时刻。我紧紧抓住了他。

是的，我们无法和上天对着干。窗帘被拉开了，闪电把冰川劈成断崖。崖壁透明晶莹。里面冻住了律动中一棵奇怪的树——桑的枝干，郁离的藤叶。

那是关于藤缠树的另一个故事。

（本文2010年7月发表于《作品》）

兰陵王

“撤回城下！撤回城下！”五百骑已经慌乱了的人马中突然喊出这几声来。北周军队已经黑压压地包围了过来。五百骑勇士如同一个圆，圆边开始被凿啮出凹凸不平来。兰陵王抬头向了向天，呼吸有些紧促。谁也看不到他的任何表情。他的脸上只有一张面具，如凶神，如恶煞。五百骑随他突入周军的将士已经退到城下。芒山之战，连败北周军队，眼看大功在即，谁知却在最后一个突袭中遭遇围困。

胜？败？

他抬起头来朝城上高喊：“快下弓弩手！快下弓弩手！”城头的守士蒙了，看着他那张丑陋的面具。这个人是谁？包围住他的又是哪一方？

救？不救？

北周主将卜轻容挥动长矛，直奔向他所痛恨的那张面具。这张面具曾经威慑突厥军队，令北周无数将士见之胆颤。他们都以为自己在跟一个鬼怪作战。卜轻容喝道：“今天我定挑开你的面具！看看你的真面目！”

卜轻容将长矛往兰陵王耳边一挑。兰陵王将头一侧，转头又向城上喊：“快下弓弩手！”城上依然没有动静。

“糟了，我戴上面具，城上将士都认不得我了，他们不会救援我们的。我必须马上摘下面具。”兰陵王想着，回马将长剑往卜轻容的矛头上挑了过去，矛头上一撮红缨如被风卷了个圈儿，霎时又定住了。兰陵王一手伸到自己耳边正要摘面具，忽然又停住了：“不行，不能摘。现在我军被团团围住，他们害怕我的样子，迟迟不敢近前，面具一摘，等于在生死时刻挫我锐气，夺我士气！不能！面具不能摘，可是城上……”

面具摘？不摘？

卜轻容已经看出兰陵王的动作中，犹豫取代了果断：“这已是你我第五次交手！承让了！”长矛往兰陵王马脚一刺，兰陵王翻身堕马，后脑勺一震，眼前黑了。他听到副将巫代颜在喊他：“殿下！殿下！”

他睁开眼，自己正躺在床上，头盔与战甲就在被褥边。他伸手摸了摸战甲上的护心镜，一阵冰凉透彻他的掌心。他坐起身来，低头看了看护心镜。他又看到自己那张柔美俊媚的脸，他不肯眨一下眼，不肯摇一下头。他舍不得把目光移开。他甚至常常在照镜子的时候认为，假如有一天他碰上一个如此柔媚的女子，他一定会爱上她。

巫代颜又叫了一声：“殿下！”兰陵王这才停住自己的目光。他握着拳头，往镜上轻轻一捶，镜光顿时钝了起来，自己清秀的眉眼也渐渐模糊。巫代颜说：“殿下，五百勇士正在帐外候令！”

兰陵王头一点，微微一笑，穿好战甲，戴好头盔，领着五百勇士，踏上征途。今天将是他第一次出战。

青山一堵，山道就像被削去了半边脸。山壁对面，是被荆棘柔和了的连着深谷的斜坡。天起大雾，满山的绿飘着一痕痕迷迷蒙蒙的白。左边山径上有一个大草亭，形貌已经渐渐地被抹淡。

马的脚步正踟蹰住，前方远远地映出一条红龙，吹吹打打的声音渐近，原来是一支送亲队伍。红火火的送亲队伍和灰冷冷的穿着战甲的军队堵住了山道的前后，梗塞在草亭之下。你过不来，我过不去。

兰陵王向渐渐逼近的红轿子说："送亲队伍听着，我们是齐军，要赶往前方，不敢有误军机，请送亲队伍让道！"一个年老的仆妇掀开轿帘，扶出一个盖着红盖头的新娘来。新娘子也毫不客气，伸手往前一指："军士们听着，我也正是要嫁往齐国，不敢误了吉时，请军队让道！"巫代颜叫着："大胆！我们将军乃是大齐国皇子，怎能给你让道？"老仆妇笑了起来："哈哈，我们新娘子正是嫁往齐国当王后的，怎么能给你让道？"

兰陵王被老仆妇的话逗笑了，却不想揭穿她的谎言，只说："这是我第一次出征，请新娘子让个道儿吧。"新娘子似乎也被巫代颜的谎话逗笑了，却说："这也是我第一次出嫁呀，也请将军让个道儿吧。"兰陵王声音一提："阻挠了行军时间，不要怪我不客气！"

新娘笑问："将军，你有五百骑吧？"兰陵王盯着她的红盖头，戒心已起："你是怎么知道的？"新娘说："听出来的。"

兰陵王敛住面色："既然知道有五百骑，还不快让道？"新娘说："千军万马我都视同儿戏，区区五百骑，就要让我在出嫁的途中让道？不让！"

兰陵王按紧了腰间的剑。

巫代颜喝问："你到底是什么人？"新娘大声答道："齐国王后！"兰陵王取下挂在身上的弓，拔下背后箭袋里的箭，对准了新娘，把弓挽圆。新娘警觉地抬了抬头，手一伸，老仆妇也将弓箭递上。巫代颜说："出嫁还带弓箭？谁信呢？"

新娘说："我是武人，征战无数，出嫁为什么不带弓箭？"新娘说着，将弦一控，后肘一退，箭毫不犹豫地离弦。兰陵往忙将手指一松，双箭箭尖霎时对撞上冲，新娘的红盖头如被一阵风卷了个圈儿，与双箭同时落地。也许就在这时，兰陵王与新娘子都感到窒息了。这种窒息凝住山岚，结住雾气，令人连梦都不敢做，连幻觉都不敢有。兰陵王与新娘子都无法把目光从对方脸上移开。这种对望是太好了，还是太糟了？

五百勇士见了红盖头下的新娘子，顿时叫嚷起来，有的拿不住矛，有的持不稳盾，跌跌撞撞地往后退着。兰陵王转头一喝："谁敢乱了军阵！"老仆妇得意地笑了笑。巫代颜无助地望着兰陵王："殿下！"兰陵王苦叹了一声："请新娘子先过吧。"

新娘子也苦叹了一声："请将军先过吧。"兰陵王坚持着："不，新娘子请走吧，我们这就让道。"新娘也认真地说："应该让道的是我们，将军请走吧。"兰陵王提高声音："请新娘先过！我们不出征了！"新娘威声一吼："请将军先过！我不出嫁了！"

兰陵王赌着气，将下摆一甩，往草亭上走去。新娘子望着兰陵王的背影，想起他的脸，忽然哭了起来。她提着长裙追着兰陵王上了草亭，抹着眼泪："将军！将军！你把你的脸借给我，好吗？将军。"兰陵王忙转过身来："好啊，但是你也必须把脸借给我。"

新娘不解："将军，你长得这么美，为什么还要借我的脸？难道你没看到我的脸有多丑吗？"兰陵王打住她说："难道你不知道长得美是一个武人的不幸吗？我拥有令自己自豪的武艺、胆识和勇猛的气概。我甚至觉得这一切足以令我名垂史册。但是，每次我向父亲请缨，他都不许。因为我的柔美妩媚就像一个女孩儿，父亲从不信任我。他只能像疼爱自己漂亮的女儿一样对我。每次我的兄弟出征作战，我内心都很痛苦——不管仗打赢了还是打输了。打赢的时候，我总在压抑着，心想我的兄弟都建功立业了，而我只能像女人守在闺中一样默默无闻。假如领兵出征的人是我，我将建下比他们更大的功勋。而当我的兄弟打输了，我又痛心于齐国在战场上失掉的生命。我总在想，假如带兵出战的人是我，我将不让那么多的士兵弃骨荒野。"

兰陵王说着哽住了："你虽然是个女人，但是盖头一掀，竟能将我的五百勇士吓得不成阵脚！这是我的惭愧和可悲。难道父亲所做一直都是对的？脸，对于武人来说，真的那么重要？我真羡慕你啊，最起码，你上过战场，见过那千军万马，而我堂堂七尺男儿，却无用武之地了！"

新娘更加哭了起来："天哪！将军，可这正是我的不幸。

我这模样，可以吓退你的五百勇士，又怎么吓不退我的夫君？花轿可以坐，天地可以拜，可是盖头不能掀。一个掀不了盖头的新娘，还不如回娘家去，老死闺中！上过战场？见过千军万马？你以为那是我想得到的吗？你以为那是一个女人所足以取代终生幸福的自豪吗？将军，我真惭愧！连一个男人都可以长得这么美，这么细致，这么动人，这么……为什么我一个女人，却要长成这样？纵然我再贤良、再温和、有再多的文武才能，你以为那对我来说有用吗？”

新娘与兰陵王正相对哭泣，头戴红花的老仆妇上了草亭来催：“娘娘，该上轿了，不要误了良辰。”新娘冷冷地下了一声令：“上轿，往回走。我不嫁了。”

这时，巫代颜也上前来：“殿下，该启程了。我们这次是没得军令就出战的，要赶在元帅的前面。误了时辰，恐怕他们仗就打完了。”兰陵王别过脸去，也冷冷地下令：“这仗不打了，往回走。”

于是，草亭之下，两支相遇的队伍又带着各自的不幸，各自折回。

时间飞快，不觉三年过去了。山道旁的草亭一点都没有变。这天，就在草亭下面，兰陵王那支有五百勇士的军队又碰上了红艳艳的送亲队伍。兰陵王看到花轿旁边还挂着弓箭。

“一定是她！”兰陵王马上传令将士，避开山道，让送亲队伍先走过。人马都靠着山壁停下，兰陵王又登上了草亭。身边跟着副将巫代颜。

但是那弯弯曲曲、吹吹打打的红色队伍到了草亭下，却又一次停住了。老仆妇从轿子里搀下新娘来，上了草亭。

新娘子轻轻盈盈地向兰陵王行了个礼："多谢将军让道。"兰陵王笑道："齐国的王后，你又要出嫁，这回你掀不掀盖头？"新娘也笑出声来："齐国的皇子，你不要挖苦我，我这回长得比你还美。"兰陵王说："我并没有挖苦你，这回我长得比你还丑。"新娘说："看来你并不相信。不信你可以掀开我的盖头，不管用手，还是用箭。"兰陵王说："不，是你并不相信。那我只好掀开你的盖头了。"

新娘向兰陵王走近，兰陵王将红流苏的坠角儿轻轻拎起。新娘的眼睛露了出来，她吓了一跳，往后退了半步："啊——"兰陵王笑了笑："你一定觉得自己认错人了。"新娘定住了脚步说："不，你不觉得自己认错人，我又怎么会觉得自己认错人？将军，你戴上面具了。"

兰陵王说："是的，我终究还是按捺不住一个英雄的寂寞。我的面具是三年前仿造你的面容而做的，只不过比你更丑。姑娘，你也戴上面具了。"新娘头一低："是的，我终究还是不甘心老死闺中，我的面具也是仿造你的面容而做的，只不过比你更美。"

兰陵王说："姑娘现在确实很美，那么，你可以安心上轿子当你的齐国王后了。"新娘说："那你现在也可以安心上阵打你的仗了？"兰陵王笑了起来："不，我已经打过许多胜仗了，突厥人对我闻风丧胆，北周也成了我的手下败将。这就是我三年来的功绩！既然那张天然的面孔得不到承认，屡屡地请缨不成，那我只能戴上面具。”

兰陵王说着，笑容敛住了：“但是每次打完胜仗，我的内心都很矛盾。每次胜仗，都在证明我自己，同时又在否定我自己。证明我自己的勇武确实足以驰骋沙场，同时，我威胁敌方的是我一张可怕的面具。是的，战场上需要一张威恶的面孔。仗打赢了，不正是在否定我那张柔媚的，却是属于自己的真实的脸吗？这不正在证明从前父亲对我的种种偏见、种种不公平都是正确的吗？”

新娘子接着说：“尽管如此，你此去还必须再打个胜仗。”兰陵王点了点头。新娘子笑了笑：“等我得到齐王的宠幸之后，也许我会有同样的心情。”兰陵王又点了点头。新娘子突然问：“你何不尝试着摘掉面具打一次胜仗呢？从前，你是无路请缨，所以戴上面具开始了你的第一步，但现在，你已经是长缨在手，你何不摘下面具呢？”

兰陵王轻轻皱了皱眉头：“你说什么？摘下面具？你知道吗？有了这张面具，打什么样的仗我都不怕了，因为敌手震慑于我的面具。每次对垒阵前，干戈未交，我就已经打赢了一场心理战。我为什么要摘下它？”

新娘说：“可是，他们已经都是你的手下败将了。你难道连这点胆气都没有？”

兰陵王满眼的迷惑：“是的，他们都已经是我的手下败将了。可是，可是……不，我不摘面具，我已经赢得了出征的机会，也并不在乎我的手下败将，可是，我的面具已经成为我的习惯。没有面具，我在千军万马面前有一种不安全的怯懦，仿佛自己被一览无遗，仿佛任何深藏着的战术都被敌方窃知。我有一种赤裸裸示于人前的恐惧感，仿佛一个小孩的谎言被戳穿，又仿佛我那张真实的、天然的脸确已离不开这面丑陋的‘盾牌’——正是这‘盾牌’保护着我，我不用受伤。”

新娘子也有些惊怵：“习惯？面具会变成习惯？那假如我的面具也变成我的习惯，可怎么办呀？”兰陵王劝道：“姑娘，你还是把面具摘了吧。你跟我不一样，你这是要嫁人呢。我上阵戴上面具，打完仗就可以把面具脱掉，可是你呢？假如你与你的夫君朝夕相对，你怎能总戴着面具？你这样做太荒唐了。假如你长得丑，你就也找一个丑汉……”

“住口！”新娘听不下去了，“将军，你听着，面具就是面具，戴面具的都一样。假如你不荒唐，那我也不荒唐。假如我是可笑的，那你也一样可笑。将军，假如你长得太柔媚，那你就别打仗好了，你去当一个文人，你做得到吗？我不会去嫁给另一个人的，我只能是齐国的王后！”

兰陵王止不住笑了起来：“姑娘又何妨说出自己的真实身份？为什么口口声声都要说自己是王后呢？”新娘子说：“不肯说真实身份的人是你。为什么口口声声都要说自己是皇子呢？”兰陵王辩道：“我虽戴着面具，但我却没有说假话。我确实是齐国皇子——兰陵王高长恭啊！”新娘子也辩道：“我虽戴着面具，但我却没有说假话。我确实是齐国王后——齐宣王王后钟离春啊！”

兰陵王一阵恍惚，听眼前这新娘子所说的话，每一句都与自己的话那么相似，每一句都令自己那么无法回答。她与他面对面站着。他看着眼前这个以自己真面目为假面具的女子。她甚至连每一个表情、每一个眼神都在模仿他，模仿面具下原本那个俊美的他。他趔趄起来，害怕起来，他这不是在照镜子吗？眼前人不是他自己吗？

“不，我戴着面具呢，不可能照出这个样子。”兰陵王忙伸手按住自己耳边——那是揭面具的地方。

巫代颜喊了一声：“殿下，你没事吧！”兰陵王后脑勺还在疼，他坠于马下，一手握着长剑，一手还按着耳边。他正尝试着放开自己的手，卜轻容的长矛不偏不倚地刺向他的脸。

兰陵王的面具“哐当”从脸上落下，如同金属的碰撞。卜轻容惨叫起来。兰陵王一看，卜轻容的双眼已被双箭射中。卜轻容仰头哀号着，双手伸向空中，好像要抓住什么。他终于揭开了令自己屡屡兵败的那张面具，但是他却永远无法看到他对手的真面目。这时城上箭雨纷纷地射向北周军队。城上将士在那危急的时刻终于看到面具底下的脸，他们认出来了：“是殿下！是兰陵王殿下！快下弓弩手解围！”

卜轻容所带领的北周军队再一次大败，这一败，又是败在了兰陵王的脸上。他似乎注定要败在兰陵王的脸上，不管是真的脸，还是假的脸，不管是美的脸，还是丑的脸。

兰陵王将面具悬于马下，凯旋进城。五百勇士高唱着《兰陵王入阵曲》。兰陵王忍不住问身边的巫代颜：“战国时期齐宣王的王后钟离春，你有没有听说过？”巫代颜点着头：“历史上有名的女将，也是出了名的丑女。可是听说她有个外号叫‘灯下娇’——晚上，在灯下，她总会变得非常漂亮。她和齐宣王有好多王子王孙……”

（本文2008年10月发表于《作品》）

短篇小说

瓜 瓞

诗曰：绵绵瓜瓞，民之初生，自土沮漆。

01

卖屋合同昨天已经签了，朱奶奶开始琢磨屋子里的老物什。

高低柜表面的漆锃亮锃亮的，常年铺着白色抽纱，找不到一点儿瑕疵，谁相信那是半个世纪的家伙？小山屏肯定是要搬走，那是朱奶奶和陈爷爷结婚用的床，丢掉是坏兆头，夫妻要散的。缝纫车是幺女陈子青的嫁妆。子青搬了几次家，不耐烦了想要扔，朱奶奶劝不了，只好搬回自己屋里先放着。玻璃柜里的珊瑚扇，那是三十几年前二儿媳婉柔第一次跑广交会带回来的，在那时是很稀罕的工艺品，客人们来家里喝茶都会多看两眼。

朱奶奶翻找来，翻找去，有一面镜子，不知道去了哪里？

“什么镜子啊？”大儿媳淑芳不记得有这么一面镜子。

“铜的，不大。”朱奶奶捧起双手比画着铜镜的大小，说，“边上有瓜藤和蝴蝶。”

她往窗外望了一眼，下雨了。最初，雨滴落在邻居家灰蓝灰蓝的屋瓦上，落墨时极深，渗开后变浅，淡然无色，于是，雨滴便重重地、密密地落下来，打得瓦片无处留白。雨花在屋瓦上朵朵溅开，像许多晶莹花白的小东西在跳呀，蹦呀。在同一扇窗口，她曾经抱着年幼的大儿子陈子忠在膝头，哄着他："不要哭不要哭，妈妈把外面那些蹦蹦跳跳的水蚱蜢抓进来和你玩。"

邻居家平屋的屋瓦低低的，比自家在南安里这栋小楼矮了一层。五六岁的子忠双手攀着窗棂，盯着窗外的雨们，他一直以为瓦上跳动的真的是水蚱蜢。

朱奶奶伸手撩开米黄色的窗帘，摸了摸墙上的铁钉头："原来挂在这儿的……"原来？不，铜镜挂在这儿已经是很久以前的事了。铜镜是陈爷爷当新郎官儿布置婚房时添购的。他说瓜藤和蝴蝶图案，叫作"瓜瓞（蝶）绵绵"，寓意子孙兴旺，更妙的是，镜子背面竟然刻着"陈朱之好"四个字，仿佛专为他们而做。新娘子红着脸，目光躲闪地低下了头。

忽然，狸花猫蹦跶过来，踩得旧物什们"咯噔咯噔"作响。朱奶奶瞅了猫一眼，莫不是猫把铜镜弄丢的？她烦恼地坐下来，窗外的雨滴已经连成线，细细匀匀地垂在邻居家的屋檐下，像一挂清凉的帘子。

淑芳看着婆婆找镜子，心思却不在这里。她开始发愁，这么多大件家私，搬到自己家里放哪儿好？老人家的东西件件丢不得，劝是劝不了的。

最初，提议卖屋的是淑芳。

淑芳的孙子再过一年半就要读小学了，学位不理想。二胎已在淑芳的儿媳张如腹中酝酿，原来小小的刚需房变得更小了。添丁未添财，淑芳在省城媒体工作的儿子陈孟显然有了而立不立的憔悴。

淑芳退休已经六七年，子忠退休也一年多了。8年前，陈孟在广州成婚，子忠和淑芳帮他买了婚房，便没有什么积蓄了。如今陈孟又要换房，淑芳只好做做婆婆的思想工作。毕竟老太太84岁了，独居也不合适，淑芳提议搬过来一起住，老房子卖了，当是帮子孙一个忙。

朱奶奶笑眯眯的，就答应了。

淑芳也没想到事情这么顺利。

五年前，朱奶奶迎来了四世同堂的晚年，她觉得一切很好。在广州的长孙陈孟为她生了曾孙。在凤城工作的二孙子肥仔也找了对象。肥仔是朱奶奶二儿子陈子孝的孩子，今年32岁了。朱奶奶还有一个外孙女曼丽，是子青的女儿，在上海工作，逢过年必来看她。曼丽今年29岁了，她告诉外婆，在事业未成之前是不会结婚的。

朱奶奶很是开明，她说不用急。陈爷爷结婚的时候都37岁了。

这话假如子青听见了，是要发脾气的。

陈爷爷如果还活着，现在有100岁了。陈爷爷比朱奶奶大了16岁，是南下干部，原籍陕西武功人。南下干部中老夫少妻的情况很常见，但当年这桩婚姻组织却并不支持，因为朱家成分不好。陈爷爷戎马半生，娶了朱家女儿，在政治前途上是个污点。

周围的人都不看好陈爷爷和朱奶奶之间的感情。他们通常这样想，朱奶奶只是看中陈爷爷可以每天坐在台上讲话，陈爷爷只是看中朱奶奶年轻的容貌。但朱奶奶却坚信他们之间是革命的友谊。

少女时代的朱奶奶，有好几次在早晨上学时发现老师不见了。老师只留下一张字条，说他要打仗去了，还号召大家一起加入革命的队伍。朱奶奶没有上过战场，但她觉得有上过战场的人和没有上过战场的人不一样。朱奶奶没有上过战场，但有好几年她都艰难地存活在战场上。

战火在头顶纷飞，妇孺们躲进土沟。她和她的祖母把捏好的饭团分给同一条土沟里的人。每当此时，小孩们总是眼巴巴地盯着她们的手看。大白天，双“手”抱头的狼狗会出来吃人，活的死的都吃。谁也不知道，那度日如年的战时岁月是怎么过去的。

然而都过去了。

开会的时候，朱奶奶一定是兴致勃勃地搬着板凳条坐到第一排的。她手里拿着笔记本，认认真真地听陈爷爷讲话，记录着，有时候是落实农业生产任务，有时候是开展政治学习。无论哪一种，都很美好。在看不到尽头的乡间小路上，有铺着绿色水田的原野，有团着蚊蝇和果园的丘陵，湿润的蒿草撑不破露珠，只见陈爷爷和工作同志们远远向前走去的背影。大中午的烈日炙烤着田埂边光秃秃的白色巨石，有人说看见陈爷爷戴着草帽站在石头上，有人说陈爷爷脱了草帽在扇风。

恍若隔世，陈爷爷已经走了很多年。老屋里光影转移，每扇窗都能看到不同的春天。每一年的开始都有不同的风儿吹进屋里。楼梯的扶手旋转出让人看不懂的曲线，天花板的浮雕似乎蜷缩着未绽放的金丝菊。阳台的石栏柱样式典雅，旧旧的，却干干净净的。艳丽的三角梅顺着一墙的老藤从一楼开到三楼，挡去了半个夏天的暑热。蜘蛛悄悄地在大门后拉网，蜻蜓停歇在某年燕子筑下的窝边。

岁月静好。

这老屋原是陈爷爷分的房子，后来房改政策下来，变成商品房，落了陈爷爷的名字。陈爷爷走后，房子由朱奶奶继承。

卖屋的合同昨天已经签了。窗外四五层楼高的木棉开始飘絮，团团圆圆地落在草地里，白绒绒、软绵绵，煞是可爱。阳光下，六七层楼高的玉兰下着白色的香花瓣，把楼下的大众车铺成了“香车”。这是肥仔刚买的车子，却没有停车的地方，只好搁到祖母楼下，现在屋子要卖了，以后却也不知道停去哪里了。

孕妇不宜熬夜，不过张如熬夜写稿的习惯是改不了了。再说，这是第二胎，对她而言轻车熟路。今晚，她依旧任性地把灯光混进咖啡的腾腾热气里，熬夜看完母校论坛里一条长长的帖子，并且掷地有声地告诫楼主：这样的婚不能结！

下完这个结论之后，张如心满意足地睡下了。每天孕吐的例牌也被不相识的同门师妹一条接地气的长帖给治好了。

第二天，报社没有采访，张如还沉浸在昨夜的帖子里——真是气愤，怎会有这样的人家？

“我的一个师妹”，张如这样介绍。这个师妹谈了个男朋友，二线城市公务员，没什么钱，也还没买房。本来说好了，婚前男女同出首付，落双方的名字。现在男朋友家里突然变卦，首付不要女方的钱，也不愿意落女方的名。多会算计，这可是婚前财产。那未来婆婆竟然说出这样的话，说女方如果有积蓄，房贷还有一百多万，可以先还掉一部分房贷。

哎呀，真是过分！饭堂里，同桌的女同事们纷纷不平起来。大家一直在关注，师妹后来分手了没有。

张如是陕西彬城人，她庆幸自己没有遇到这样的奇葩。婆家虽在广东，但据说祖上也是陕西人。尽管离彬城还有一段距离，家里的老人却坚持说“就是一个地方的”。这样也好，说明婆家没有把自己当外人。

03

挺着五个月的大肚子跑肿瘤医院，对郭晓雪来说已经是第十五天。怀孕的前五个月，晓雪被重点保护，什么活儿都不让干，郊区也不能去，现在事发突然，便什么都顾不得了，只好长途颠簸从凤城跑到广州医院照顾外公。

晓雪还在妈妈肚子里的时候，父母就闹离婚。妈妈说，生晓雪还未出院，晓雪爸就把离婚手续办好了，非常绝情。晓雪妈再婚了，晓雪从小跟着外公长大。晓雪从复旦毕业之后回到凤城，就是不希望外公一个人孤零零。

现在，晓雪自然而然地去找了她在广州生活的爸爸。爸爸有个同学在肿瘤医院当医生，爸爸请他加以关照。爸爸帮晓雪在肿瘤医院附近租了个房子。老人家这病，一天两天是离不开这座城市了。

晚上八点半，晓雪重重的身子倚在医院过道的椅子上。白晃晃的日光灯下，不知哪栋楼哪一层传来隐约的哭号之声。晓雪一阵发怵，就见爸爸从长廊里快步走过来。爸爸又是高兴又是愁地问，肚子这么大了，怎么是你一个人带着老人来？晓雪摇着头，个个说请不了假。

爸爸又生起了陈年老气：这帮人，还是这个德性！

晓雪补充道："文俊下个星期能来替一下我，再下个星期，我再上来。"爸爸说："这怎么行？你既然来了，要么在广州待着，要么回去了不用再上来。挺着个肚子来来回回跑绝对不行。"晓雪叹了口气："可是，我也没法连续请长假。"

爸爸问："你三舅呢？小姨呢？他们不用上班啊。"晓雪道："现在尽量争取让他们过来，但是都说要在家带孙子，估计也不会来了。"爸爸摇着头："我的意思，如果文俊上来广州，替换你回凤城，你就别再跑上来了，请个护工，我时不时过来看一看。你觉得呢？"晓雪道："看医生怎么说吧。"

爸爸问："钱带够了吗？"晓雪道："钱是够了的。您进去看看外公吗？”爸爸拿出一根烟：“算了，让他睡个好觉吧。”“先生，这里不能抽烟！”路过的护士瞥了他一眼。爸爸又把烟放回去。

晚上九点四十五分，阿姨来了，就是晓雪的继母。阿姨带来了一些水果，嘱咐晓雪照顾好自己的身体，她有空就过来帮忙。阿姨说她有个同事，请过一个不错的护工，叫晓雪不要省钱，怀孕了千万别干力气活。另外，阿姨还嘱咐，出租屋里比较复杂，要把财物放好。晓雪连连点头。

医院的医生看到晓雪一次就说她一次，说孕妇待在这里不好。有一回外公和她说：“小雪，你都长大了，我也活够了，别折腾外公了。”晓雪就哭了，外公又说：“小雪啊你别怕，爸爸妈妈都不要你，外公要你。”

晓雪算是把老公文俊盼过来了，可以有两个人一起担惊受怕。

文俊唉声叹气，他也不想提这些事情，但事情还得两个人商量着解决。文俊跟晓雪原本攒了钱，计划在凤城买下房子。结果购房合同签下来，晓雪的外公却突然病倒。钱带到广州来给外公治病，首付款就缺了个小角。可是，无论大角小角，都足以让首付款给不成了。

房子买不成便罢，但合同违约，文俊家便要赔给业主方房款10%的违约金。晓雪问过一个做律师的老乡兼同学，结论很不好。这真是缺了个小角，吃了个大亏。

晓雪也不知道怎么想的，把文俊留在医院照顾外公，自己就按着地址找到了父亲住在五山的家。

她说："爸，能不能借我点钱？"她把事情头头尾尾跟父亲说了。她的意思，尽管外公还在医院，咬咬牙房子还是应该买下来，赔违约金太无辜。

老郭愣了一下，晓雪好像还是头一回叫他"爸"，没想到一开口就是借钱，他也不知道该怎么回答。

晓雪说完就不问了，和弟弟坐下来玩了一局游戏，没吃饭就回去了。

晚上，晓雪回到出租屋里，阿姨打电话过来问她，身体感觉怎么样？她说没有感觉，也不吐。阿姨电话刚挂，爸爸就给她发了几段长长的微信。

爸爸说："小雪，你的选择是对的。尽管外公不是你一个人的外公，但你从小由外公带大，你先行垫付了一切费用，爸爸很高兴。因为这件事，你的房子买不成了，还要赔偿违约金，这很可惜，但是爸爸不能帮你补足首付款。

"我和你妈妈离婚了，你判给了你妈妈。离婚的时候财物、抚养费等已经分割清楚。如今你也已近而立之年，比我当初还大好几岁。我妻离子散地离开凤城之后，只身回到武汉打工。一切并没有很顺利，我又回到广东。快四十的时候，我才又和你阿姨结婚。虽然现在在公司是管理层，但再过四年我也要退休了。你弟弟才上高一。

"广州和凤城不一样。现在这些臭小子，如果父母不帮忙，靠着他自己，要等到猴年马月才能买得上房。

"现在家里的积蓄，是你阿姨和我一起挣下来的。这件事情我没有跟你阿姨说，她也不会同意的。

“毕竟你大，又出嫁了。文俊家庭还可以，这件事看你公公婆婆能不能帮到你们。

“如果买不成，不要太沮丧。爸爸也是四十几岁才有现在这个房子，你们还年轻。另外，凤城是祖籍，你们不用像大城市的外地年轻人一样，要靠房子来落实婴儿的户口，一切可以慢慢来。”

晓雪看完了微信。老郭的答复，是基于晓雪借了钱不还的假设。晓雪叹了口气，爸爸又发过来一条微信：“关于你所担忧的违约金，若业主不告，你们就不用赔偿。请将外公病情告知对方，请其关照！”

但是，那个律师同学告诫过晓雪，实情不能告诉对方，以免对方掌握太多。

04

初秋的海风和牛田洋的大水蟹似乎来得不合时宜。子青扯着嗓子走进螃蟹王那间望海的档口：“阿超，你妈在不在？”做螃蟹生意的王超闻声迎了出来：“她快回来了，青姨进屋喝茶！”

子青直摇着头进了门去：“阿超啊，真是家丑不可外扬！家丑不可外扬！”门外海天云影，蚝田纵横，并不知道哪儿是螃蟹的一亩三分地。点点白鹭掠过，落在不知名的竹竿尖上。

起初，子青和王超妈妈、二嫂婉柔是一起下乡的知青，在橡胶园割橡胶。三个人无话不说，是过命姐妹。子青更把婉柔往家里带，最终成了她二嫂。然而，过命姐妹终熬不过姑嫂的啰唆日常。只要有合适的素材，她们便会用来向对方变相炫耀，或者冷嘲热讽。螃蟹王家的海景档口，成了她俩争取中立者的战场。

子青拈起茶杯，抿了一口生茶，说：“喝就喝吧，我喝这个必然睡不着，反正也是睡不着了。”她放下茶杯：“先是大嫂耸动我妈卖我爸那个老楼，说要接我妈去一起住。卖房的钱自然是给她那个在广州的儿子添着买房。结果老二家突然跑出来哭穷，说肥仔结婚买房的钱不够了，卖老楼的钱也要分给肥仔。”

子青大拊掌：“婉柔这个人是影后来的。前阵子还跟我炫耀，说肥仔和她未来儿媳多有本事，买房全部不用父母一分钱。房子看定了，多么大，多么好，说漏嘴了吧？”

一个两三岁的孩子用聚丙绳牵着一只螃蟹在门口遛。孩子是王超的外甥。螃蟹的大脚被牢牢困住，剩下八个小脚跑得飞快。子青皱了皱眉头：“螃蟹能玩吗？看被咬到。”

王超答了声：“不怕。”又忙声援子青：“这样是不好。”

“不过，”王超又不合适地说了句，“可能老人家想着几个子孙平分，也不算偏心。”子青说：“对，你说得没错，我妈也同意了。可是大嫂就说，既然这样，老娘没来由只住在她家，也应该去二哥家住一住。”

子青说着，把翘起来的腿放下去，放下去的腿又翘起来，甚是烦躁：“结果婉柔又说，他们家就两间房，没有多余的房间给婆婆住，而且最初是大嫂提出来让老人卖屋搬去她家住的，说得特别好，说要自己照顾老人的。老大家里房子大，一间客房、一间书房常年空着，摆一间书房在那里，也不知道哪个在读书？一听老人说要分一些给二孙子做婚房首付，就变脸了？要跟亲兄弟算计这个，太过分。老大家的好歹是在省城换第二套房了，老二家的可是还没成家呢。”

王超一边泡着茶一边说：“食伙头，老人家轮着住，这是一向的惯例啊。”

子青翻着白眼：“婉柔就这样，她现在每次见到我，都要提曼丽怎么还不找对象，而且必然强调女孩跟男孩不一样。”说到这里，子青心堵得很，她这个生死之交的闺蜜，近三十年来一直以生男生女的落后思想碾压她。

王超笑了笑：“什么年代了，还说这些话？曼丽人漂亮，又是大律师，不能随便下嫁。”子青听了，心更堵了。她那个生死之交的闺蜜兼嫂子，近五六年来一直在刺她的心。她的曼丽，从小学一年级开始就是学习尖子，在班上是班长，入了少先队是三道杠，二十年前获得过五枚雏鹰奖章，进了共青团是团支书，复旦毕业，一直都是她的骄傲。尽管这辈子只有一个女儿，但是这个女儿怎么也比隔三岔五被老师叫家长的肥仔强。

可是谁知道毕业以后，命运掉转了。肥仔连二本都没考上，老老实实回老家，如今稳稳当当在一个好部门捧铁饭碗。曼丽从小斗天斗地，如今斗得怎么样？反正也不清楚。婉柔笑着说：“我们家的没出息，好歹在身边，天天看得见，不像你们那个有出息的，弄得你们晚景凄凉。”

王超也生气了："怎么这么说话？在上海发展，肯定比回凤城强。"

"不过，"王超又不合适地说，"曼丽要是想回来，那也得趁早。"他谦虚地笑了笑："我们凤城是乡下，都看重女孩的年龄。"王超看了看子青渐变的脸色，忙补充道："当然了，她要是回来，以她的专业，我不信她考不上个法、检什么的。"

子青脸上方平和下来，若有所思。

临走，王超笑容满面地拎给子青一桶水蟹，桶上盖着块蚊帐布片："青姨，桶里的您拿回去，国庆曼丽从上海回来，正好吃上这个。不是我吹，这是正宗牛田洋大水蟹。迟些时候南澳的乌蟹有了，我再给您送一些去。"

子青"哎哟"了一声："乌蟹现在可不便宜啊。"又问："这水蟹能放那么久吗？""能！"王超打着包票，"把蚊帐布盖着，只要蚊子不叮咬，过了国庆都生生猛猛。"

王超从小是曼丽的追求者，如今他还存着这个念想。但是你打你的官司，我卖我的螃蟹，合不合适他也不知道，只是得不到的永远在骚动。

05

两个老男人坐在一起，除了烟雾缭绕，还是烟雾缭绕。

南安里铁牛大排档的家庭聚餐已经结束，其他人都散了，带着欢与不欢。陈子孝拉了拉陈子忠，让他留一下。子忠又坐了下来。兄弟俩对着一桌子狼藉盘碗，种种食物的余味杂陈着，仿佛刚刚那一家子吃饭的氛围。

子孝说："大哥，没想到小妹闹这么一出，跑出来要分老娘房产？我们凤城的传统，什么时候有外嫁女回来分房分地的？"

子忠敲了敲烟灰："按现在的法律，她是可以分的。"

子孝来气了："你说可以分的那个，叫作遗产，遗产！老娘还活着呢。再说，她缺钱吗？非要在别人家办大事的节骨眼儿上跑出来捣乱。"

的确，妯娌还没掰扯清楚，小姑又插一脚。小姑插了这一脚，妯娌反倒不打了。子孝通情达理地说："大哥，之前大嫂说让老娘轮流在两家住，我觉得合理，我老婆也想通了。反正肥仔可以住宿舍，等婚房买下来，他又搬出去了。现在肥仔那间房就腾了出来，刚好老娘住。大嫂说得也对，阿孟生二胎了，你们得去广州带孙，不在凤城，老娘肯定是我们来照顾的。"子忠搓着过滤嘴，叹了口气。

"问题是，现在老娘生气了，说房子不卖了！"子孝又激动起来。子忠苦笑着："那能怎么办？她现在不卖了，我们也没有办法。"子孝敲了敲桌子："合同都签了，不卖就是违约，要赔违约金。有这个违约金赔，房子都不用卖了。"

子忠吐了吐烟圈："这……买家不一定告我们吧？"子孝有些急了："大哥，难道买家不告我们，就真的不卖了吗？咱们俩家的大事可都在那里悬着呢。"子忠又叹了口气："那你还想逼老娘啊？”

子孝摇了摇头：“我只是跟你讨个主意。买家也是很久没动静了，也没来催我们办手续，据说没在凤城，去广州出差了。这倒是好机会。我想找个人，就说是买家的律师，来要违约金。老娘现在哪有这笔违约金……”

子忠听着听着，突然拍案而起：“你要是跟我讨主意，我也赞成不卖了！”子孝也站起身来，扬开声音：“难道阿孟的房子不买了吗？”子忠冷着脸道：“反正是换第二套，换不成就挤着。”

06

朱奶奶坐在阳台的藤椅上，很肯定地说房子不卖了：“房子卖了，家要散。”

陈子忠站在阳台门边怔了怔。他虽不赞同弟弟的“计策”，但心里还是犯嘀咕，万一买家真来告呢？上哪儿腾出这笔违约金？除了违约金，还有双方的律师费，这一笔可不小啊。他抬了抬眼睛，瞥见楼下铁门进来两个人。他们真的来了？就是那对买房的年轻夫妻，文俊和晓雪。

他们有些尴尬，甚至难以启齿，却最终谦卑而冒险地以实相告。

朱奶奶起身弯腰，用同样谦卑的语气撒了个谎，说出自己“违约”的原因：“因为我想念我的老头，离开这里，我不知道去哪里找他。”

他们一方不买了，一方不卖了，便商量择日再签一份协议书，作为和平解除合同的凭证。

事情的和平解决，陈子忠觉得是一块石头落地，子青觉得自己作为女儿的损失没有发生，其他人对此各有各的不悦。

这个时候，曼丽回来了。

她听二舅说起了事情的经过，觉得事情大可不必如此解决。大家都坐成一圈，听她说。她说，现在事情对我方有利，虽然我们不想卖，但是对方现在没钱了，无法继续履行合同。我们可以告他们违约，拿了违约金，结果没有变，屋子仍然是我们的。

现场有好几个人都说有道理，希望曼丽可以教教外婆怎么走起诉程序。

但是，在那个秋天的早晨，朱奶奶就不起床了。她病了，无法出门去折腾起诉手续。曼丽安慰大家："没有关系，这一块我熟，可以代办，外婆负责签名就行了。"

曼丽第一次接触买方的时候，发现女主人很面熟。对方叫出了她的名字："曼丽，前阵子我联系你，你不是说在上海吗？什么时候回的凤城？"

曼丽这才认出晓雪来。晓雪的容貌已经完全变了样，脸色苍白、双眼疲惫，两颊虚虚地鼓着，头发又短又蓬，身躯臃肿，衣着也很随便，像是穿了睡衣就跑出来似的。毕业这些年，她们基本没有见过面，只通过通信工具偶尔联系。大学的时候，她们可是天天见面。凤城考到复旦的人不多，那一年就只有她们两个。

在外地，老乡格外亲。

晓雪说："曼丽，你帮我出了那么多主意说是要从法律的角度保护我，怎么现在反过来要起诉我？"

曼丽笑着说："没有，我不是要起诉你。我看到合同是你，专门出来见见你。是真的，外婆不愿意起诉你，我怎么可以起诉你？房子又不是我的。"

晓雪点了点头。

回来之后，曼丽跟家人说，晓雪特别可怜，从小没爹没妈。

老屋的院子里，肥仔拿着鸡毛掸子在扫大众车上的玉兰花瓣。曼丽说，这新车弄得这么脏，一点儿都看不出来是新车。肥仔笑着说："昨天开去洗车，平时25块，节日涨到了45块，吓得我赶紧开回来。"肥仔说话总是这么带着冷幽默。

曼丽问："听说你又分手了？不是快结婚了吗？"

"价值观不一样。"肥仔打断她的话，"有一点事情，就什么隐私都捅到网上去。写了两万字的冤情在网上。有矛盾不是和我这个做男朋友的商量着解决，而是跟一些看热闹又不明就里的网友去瞎聊，聊到三更半夜。网友得出结论说我是渣男，说我们家都是坏人，她可不就坚决要跟我分手了呗。"

"啧啧，两万字的冤情？谁受得了？二哥，她肯定是侵犯了你的隐私权或者名誉权了。"曼丽兴奋起来，"二哥！你可以告她的呀，真的。"

肥仔将鸡毛掸子往车屁股上拍了拍，呵呵笑着："曼丽，你跟广州的大嫂是越来越像了。我是真怕你们。有一年她回来，不记得是什么事情，她不依不饶缠着我说，你可以曝光他的呀，真的。”

肥仔开车走了。子青出门问女儿：“那个郭晓雪，就是跟你一起考到复旦的那个同学呀？你看看人家，人家都要生了。你看看你！”

曼丽说：“我是明天的机票，我先去收拾东西了。”

前来帮朱奶奶打扫卫生的家政阿姨跟出门来问子青：“这个铁镜要不要？是床底下扫出来的。”子青瞪大了眼睛：“要要，这个你不能拿去卖，这个不是铁镜，是铜的。铜镜的圆周有瓜叶藤蔓，手柄处有两只蝴蝶，这就是朱奶奶一直在找的东西了。”

诗曰：螽斯羽，诜诜兮。宜尔子孙，振振兮。

（本文2020年12月发表于《广州文艺》）

短篇小说

年奶奶

01 年年有余

这条街叫钱铺路直街，据说是清末一处造币厂的遗址。是不是真的不知道，反正年奶奶是这么跟小孩子说的。年奶奶很老了，家就住在这条街的6号大院里。60年前，她家有4辆自行车，在凤城来说，比今天有四套房要更有面子些。除了自行车，别的方面年奶奶也总是富足的。

她出生在一个富足的家庭，又嫁到一个好人家。出嫁之后，回望娘家，她竟有些恨铁不成钢。随着自己的小家庭蒸蒸日上，不仅娘家，婆家的亲戚们也纷纷仰视着她。钱铺路直街6号大院里，年奶奶家总是门庭若市。关于人和人之间的这些差距是如何造成的，她总结不出什么经验，只能说这是“命的事情”。

为着“命的事情”，但凡亲戚上门，她总是会给他们送礼物的，从穿过的崭新的衣服，到时兴的零食果品，也有干货节料、米油烟茶，还有华而不实的中秋月饼，以及过期作废的挂历。亲戚们总是满载而归，而年奶奶的礼物总是送之不竭。她家总是年年有余的。

一年一年过去，门庭渐渐冷落，年奶奶有些不高兴。

初一那天，根根来看她。根根是年奶奶的大侄子，长着高鼻梁，臃肿的鼻头，后退的发际线留出一个“美人尖”，飘着些许花白色。他六十出头了，来到家里坐一坐，往往是抽几支烟就走了。

一坐下，年奶奶便开始叙旧，说你现在是大老板了，当年来我们家，还问卖股票是挑去哪里卖好？根根“嘿嘿嘿”地笑着，那不是新事物吗？谁知道是啥？听说卖股票能挣钱，就问问。年奶奶哈哈大笑，说你就想着要发财！还以为卖股票跟你卖荔枝是一样的，挑着担子就到市上卖去了？根根“嘿嘿嘿”地，把烟头一掐，要走了。

临走，年奶奶照例是给他准备了礼物，他照例是找个理由就拒收了。这些年皆是如此。头几年，年奶奶还相信他说的理由，到后来，年奶奶知道这是嫌弃了。

初三那天，豆官兄弟来看她。豆官兄弟是年奶奶多年前一个保姆贤姑的儿子。贤姑原也是家里的亲戚，住在山乡。那几年，山乡的人颇多弃农了，进城务工，包括贤姑的丈夫。贤姑夫妻不知怎么折腾，把两个儿子都弄到城里来上学。为了照顾孩子，贤姑就到年奶奶家做了保姆。

贤姑告诉年奶奶，乡里的风气不太好，还是希望孩子到城里读书，跟好的学。贤姑的婆婆在豆官兄弟开学那天，给他们做了糖水豆官吃，还念念有词，说吃了豆官，以后孩子能当官。年奶奶哈哈大笑，说当什么官呀！你们两兄弟四十都快有了，还不都在教书呢？还是农学院的？豆官兄弟“嘿嘿嘿”地，要走了。临走，年奶奶的礼物还是没被拎走。

初五那天，甜娜来看她。甜娜是年奶奶表妹的孙女，三十几岁，经常奇装异服，浓妆艳抹。年奶奶说，你现在是大明星了，当年你家生了你，全家都不高兴呢。

甜娜红着脸，“嘿嘿嘿”笑着。她是父母的第四个女儿，在生完她弟弟之后，父母终于不再生了。年奶奶哈哈大笑，超生你的罚款，还是我帮你们交的呢，你家哪有这个钱？年奶奶记得很清楚，这个小姑娘，从小稀罕她家的东西，四五岁时，抓着她家的麦克风不肯撒手。年家客厅那套卡拉OK机，还有那比小孩个头还高的音箱，有着甜娜心仪万分的卓依婷和“恭喜恭喜恭喜你”。七八岁时，年家半旧的手风琴把甜娜馋得迈不开腿。

甜娜“嘿嘿嘿”地，说琴行还有事儿，得走了。年奶奶塞给她一大袋礼物，她用劲儿地推了回去。年奶奶看着她的背影，心里是恼的：小时候我给过你一个口琴，那时你可不是这样推的。

初七那天，大斌来看他。这是年奶奶婆家的亲戚。他家也就大斌懂事，记得来看她，二斌是从来不来的。年奶奶记着呢。

她哈哈大笑，你爸还总是挨你妈的骂不？你妈一跟你爸吵，就带着你和二斌来我家住，一住就不愿意回去。她总嫌你爸没出息，可是有啥办法呢？这是命的事情。你妈当初嫁你爸，为的是你爸在部队提干了，转业是个干部。但是后来看到大家都下海，都发财，她又嫌干部挣点死工资，没用，于是又要你爸做生意去。这一走，干部没了，生意也没做成，落得个高不成低不就。

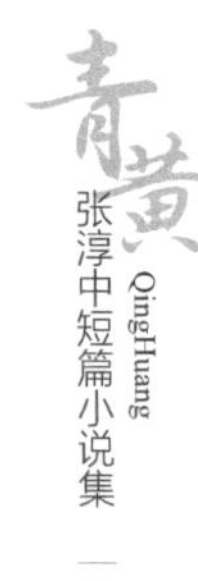

她总说你爸是老实人。老实人多好啊，我们年轻的时候，可都是要嫁老实人的。到了你妈嘴里，老实人倒成了不好的。要我说啊，你妈受穷，都因为她自己是个没福气的。

大块头的大斌“嘿嘿嘿”笑着，说年奶奶，快别提了，陈年往事了。我爸妈现在感情可好了。高情商的年奶奶也跟着说，那是那是，往事别提了。来，这个拿着，带给你妈，她最喜欢的花胶。大斌说，别别别，家里有，也走了。

她的礼物送不出去了。

02 新人客

年奶奶很奇怪，她总是把客人叫作“人客”，于是，新认识新上门的客人，也就成了“新人客”。新人客叫肖彩彩，是年奶奶的新朋友，一位善解人意的忘年之交。

有一天，年奶奶坐在钱铺路直街的街心绿化带中，看着水中的锦鲤发呆。崎岖的假山隐藏在天桥之下，成了一个秘密花园。年奶奶在想，这么多年为着亲戚们，如今人客却越来越少，没人愿意来搭理我了？是我错了吗？就在那天，肖彩彩认识了年奶奶，她告诉年奶奶，您没有错，是那些受过您帮助的人忘恩了。肖彩彩坚定的眼神仿佛一股清流，一浇年奶奶心中块垒。

肖彩彩陪年奶奶回了家，年奶奶给她看门口养了许久的鹧鸪。那鹧鸪样子丑丑的，但是能预测阴晴。倘若天是晴的，它便叫："使不得也哥哥，使不得也哥哥。"倘若天要下雨，它便叫："蝙蝠担雨水，蝙蝠担雨水。"年奶奶跟她讲那没人听的话，比如，看院子那个老门房，还有现在家里这个新保姆。

老门房什么都好，就是看不起人。年奶奶有个质量很好的蚊帐架，要送给老门房。他不要，说房间里太小放不下。要知道，这蚊帐架可是好木头做的，现在哪儿还有这样的好木头？年奶奶很惋惜。

年奶奶又有个质量很好的电饭锅，时间一长，内胆的不粘漆蹭掉了一些，只不过是蹭掉了一些，其他都还能用的。年奶奶要把它送给老门房。他不要，说他有锅的。这口锅可是进口货，当初不便宜的，年奶奶很惋惜。

年奶奶还有一个电水壶，也是好东西，只是有点锈，也要送给老门房。老门房却跟她说，我帮你拿去可回收……

老门房没说完，年奶奶的脸上仿佛一扇打开的明窗，忽然撒下窗帘来。她阴着脸，气呼呼地走了。可回收？后面接的是"垃圾"吗？你说我给你的东西是垃圾吗？

新保姆什么都好，就是经常显摆。年奶奶有一个一直没派上用场的热水器，虽然搁在家里许多年了，但一直是新的，想送给她。她不要，说她家不用这种接煤气罐的热水器，这种型号已经淘汰了。年奶奶还有一对一直没派上用场的马桶刷，虽然只是马桶刷，却是水晶座儿的，内镶工艺花，精美逼真。这对马桶刷一蓝一红，刚来到年奶奶家时，年奶奶把玩了许久，这么干净好看，刷马桶可是要弄脏的，于是把它们放了起来。一放许多年，

它们崭新如故。然而，保姆说她不要，现在家里不用这种马桶刷，现在都……

年奶奶的脸像忽然拉长的日影，她生气了，热水器你说不安全也就算了，马桶刷就是马桶刷，还分这种那种吗？瞧你给时尚得呀！她想起以前的保姆贤姑，那是极好的。

气还没消呢，新保姆又来告假。说是告假，也不管准不准，反正不准也要准的。这一次，是因为结婚二十周年纪念日，老公和姐妹们给她搞了个派对。派对在晚上，她下午三点不到就去做晚妆了。她嘱咐年奶奶，晚饭自己做。

什么结婚纪念日啊，我和我老头五十几年，直到他走了，也没纪念过。二十周年就要纪念？年奶奶把这些糟心的事都跟彩彩说了，只有彩彩懂她的心。

彩彩一直点着头倾听。末了，年奶奶送给彩彩两身套装，一身是天蓝的，一身是桃红的；又送了两条黑色半身裙，一条是百褶长裙，一条是齐膝A型西裙。彩彩对套装和裙子赞不绝口，千恩万谢地走了。年奶奶觉得自己果然没有看错人。

那是彩彩第一次到年奶奶家。此后，她时不时地来看望年奶奶，身上就穿着年奶奶送她的旧衣裙。有些衣裙跟彩彩的身材并不搭，但穿在彩彩身上却显得熠熠生辉。年奶奶捧着彩彩的双臂，摩挲着彩彩身上的衣服——那曾经是老太太最喜欢、质量最好的套装呢。年奶奶笑得眯缝了眼睛，合不拢嘴。

彩彩每次来都会带走年奶奶送她的礼物。年奶奶看到彩彩需要这些礼物，就不断地把礼物送给她，并且在帮助彩彩中获得了快乐。

礼物越来越多，又多又重。

彩彩瞥了一眼大院门口的环保驿站，蹑手蹑脚走过去，回头望了望年奶奶家门的方向，只有阴香木浓密的树荫，还有树下稀疏的落叶。“看不见的”，她在心里默念了一声，然后“咣”地丢进两双年家的“古董鞋”，又“噗”地丢进一扎折叠鞋架，又“丁零当啷”地丢进一袋不锈钢质的厨房用品。

动静有点大，彩彩忙握着余下的礼物——一支金色但不再发光的麦克风，回避似的站到离环保驿站远一些的栏杆边。身后忽传来一声轻轻的咳嗽：“你并不需要这些东西，三天两头往她家跑，是什么意思？”

彩彩尴尬地回过头去，身后却是拎着簸箕和扫把收拾落叶的老门房。彩彩果断地说：“是年奶奶叫我帮她拿出来扔的！”老门房笑了笑：“不可能，这位老太太我还不清楚？要扔，早被我扔了。她呀，心好，心态不好。”

彩彩望着老门房，眼睛里茫然失措。

老门房咧嘴一笑，露出一口经过烟的熏陶和茶的洗礼的牙齿：“你呀！真是个善良的孩子，明明不需要这些东西，但是为了老人家的心，你还是把东西要了。每次穿她的衣服来看她，你真是治她心病的医生啊。老太太好久没像最近这么开心了，脾气也变好了。”彩彩忙打断：“您过奖了。”

彩彩顾不上扔别的了，拎着手上的麦克风就走了。老门房不高不低地朝她的背影喊着：“我不会告诉她的。”

03 物语

由于老门房的突然出现，离开年奶奶的麦克风顺利来到了彩彩家。彩彩一个人住，入门处是一条长长的走廊，与外界隔着一道铁闸门。铁闸门的缝隙挺大，天黑之后，总有好几只大块头的流浪猫大摇大摆地走进门缝来，在走廊里打滚、厮闹，嗷呜嗷呜地叫着。那叫声催促得天上的月缺了一角，匆匆沉下西边去。

因着南国的倒春寒和湿气，房子里的物们都打不起精神，有些蔫。麦克风看到了它的老朋友——一幅方形的剪纸挂画。这也是从年奶奶家来的“老乡”。房子里零零散散地还有一些别的“老乡”——二十年前年奶奶照相用的标配丝巾、整套包装完好没有拆封的钢笔和墨水、印着古早明星头像的空白相册、分不清是新是旧的女式真皮腰带、分不清是真是假但做工精细的珍珠胸针、兔年琉璃摆件和狗年景泰蓝摆件。

物们闲置着，也有寻愁觅恨的时候，也有猫撕狗咬的时候，也有张家长李家短论人是非的时候。像极了人不想做“废人”，它们也不想做“废物”。但是彩彩把它们往纸箱里一倒，推到墙角：“你们就是废物！”

纸箱的“门”严严地合上了，箱里一片黑漆漆。麦克风忍不住说出了自己的担忧：“我们的新主人有问题，她，她是要来伤害年奶奶的吧？”

丝巾飘不起来，只感觉浑身酸软：“你说她呀？你才知道啊？”

珍珠胸针手脚冰凉，许久没人为它焐热了：“我早就看出来她不安好心。每次去，她都叫年奶奶买她的概念产品。”

钢笔急了，几乎要扎破笔帽：“什么概念产品，我们好歹还是废物，她那个概念产品，是本来无一物吧？”

腰带慢条斯理地：“年奶奶居然还当她是好人呢。”

剪纸挂画顿了顿：“年奶奶不会上当的。”

兔年摆件叫着：“我看，年奶奶已经上当了！”

狗年摆件朝箱子壁上磕了一下：“我告诉她去，这个新人客，是骗子，骗子！”

“窸窸窣窣！”纸箱被打开，狗年摆件被彩彩拿了出来：“我没有骗她，是她只相信自己愿意相信的。”

腰带弯下了腰，丝巾低下了头，齐声说：“新人客，请您不要伤害她。她其实并没有什么积蓄，她一生左右散财，存不下钱的。您看她，几十年了，仍是住在钱铺路的老院子里，——尽管当初，那里确实是一处体面的宅子。”

胸针挺起了胸脯，唱起了歌：“那里没有电梯，没有物业管理，没有乔模乔样的草坪，更没有泳池；那里没有地下停车场，没有健身会所，没有呆头呆脑的雕塑，更没有喷泉。那里墙根有青苔，墙头有蕨草，那里老树根深，树叶落不完。那里有破砖而出的蚂蚁，灯下飞舞的蛾。那里有四面墙，围成一个共鸣腔，晨昏回响着老街坊的说话声。”

丝巾挥舞着双臂，腰带旋转着腰，齐声说：“她老了。”

彩彩低下了眉，怅然若失："我是一个光着脚的人，我在找鞋子。我要穿上自己的鞋子，去跑一场马拉松。我不必然是冠军，但我愿，终能有自己的跑道。我卖过化妆品，可我长相不佳，皮肤不白，客户不相信我。我卖过培训课，可我学识不高，口才不溜，客户不选择我。我卖过婚庆服务，业绩一般。我卖过宠物用品，却被两只藏獒吓得胆气过敏。现在，我卖概念产品，本来无一物的概念产品。我是个骗子，一个被充分信任的骗子。"

彩彩又挑起了眉："但是！"她与物们唱起对台戏："你越在乎什么，什么就会成为你的软肋。打不开自己的心结，就会被人利用，没有我，也会有别人。"

彩彩笑了起来："你们的老主人，你们的年奶奶，她痴迷着不可描述的往日荣光，她下不来不期而至的现实落差。没有人比我更了解她，哈哈哈。她只能跟过得不好的人相处，她只能跟过得不好的人相处！你们这帮旧物，围在她的身边，挡住她的视线，让她看不到真实的世界，还告诉她，是她自己眼花。你们，你们才是骗子。"

04 虚席

正月十五，年奶奶照例是要摆几围席的。这两年，年奶奶虚席以待，然而，虚席最终还是虚席。

老房子里传出来她数落孙媳妇的响亮声音："叫你别买这些

了，别买这些了，现在谁还吃这些？”孙媳妇大袋小袋地在厨房里收拾着，一份份生鲜按量包起，往冰箱速冻里丢。她也不耐烦地应着：“不买这些买什么呀？吃的，来来回回不就这些？”

年奶奶靸着一双棉拖鞋，絮絮叨叨地走出阳台，倒也不必张望门口了，应是不会有人来。她又走到大院门口，沿着钱铺路直街走走停停，停停走走。她的棉拖鞋踢到了什么？又是什么绊住了她的棉拖鞋？

她低头一看，是一双旧皮鞋。它被年奶奶送给肖彩彩，又被肖彩彩扔进回收箱。年奶奶问：“你怎么还在这儿？你不是去了新人客的家里了吗？难道，你也被嫌弃了？”

旧皮鞋告诉年奶奶，新人客是骗子，她是骗子，她是骗子！

旧皮鞋急得来回踱步，旧皮鞋急得跳起了脚。年奶奶伸出一脚，踩住一只：“别说。”又伸出一脚，踩住另一只：“别说了！”年奶奶把话咽回肚子里：“老了，不中用。如今只能招来这号人吗？”

也许，这钱铺路直街没什么好逛的了，她回家了。

家里的电话铃响了，孙媳妇喊着：“奶奶，根根伯说了他来接您，晚上您在他家吃？”“不去！”年奶奶响亮地喊着。

家里的电话铃又响了，孙媳妇又喊了：“奶奶，豆官教授中午在明月楼摆席，请您呢？”“不去！”年奶奶响亮地喊着。

家里的电话铃接着响，孙媳妇接着喊：“奶奶，甜娜姑姑今年领姑爷回来，您也不去啊？”“都说了不去！”年奶奶不想重复了。

家里的电话铃停了一下，还响。年奶奶问：“谁呀？”接电

话的孙媳妇说：“是大斌家。”年奶奶摆了摆手，拄着拐杖，又到巷子口散心去了。凭什么呀？从前都是他们上我家门，如今拉不下脸不联系，生生的要我上他们家门吗？到底是谁给谁拜年？有没有点规矩？

这根根呢，是个没天分的孩子，却争强好胜。看到什么新事物，都想试一试，闹出挑股票去卖的笑话，也不脸红，也是脸皮厚。一辈子入过好几行，行行不行。每次生意失败，都跟自己犟劲。好几回做生意的本钱，都是问我凑的。你说他几十岁的人磕磕碰碰的，也没把自己碰成灰，还总是蛮干。迟迟到了五十几，才把生意做起来。如今才发达几年呢？就傲了。

这贤姑呢，我待她可不薄。她在我家的时候，谁家保姆工资有那么高？

她呀，心高着呢，总以为自己是孟母三迁，要教出个士大夫圣人来。罢了罢了，也不怪她。那几年，山乡跟着了魔一样。少年们见天打群架，斗殴成风。任凭妈妈哭，奶奶求，都劝不动。谁家男孩没参与，便被孤立，便是羞耻。民警到学校宣讲，那些就在本乡的案例，有在看守所收到名校录取通知书，却被取消录取资格的，也有落下终身残疾，累爹累娘，悔青肠子的。那时的贤姑，恨不得自己生的是两个女儿，为什么偏是儿子！

现在好了，两个豆官教授，官倒是没当，跑回山乡搞农学工程了。硬要把当年野小子们的下一代重新摁回地里，嗅一嗅耕读的斯文气息。果然，士大夫圣人来了呢。罢了罢了，也不怪她。

这甜娜呀，从小在家不受待见，初三那年跑到我家里哭，说父母偏心，不让她上学。甜娜妈解释说，不是不让她上学，你看她上的是什么学？文化科根本考不好，要做艺术生。看两集综艺就做起明星梦，这要看是什么家庭背景啊。艺术生专门请老师教，一节课多少钱？三个姐姐一个弟弟加起来也不够她能花，一味地自私啊。

最后这钱，还是我给掏了。掏就掏了，这孩子长相甜是甜，也不见得就成得了明星。这会子老大不小了，开着琴行，逢人就说她很忙，能耐得呀。

这大斌二斌的父母呢，应了一句老话，贫贱夫妻百事哀。好比那水里的鱼，水多的时候，既深又广，鱼便畅快游着，相安无事；水一少，可以游的地方也浅了，也窄了，两条夫妻鱼，你碰到我，我撞到你，麻烦了。

大斌妈没少挨我骂，你说她呀，天天要死要活的，不是吵就是闹，男人哪有心思好好发展自己的事业？就知道瞪着别人家着急眼红。我跟她说了，人都是人看人好。福气都被你自己作没了！

这么多年了，也不知道大斌妈悔改了没有？但应该是记恨上我了吧？年奶奶叹了口气，看着街上的人，目之所及，无非是这些往事。

05 应愿之年

年，据说是兽，但字典上也说了，年是丰收之意。丰收是什么呢？是枝头挂满硕果，也是枝头硕果尽收之后的空枝。年奶奶望着院子里的树，枝丫在明净无云的天空中划出简约的花纹。秋后是冬，冬的线条便是如此利利落落，又何足为奇？可是，我们为什么要望着枝头呢？我们应该望向桌面、盘头、菜篮子，那才是丰收的句点。

年奶奶看了会儿电视，又把电视关了。她觉得看电视没什么意思，还不如去看看甜娜带来的新姑爷。她给根根挂了个电话："根根哪，你有空就来接我。我要去明月楼，豆官请客，甜娜和她新姑爷也要去——你见过没有？没有的话一起去看看。我倒要看看，挑到三十好几了，挑出个什么人尖儿来……"

年奶奶和根根说了许久的话。在这架盖着抽纱的固定电话机旁，立着一部初代的大哥大。它黑黑的，它大大的，它像一块砖，也像一个枕头。当年，它登台唱主角的时候，只有金字塔顶的少部分人用得起移动电话。论"显贵"，大哥大体积之大，无论用什么姿势拿在手上，或是放进身上哪个口袋，它都是"显"的；而它的稀有，更是物以稀为贵。

在放着大哥大的茶色玻璃几子旁，曾经围着一群孩子，像看变形金刚一样看着它。被看了许久，它也没有变形。突然，它被摔下地去，摔得重重的，而它仍是没有变形。

那天，因为大哥大摔了这一跤，孩子们上演了一出"看谁在说谎"的儿童剧。之后，哭的哭，闹的闹，除了进行一场"做个诚实孩子"的教育，年奶奶也送出了一个祝福。

她叫孩子们不要哭，不要争，不要抢，你们长大之后会有手机的。孩子问，是我有，他有，还是都会有？年奶奶说，都会有的，你们都有，大家都有。孩子的父母们听了，心里是高兴的。毕竟当时，要在社会上有些出息的人才会有手机。年奶奶说他们的孩子长大了会有手机，等于在说孩子们长大了都有出息。父母们忙说托您老人家的福，借您老人家的吉言等等。

没多久，长袖善舞的大哥大退出了领舞的位置。没多久，这些孩子忽然就大了。他们每个人都有手机。他们有手机，不是因为他们登上了“人上人”的金字塔顶，而是因为手机多起来了。一切和他们父母的心愿略有不同，却应了那时年奶奶的祝愿。

从前，根根觍着脸来向年奶奶借钱，因为做生意需要本钱。年奶奶一边把钱递给他，一边数落着：“根根啊，我真的没有办法了。人都说长贫难顾，救急不救穷。你什么时候能自己好起来，别总往我这里跑，我就开心了。”

类似的话，年奶奶还跟其他“穷亲戚”说过；类似的话，年奶奶说了不止一年；类似的话，年奶奶是真心的。

按照年奶奶多年来的标准，如今亲戚们家家成了好人家。她总结不出什么经验，只知道这不仅仅是“命的事情”。“非命也，时也。”年奶奶点了点头，独自叨叨出这么一句古言，这大抵是粤曲私伙局中的哪一句吧？“我这是怎么了？”年奶奶摇了摇头。

根根挂了电话，说马上来接她。门口的鹧鸪又在叫，必是根根来了。

年奶奶走到门口，门口却站着个肖彩彩。彩彩盯着门口那双被她扔掉的旧皮鞋，一脸困惑。“是我拿回来的。”年奶奶这样解释。

“年奶奶，我骗了您。”彩彩这样说着，不知道她所指是旧皮鞋的事情，还是概念产品的事情？彩彩接着说：“我做啥都做不成，所以我做了骗子。”

年奶奶笑了：“你做啥都做不成，这回做骗子，也没做得成啊。”年奶奶哈哈大笑：“你看，我有上当吗？放心！你还不是骗子。”彩彩放心地笑了，然后哭了，临走，还拎走了年奶奶的礼物——包括一部大哥大。

年奶奶送走彩彩，赴席去了。

一连几年，他们都在明月楼聚餐。这一年，年奶奶吃完饭，根根送她回家。根根说，旁边有家新餐馆，抢明月楼的生意。根根放慢车速，放下车窗，说就是这家。年奶奶往右边望去，这家餐馆的彩灯塑着四个大字——“应愿之年”。

年奶奶说想去看看，根根就停了车。这个餐馆的装修风格怀旧而文艺，或者说，有些人文情怀。墙是玻璃壁，里面展示着各种旧物，有大哥大，有方形的剪纸挂画、金色的麦克风，有丝巾、钢笔，有印着古早明星头像的相册，还有珍珠胸针、琉璃摆件和景泰蓝摆件。

它们都派上用场了！年奶奶认出是她的旧物，指着丝巾和钢笔说，这以前送女方，能娶一个媳妇了。年奶奶哈哈大笑。

（本文2021年9月发表于《广州文艺》）

短篇小说

青　黄

姐姐不愿意结婚。十一年前，我住进了姐姐这座小屋。小屋很旧，但是姐姐把它收拾得干干净净。屋子不是姐姐的，但是姐姐自己掏钱装修了小屋，还在门口挂了块牌子，叫作“蘼芜小屋”。

小屋看起来很棒，有面包，有果酱，有牛奶，有咖啡，有茶，有酒，有长着照片的青藤，也有烤饼干的小铁箱，还有桌椅和床。姐姐打算在这里住很久——她，和我。

小屋很小，但是院子挺大。院子里有一棵和姐姐一样高的老树。大概七八年前的一个冬天，姐姐把这棵树砍了下来。树死了，但是树身上的木头开始了他的艺术生命。

老树被砍的那一年，院子里还有一棵名字相同的小树。小树很小，尚未长成。姐姐觉得那还只是一株花。我常常在这株花下玩。

姐姐喜欢在纸上写写画画，她靠这个挣钱，也靠削木头、玩泥巴、捡石头挣钱。姐姐告诉我，她在画两个好朋友，一个叫小青，一个叫小黄，因为他们一个是青色的，一个是黄色的。姐姐削过很多木头，有杯子、瓶子、木簪、纸镇……但是姐姐最希望的就是削出来一对完美的小青跟小黄。我见姐姐画过很多种样子的小青跟小黄，也见她削过很多种样子的小青跟小黄，有的大脑袋、小圆裙，有的小短腿、大翅膀，还有的尖下巴、竖眉毛，也有折耳朵、大尾巴……

我觉得都挺好，姐姐却都不满意，她把这些小青小黄扔了一地，最后变成了我的玩具。她说，这不是她设计中理想的小青小黄，这根本不是小青小黄。不过，也有人看上过这些被厌弃的小青小黄，姐姐以买菜钱的价格卖给他们。

我摇荡着那根长着照片的青藤，到底什么才是她理想中的小青小黄呀？青藤上的照片像长熟了的果子，禁不住摇晃，摔下地来，浆液四溅。姐姐捡起地上的照片来，告诉我这是她外祖母，那是她母亲。不过，照片上只有景物，没有人，我想，她要表达的是：这是外祖母或母亲生活过的地方吧？照片并不是旧物，而是姐姐回乡的时候拍的。姐姐说，外祖母和母亲都没有旧物留下，如果有，那就是姐姐本人了。

那幅被姐姐称为“外祖母”的照片，有狭窄的路，铺排着厂房、仓库、商铺，还有挤成一簇的汽车。厂子门口有一只拴在树下的狗。姐姐说，外祖母六十年前生活在这里。六十年？实在太久远。姐姐指着厂房，说这是果园，种着鸡心大小的茄子。姐姐又指着仓库，说这是村里的老屋，外祖母和外祖父离婚之前，就住在这里。

之后呢？我抬起眼睛看着她。“之后她带着女儿，也就是我母亲回到娘家，到兄弟们家里住，这家住一阵，那家住一阵。再后来，到我懂事了的时候，她在她最小的侄子家里住，帮侄媳妇带孩子。”姐姐说着，突然把我抱在怀里，两条凉腻腻的胳膊勒得我生疼。她说，“你知道吗？她刚去世那阵子，我老是梦见她身体又好了一些，梦见医生说她病快好了。”

我被勒得很不舒服，叫了一声，姐姐才把我放下来。

姐姐告诉过我，外祖母很疼爱她。也许，外祖母是因为过于疼爱她，才不惜委屈了母亲的——她常这样想。

02

姐姐天天削木头，最后那棵树就要被姐姐用完了，就像她总是很快用完纸和颜料一样。那棵树剩下一块扁形的木片，他看起来很像一扇天鹅的翅膀。姐姐搬来了另外一块木头，削成了天鹅的身体，又用这块扁木头做了天鹅的翅膀。是的，一片木头，两个翅膀，因为姐姐的天鹅很用力地把翅膀往后背夹，两片翅膀看起来就像一片。

天鹅翅于是跟那几块同为木类，但是却素不相识的木头零部件在一起，度过了七个半的春秋。

七个半的春秋，对我来说是很长一段时间。即使在这样足够长的时间里，姐姐也没有遭逢她的幸福，比如出现一个人，改变她的想法。都说幸福会迟来，但不会缺席；可是如果来得太迟，那又算什么幸福？我瞎操心着，拍了拍蚊帐边“叮叮咚咚”的风铃串儿。姐姐看了我一眼，这声音又让她想起什么？她说风铃的声音像极了小时候表舅家的竹珠帘子。

当她还是个小孩子的时候，母亲常带着她去表舅家看望外祖母。表舅家有叮叮咚咚的竹珠子串成的门帘，十分新奇好看，还有一架电子琴，姐姐每次去都要去偷偷按几下。一幅“大展宏图”的十字绣挂在客厅，上面有一只老鹰躲在玻璃后面偷听别人讲话。外祖母把母亲拉到厨房里，压低声音劝说她：“为了青儿，你就想想青儿，不能光想你自己。”每当姐姐躲在门后偷听大人讲话时，表舅母就会拿着两颗包着榛果仁的巧克力，向姐姐招手。姐姐拿着乒乓球大小的巧克力果，便没了偷听大人讲话的兴趣，蹦蹦跳跳到别处玩儿了。

母亲骑着企凤牌单车，迎风蹬着两块脚踏板，穿过小镇临河的骑楼街。木骑楼二楼的窗户飘出来五颜六色的衣裳，路边地摊上有好多陶瓷小猫，就像语文课本里写的那样。姐姐坐在车后架上，双手搂着母亲的腰，眼睛盯着陶瓷小猫们。

突然，车子晃了几下，母亲下了车，说，青儿，我的腿好酸，踩不动了，我们歇一会儿。姐姐就蹲到街对面看陶瓷小猫去了。母亲因为腿酸，站在河堤上缓缓地伸着腿脚。这河堤街的木骑楼原本左右皆有，两侧相对。那年端午，华侨回乡观龙舟，县里把河堤这侧的骑楼拆了，只留半边木楼，轩窗对着江风。母亲在河堤上歇了好久好久，大太阳出来了，晒得人热辣辣、晕乎乎，十分难受。姐姐这才跑过去说，妈，我肚子好饿，我们回家吧。

企凤牌单车于是重新上路，它出了小镇街市，滑进了田间林野。林田之间一片青黄，不知是抽穗的禾，还是将落的叶？

姐姐对企凤牌单车记忆深刻，她的童年总是在这辆单车的后架上，从一个小镇穿过林田，再到另一个小镇去看望外祖母。又有一次，外祖母在厨房里压低声音对母亲说：“我为了自己，结果害了你，现在我自己也不好。你可不能再走我的老路，好歹为了青儿。”彼时，表舅母也在厨房里，她问母亲：“你们俩还有没有嘛？”母亲说：“有的。”外祖母叹了口气：“有就好。”表舅母却惊奇地摇了摇头：“有怎么还会这样呢？”

母亲木讷的脸如同一张没有网眼的渔网，漏不出一滴眼泪，也漏不出一声嚎哭。外祖母又叮嘱着母亲：“记着，别在孩子面前吵吵闹闹，哭哭啼啼。”

表舅母最机灵，她最先看到躲在门后的姐姐。我最关心的是这次还有没有包着榛子的巧克力，然而没有。表舅母只是带着姐姐到电子琴架前，大方地揭开盖在上面的潮州抽纱，插上电，让姐姐尽管弹。姐姐于是按出了各种各样的声音，笛子、风琴、钢琴、小提琴、箫……突然又响起一阵迪斯科伴奏。这一切，惊得阳台上的八哥羽毛都炸起来了，第一次想要冲破它视为归属的牢笼。姐姐尽情地玩着，直到母亲拉她回家，她都黏在电子琴的键盘前，不肯走。

03

又是一年冬天，院子里的小树长大了，和七八年前的老树似的，跟姐姐一样高。姐姐又把小树砍了，削成了许许多多好东西。其中最好的是一只带轮子的小老鼠，我把它叫作老鼠车。我太喜欢老鼠车了，我没什么玩具，姐姐就把老鼠车给我了。

一提起老鼠，我就想起姐姐给我讲过的打老鼠的故事。那是一个黑漆漆又静悄悄的夜晚……

“有一次，我睡到半夜，家里的灯突然全都亮起来了。”姐姐说着，我瞪大了眼睛，感觉气氛很紧张，似乎大片就要开始了。那是夏季的半夜，长了一后背痱子的小孩们怕热，常会铺着竹凉席睡在地板上。姐姐睁开眼睛，看到母亲穿着深紫色睡裙的影子在她身上跨过来、飞过去。打老鼠的晾衣架被母亲紧紧地抓在手里，扑打之声远远近近地跳荡着。老鼠的尖叫声被挤压到屋角墙沿里，一朵鲜血就溅开了。那溅着红色鲜血的小动物，突然又蹿了过来。姐姐忙坐起身，她并没有害怕和尖叫，只是十分困，打着盹儿睁不开眼睛。对于一些懵懵懂懂的小孩子来说，蟑螂、老鼠、毛毛虫都是浮云，睡觉才是最重要的。

母亲挥着手里的不锈钢晾衣架，说：“你接着睡。家里有老鼠。”姐姐小小的身体又躺下了，迷迷糊糊中，各种声音似乎没有吵到她。突然，小腿上极其尖锐的疼痛让她彻底醒了过来。她看到母亲像火焰一般发红的眼神，呆滞而崩溃，带血的晾衣架惊慌得掉到地上。

不玩玩具的时候，姐姐就把老鼠车收起来。有时候，她不告诉我放在哪儿，我只好满屋子翻找。每一次，她都把我的老鼠车放在看起来很不重要的角落里。有一次，我找我的老鼠车的时候，找到了另外一个好玩的东西。她比老鼠车还要小，我捧着她给姐姐看。姐姐笑着说：“这个叫秋窗萤。”秋窗萤是小树干的树心削出来的，肚子上有一圈一圈的年轮，就像萤火虫的光晕。

我看着萤火虫肚子上的圈圈，好像在哪里见过这样的圈圈？

我满屋子里翻呀，翻呀，原来天鹅的翅膀上也有这样的圈圈。我很兴奋，想把这个发现告诉姐姐。可是，我还没碰到高高的架子上的天鹅，姐姐已经生气了。她骂我了，她叫我不要碰坏架子上的值钱货。

我有点伤心，毕竟姐姐很少骂我的。

我很安分地蜷在窗边，姐姐画画，我就望着高架子上的天鹅。姐姐问我在看什么？我不想搭理她，跑去院子里玩儿了。

姐姐很笨，过了几天，她才发现我在看天鹅的翅膀。

我在院子里，看到她在窗边傻笑。她傻笑的时候左手拿着天鹅，右手拿着秋窗萤。她喊我的名字，我一路小跑过来，分享她的快乐心情。她将天鹅翅膀上的年轮纹路跟秋窗萤肚子上的年轮纹路拼到一起，给我看："这两块木头可以合到一起，我可以把小青跟小黄做出来了。"虽然她这样说，但是我猜她不可以，因为她画过很多关于小青小黄的稿本，却都没有满意过。

她果然还是不可以。当一个个小青小黄尚未成型时，她就开始否定自己，周而复始。她把自己气哭，而我会拍一拍她，叫她不要哭。

姐姐说她没有见过母亲哭，哪怕是有一次，姐姐以为母亲就要哭了，结果还是没有。

那次，姐姐和几个同班同学背着书包去上学，路过长途汽车站的候车亭，看到一夜未归的母亲蜷在亭柱之下。就在前一晚，父亲砸开防盗门锁回家了，玻璃茶几和琉璃烟碟都碎了一地。

同学们纷纷指着候车亭："青，看，你妈，是你妈。你去叫她呀，你快去叫她回家呀。"姐姐一动不动，同学又问她："青，你爸和你妈会离婚吗？可千万别离，听说后爸可狠了，后妈更狠。要是你爸跟新妈，或者你妈跟新爸生了弟弟，你的日子就到头了。"

姐姐带着对父母离婚的担忧和恐惧，逃离了候车亭，向学校跑去。那座位于镇中心三岔路口的候车亭，屋顶盖着铁皮，门口支着铁架，简陋却承载着南来北往的风与尘。他乡的灰土被风卷起，打得路面一片灰蒙蒙。在炎热的夏季，尘土们将眼前的空气一晃一晃又一晃，一切风物景色瞬间降低了原有的像素。

放学时，那座候车亭仿佛又在路上等着姐姐。姐姐不敢和同学们结伴，她怕母亲还在候车亭里蜷着。她从车站外的石门柱后偷偷往里看，不得了，众目睽睽之下，不单母亲蜷着，外祖母也在那里蜷着呢。

外祖母不再是娴静的外祖母，她的腔调激荡着，拖着长音断断续续地唱着：“夫妻之间，冤缘相报，儿女是债，无债不来。你为什么就这么不争气，不能和女婿好好过呢？我还指望着冤屈了一辈子，老来能靠着你们夫妻，谁知道你自己就保不住了！到底有什么？有什么过不去的？年轻的时候谁不气盛？老了他就知道你的好了啊。你难道要走我的老路，以后像我一样吗？你要青儿以后嫁人和你当初一样，总是被人嫌吗？”

外祖母不知道唱了多久，终于把母亲唱回家了。

姐姐的童年在一个小镇上度过。

在那个并不闭塞的小镇上，有些东西所有人都知道不科学，但却流传不死，比如说，离婚会遗传。她说着，朝我抿了抿嘴，算是在笑，然后把洗衣机里的被单抱到院子里晒，用浅红和粉蓝的燕尾夹把被单固定在晾衣绳上。我在被单间玩起了“走迷宫”的游戏。风轻轻地荡起，日影漏过界来。色彩柔和的棉布擦过我的脸颊，我嗅到阳光的味道。这种天气，在屋顶睡觉最舒服了。

关于离婚会遗传，我是不信的。不记得星期几了，我在电视上看到一位大叔“嘚巴嘚巴”地讲着，说：“‘50后’‘60后’

的离婚率低，那个年代的感情很纯真，大家重情重义。如今‘80后’‘90后’的离婚率呈倍数增长，年轻人哪，你的婚是随便结的吗？你的婚是随便离的吗？”言下之意，后者大概既随便又无情了。我也不知道大叔说得对不对，但如果离婚归咎于遗传，这两代人的数据不能差那么远吧？

姐姐关了电视。许多人不过是在成年之后，或深或浅地投影着自己的童年罢了。她伏到画板前，在一帧漫画上写着：人间圆满，欲补天缺。

那天中午，姐姐焚了一支沉香。她盯着天鹅的翅膀和秋窗萤的肚子看，然后在纸上写写画画，然后仍是不满意。她把草稿本丢开，睡觉去了。

她已经很久没有理会过自己的头发了，午睡的时候，阳光已经烤到她开叉的黄头发了，但是她睡得很沉，沉得连木头们说话，她都听不见。

秋窗萤肚子上那块小木头似乎鼓起了勇气，说：“我早就注意到您了，跟您打过很多次招呼，不过您从来没有答应过我。”

天鹅翅上那块大木头略有些尴尬：“是吗？有吗？”

小木头说：“是的，有的。您放在最高一层的架子上，天鹅的翅膀朝上极致地竖起，很张扬，很显眼。我们这些收纳箱里的小玩意儿，常常仰望你们。大家都说，架子上最值钱的就是天鹅。天鹅的神韵都在翅膀上，尤其是翅膀上的年轮纹理，如同日光倒映在翅膀上的水波纹！”

大木头有些不好意思：“哪有这么厉害？这些年轮纹理，你不也有吗？”

小木头似乎有些遗憾：“我通常是肚子朝下放的，大家看不见我肚子上的年轮纹理，也不知道这纹理代表什么。”

大木头说：“别在意，我这些年轮纹理，不过是岁月留下来的疤，就像人身上的老人斑一样，越多，年纪越大呗。”

小木头有些俏皮：“要说老人斑，我可能和您一样多了。”

大木头呵呵笑起来：“别在意，别在意。哦哦，我想起来了，你是院子里那棵小树！哈哈，现在年轮竟然跟我当初一样多了。”

我赶紧推了推姐姐。如果我说两个木头在说话，她肯定不相信，我只想把她弄醒，让她亲眼所见，亲耳所闻。

姐姐醒了，但是两个木头机灵得跟什么似的，就闭嘴了。我看了他俩一眼，下次别让我逮着。

又是一天中午，姐姐给我热了一杯牛奶，她自己来了一杯咖啡。她想要强打精神继续小青小黄的画稿，但是咖啡对姐姐来说显然没什么作用了。她把咖啡喝完，然后倒下就睡了。

姐姐总是很困，她要同时给一家杂志社，五个微信公众号，还有三家广告公司供稿，还要削各种各样的木头在那家叫作“蘼芜小店”的网店上卖，挣钱养她自己，还有我。小青小黄这个“大项目”，她只能在业余时间做。可是，她有什么业余时间呢？姐姐呀，你如果这么缺钱，就不要老是给我买漂亮衣服了，毕竟我也不怎么需要那些漂亮衣服。

姐姐一睡着，两个木头又开始说话。

大木头对小木头说：“我们，都只是一个零部件而已。”

小木头点了点头："我知道。"

大木头又说："如果真的把我们拆了做成小青小黄，那就没有天鹅，也没有秋窗萤了。"

小木头略带遗憾地点了点头："我知道。"

大木头补充道："天鹅也好，秋窗萤也罢，都不容易，拆了都很可惜。"

小木头还是点了点头："是的，我也这么认为。"

大木头还说："没有了天鹅和秋窗萤，我是一块扁形的木头，你是一块圆形的木头，如此而已。"

小木头说："明白，所谓小青小黄，现在草稿都没有定，真要做出来，也不见得有天鹅和秋窗萤好。"

我尽量不惊动这两个木头，我轻轻推了推姐姐，但是姐姐睡醒时的动静太大了，两个木头很机灵，他们又安静了。好吧，下次你们再聊天，我一定不会惊动姐姐，毕竟姐姐能睡个好觉也好。再说了，两个木头在一起唠嗑又不是什么新鲜事儿，我都见过两回了。

06

在长着照片的青藤上，姐姐把被她命名为"母亲"的那张摘了下来。照片上是一栋高楼，玻璃幕墙里映着天光云影，看上去有二三十层楼高。姐姐说，三十年前，母亲住在这里，当时这里的楼层只有五层，还没有傍着楼的玉兰树高。后来有一年，母亲说你也大学毕业了，找到工作了，可以自立了，妈妈放心了。元宵前夕，姐姐拖着行李箱上了火车，回到她工作的城市，母亲却从楼上落了下来。她很单薄，落下时如同众多半青不黄的玉兰树叶中普通的一片。如她所说，她放心了。

母亲走后，外祖母无疾而逝。亲戚家发现她病倒之后，送到医院。医生做了一些检查，并没有什么器质性病变。住院一周，外祖母就走了。姐姐拖着行李箱回来看外祖母的时候，外祖母抓着姐姐的手，叫着女儿的名字，说我不是要逼你，我不是不让你离，我自己离了结果不好，我就希望你好，你不要走在我前头。姐姐伏在外祖母鬓边说，我知道，我知道，您是为我们母女好！外祖母这才安心闭了眼睛。姐姐的脸上，突然长出了一张类似她母亲的表情，就是那种漏不出眼泪和哭声的，没有网眼的渔网一样的表情。

再善良的人心，也经不起试错的人生。

姐姐把照片看够了，又夹回青藤上，继续在灯下赶稿。

天亮了，姐姐用裙子和口红换了个人，然后出去见她的甲方爸爸。中午，姐姐回来了。她是个好姐姐，不管多忙都要亲自给我做饭。

姐姐开始有了抽烟的坏习惯。她一手夹着烟，一手握着小青小黄的手稿，沉沉地浸到被窝里，然后睡着了。她翻了个身，烟把手稿给点了。手稿跟烟头都掉到地上，我赶紧把手稿上的火线踩灭，我踩踩踩！灭了。

我真担心姐姐有一天把床单点着，然后把房子点着，毕竟这房子不是她的。嗨，我在想什么呢？我是说，生命安全比房子更重要。就算房子跟人没事，点到那些艺术品们也不好。就算这房子里没有什么艺术品，点到那些工艺品也不好，点到那些还没变成工艺品的粗糙手稿也不好啊。

“看！小青小黄的手稿没了！”大木头说。

“是啊，你也不用担心天鹅会被拆了。”小木头说。

“不！不是你想的那样。”大木头说，“假如我们在同一个冬天从院子里来到这个屋子，假如我们都还没有成为某件工艺品的零部件，假如当我们都还只是一块未经雕琢的木头时，就被看到同样的年轮纹理，对，这样才是天作之合，是巧夺天工的艺术品！”

小木头说：“那是不可能的。我们差了好多年，您长出这些纹理的时候，我的年轮远远不够漂亮，那时的我还未成材。而当我成材的时候，您已经习惯了做一只天鹅的零部件。”

大木头重新解释：“你知道现在小青小黄的草稿为什么不好画了吗？”

什么？你这木头，你懂什么？你怎么看出来的？我以为只有我看得出来，以前姐姐画小青小黄，虽然不满意，但是还算画得出，做得出，只是不满意而已。自从她把这两块木头摆在窗前天天看之后，她似乎连草稿都画不成型了。

大木头又说：“不是她画不出小青小黄，而是她面对两件已经成型的木头，她被牵制住了，她的思路已经被捆绑起来了。一个天鹅的翅膀，一个萤火虫的肚子，就算纹理相同，如何变成小青小黄？什么造型才能合适？她隐约感觉到一种连成一体的事物，在一个院子长成的相同材质，水土相同，气脉相通，可是从无形到有形，没那么容易的。”

小木头说：“你别以为我很希望她重做，我身上也有萤火虫的透明漆，如果要将我拆了重做，我也是要脱一层皮的。”

大木头点点头：“我知道，如果拆了重做，虽然萤火虫的肚子有用，但是萤火虫的眼睛、腿、翅膀，这些零部件，能跟我们一样重组的可能性很小了。它们有可能就被丢弃了，它们又有何罪何辜？”

小木头说：“是的，我明白，谢谢您替我的眼睛、腿，还有翅膀着想。反正她的画稿也烧了，您很快可以回到高架上去，不用再跟我一起待在窗边了。”

大木头不做辩解：“画稿烧了是最好的结局。”

大木头话音未落，我一脚把他踹下窗台了。这只天鹅不会飞，它又不是真的天鹅。没多高的窗台，就把它的翅膀摔折了。如果它会飞，它就不用把翅膀摔折了。就算它翅膀没折，它也不会飞。它不会飞，还总是以为自己是个天鹅。

不管怎么样，姐姐辛辛苦苦画出来的小青小黄，被烧了，是一件悲伤的事情，谁幸灾乐祸我就收拾谁。把天鹅摔烂了又怎样？大不了让姐姐骂一顿，反正我又不懂事。

姐姐被天鹅落地的声音惊醒。姐姐从地上捡起天鹅翅膀，搁到桌子上，又把天鹅身体放回高架上。姐姐没有骂我，她甚至没有发现画稿被烧，她只是惊慌地看了一眼手机，然后仓促地化了个妆，又出去见另一个甲方爸爸了。

07

大概下午茶的时间，不知道为什么，风雨大作，院子里的花盆都躺下了。窗台前圆滚滚的萤火虫被风吹着，在桌子上滚呀滚，滚呀滚，不自觉就滚到大木头天鹅翅膀身边。一阵狂风挟着暴躁的雨点，把他们都打湿了。风又换了个方向吹，大木头一下子被吹翻，覆盖到萤火虫身上，看起来就像是萤火虫的伞，又像是她的屋檐。

这么大的风雨，我很害怕，也有点冷，然后是冷得发起抖来。我钻到被窝里，我好希望姐姐快点回来。我希望她快点回来，不是因为我害怕，我主要是担心她。

感谢老天！姐姐回来了，她浑身都淋湿了，手上拿着坏掉的雨伞。这种天，撑伞是会连人飞走的，而且，飞到一半的时候，伞就坏掉，人就摔下来。姐姐很聪明，她不会撑伞的。

姐姐进屋第一件事就是关门关窗。但是这些老窗，不好使，吱吱呀呀的，仿佛一下子就要被风掀开。姐姐随手抓起天鹅翅膀，塞住了老窗上的缝隙。天鹅翅膀做个木塞，是如此的合适。

一切终于安静下来。电话铃又响了。姐姐为难地对着电话说：“可是今天晚上要刮台风，可不可以……”姐姐话没说完，马上又停了一下，接着便对电话说：“嗯嗯，好的，好的！我马上来。”

姐姐又出去了，大概这次又是她的甲方爸爸。我很心疼她。到了台风登陆的半夜，姐姐骑着台风回来，她真是勇敢又厉害！她在温暖的灯光下洗了个热水澡。我们在小屋里一起吃饭。她拥有我，我拥有她，我们真幸福。

姐姐说她从前有一个好朋友，初次见面的时候一个穿黄衣服，一个穿青衣服，于是就有了小青小黄这个概念。他们在同一家公司，是一个团队。有一次团队出事情了，好朋友独力承担。姐姐很过意不去，把事情也往自己身上揽。

姐姐说：“我知道你很仗义，可是你还有老婆孩子要养，我是一人吃饱全家不饿，再说，我以后还可以靠老公养啊。”

好朋友说：“开玩笑，一个男人最好的年华，要靠别人发工资？当然是我给别人发工资了。你放心好了，我这几年一直都有出来创业的打算。你嘛，你不适合靠老公养。就像猫一样，有的自己抓老鼠，有的靠人养，吃猫粮。猫粮可不是那么好吃的。当抓老鼠的猫开心地在地里打滚，吃猫粮的猫却要担心自己的毛发被弄脏。你做设计很有想法，把你的平台砸烂，让你吃猫粮，你会不开心的。你应该是一边抓老鼠一边炫技才对！”

姐姐说到这里，笑得很甜，我却生气了：“喂喂喂，干吗拿猫作比喻，猫得罪你了？”

之后，那个人不做了，姐姐也辞职了。

姐姐又失落地看着我：“其实，从来就没有小青小黄。”

我知道姐姐没有什么吃猫粮的资本，她的腿有残疾，从小落下的伤，能走路但是走不快，更重要的是不好看。可是我不理解，为什么姐姐找工作也那么难？她只是一个画匠、雕刻匠，靠手吃饭的，又不是田径运动员，你们凭什么看腿？

08

姐姐要搬走了，她把不想带走的雕刻品都卖了出去。那个天鹅身子是个好身子，姐姐重新做了一个翅膀，给它安上，在网店里卖掉了。那个翅膀却被遗忘了。一旦姐姐自己说，从来没有小青小黄，就连最天作之合的年轮木纹都被遗忘掉。

我觉得很可惜。姐姐，你不觉得这个天鹅翅膀，长得就像院子里的芭蕉叶吗？你可以把他改一改。萤火虫小小个，整个是完整的，往芭蕉叶上一仰身，她那发光的肚皮，将被整个夜晚看到。她的光晕，将使她变成你的值钱货。

芭蕉叶，秋窗萤。姐姐啊，活该你只能做个小木匠，当不了大艺术家。

姐姐把秋窗萤做成一个发夹，笨笨的，大小也不合适。姐姐却把她贴在自己头上。从贴的姿势看，萤火虫的肚皮被埋到她开叉发黄的长发里，没有人知道那里有什么年轮纹，什么光晕。

我跟着姐姐搬离了这个屋子、这个院子。我是在这个院子里被姐姐收养的。作为一只猫，我老了，但是姐姐还年轻，希望下辈子我还可以陪着姐姐。

短篇小说

月迷津渡

我不喜欢元宵。元宵，意味着节花的凋萎，意味着烟花在天空玩弄生死，以它的即开即谢，挑衅永恒的那轮月。“云盖月、雨浇灯”是元宵夜荒唐的吉祥。元宵，是早春，似寒非寒。元宵企图将萌芽未稳的爱情挂上柳梢头，而忘却一冬的寒柳早已枯瘪瘦弱。只要我还一天以老围屋爱情的名义怀念着哥哥，我就一天憎恨元宵，可是，人活着，却每年都要过一次元宵。每过一次元宵，我的眼前就要重现一次那个元宵夜。

按照正常程序，那一年夏天，哥哥该参加高考了。可是，就在夏天还没到来的正月里，事情突然变得很奇怪。只要哥哥不在家，父亲母亲就吵了起来。那年春节，我躲在阳台边听他们在房间里闹，才知道，哥哥没法参加高考了。

“他亲妈就什么都不用管……”

“他亲妈有什么办法！”

“行，他亲妈自然没能管，大不了，再把他送回越南去。”

“瞎话！怎么能把他送回越南？在中国，他是一个不存在的人，在越南，他还是一个不存在的人。到了越南，他依谁？靠谁？明天元宵，还是到喳叔那里去看看，跟他商量商量，乡下入个户口比较松。你再跟你堂哥说说，看他那里能不能帮帮忙……”

“呵呵，你说得倒轻巧……你给我下来！阿遐！”母亲嚷着，又把我从阳台上揪了下来，喝着我，不准我告诉哥哥。那时我已经知道，哥哥一直是个没户口，也办不了身份证的人。父亲和母亲发下结婚证书的时候，哥哥已经两岁多，而我，才是母亲的头胎子。从小到大，从来没有人提起这些事，也从来没有人被什么事提醒过。父亲母亲所有的亲戚朋友与同事都知道他们有两个孩子，一个儿子，叫岳远，一个女儿，叫岳遐。谁都不觉得这两个孩子和别家孩子有什么不同。

可是那年，哥哥要高考了。报考要办手续，办手续要拿证件。证件在哪里？没有证件，就不存在哥哥这个人。一个不存在的人，揪住了他们的心。现在时间还早，还要等几个月，才正式报考。趁着几个月的时间，赶紧把事情办了。不然到时候哥哥在学校出了什么问题，追问回来，怎么回答？

如果事情办不了，别说参加不了高考误了孩子的前途。一个没有身份、理论上不存在的人，他走进这个世界，有哪个单位会要他？日后，他又怎么娶妻生子？事情本来不应该拖到这个时候，可是，事情如果好办，也早就办了。

可是后来，我就再也没听到关于哥哥身世的谈论。直到现在，我还不知道，哥哥是谁。父亲两鬓的白发逐年增多，我也从不敢问起他，哥哥是谁，我甚至再不敢在他面前提起哥哥，提起能令他想起哥哥的一切事情。

那年元宵，一大早，我们一家就拎着大包小包到乡下喳叔公家来。我们两家，从未这么客气过。前一年年底，喳叔公的小儿子出了车祸，据说户口还没消。

大正月里，男人女人各有各的娱乐。男人的娱乐是喝茶抽烟打牌，小赌娱情，大赌伤身，小赌大赌分不清则常伤及和气。女人的娱乐是整治一桌桌的大餐，有的酬神，有的酬客，有的先酬神再酬客。母亲未把椅子坐暖，姑丈就兴冲冲地催逢表姐带我们上楼去看“外国靓女”。

逢表姐是姑丈的女儿，姑丈是喳叔公的女婿，喳叔公是我爷爷的堂弟，“外国靓女”呢？是谁？

“谁？你该叫她婶婆！”逢表姐爽朗地冲我一阵笑，就“噔噔噔”地蹬上老围屋那摇摇欲坠的木梯。我紧跟在表姐身后，终于看到了我的婶婆——

原来婶婆个子与我相仿佛，黑发，短辫，黑头绳没入发中，难以分辨。春寒料峭，毛雨似雪，她身上却穿着件滚花边的白衬衣。一条灰色的布裤，有点短。脚上是一双既不显美也不见暖的短丝袜。她的脸庞很柔和，素朴、含韵，但找不到包含喜怒哀乐的表情。她满眼是水，可那水却是静止的。

原来婶婆与我年纪相仿，只是穿了一身上辈人年轻时代的时髦衣装。

近午短暂的阳光照射着几百年的老围屋，投下一道奇怪的弧线，一边是阴影，一边是暖阳。婶婆就站在这道弧线上，她抬头朝着连日沐雨的亮光睁了睁眼，那亮光有些潮湿，有些微弱。

姑丈指着婶婆向母亲笑着："三嫂，你看，她就是阿遥。你看，模样伶伶俐俐的。其实不傻，她知道跑呢，好几次了！"母亲稍微望了一眼，说："是还好。有三四个月了吧？"姑丈拍起手来："三嫂好眼力，三个多月了。"

母亲点着头，姑丈领着我们一边下楼一边说："三哥三嫂，你看，我爹为了那憨叔，大本钱也花了。憨叔娶这越南小媳妇阿遥的时候，给了媒人两万，那两万都是我爹向大水缸家借的，已经还了三千。剩下的一万七，这大水缸是天天催天天催，一会儿说他店里要装修啊，一会儿要进货啊，生怕我爹跑了似的。我爹和我们商议了，就说要不三哥三嫂这儿先垫个一万七给大水缸？我爹说，等把钱赚了就还给三哥三嫂。其实我爹逢年过节的画灯笼那生意还可以的，你看，这都大中午了，还在庙口摆摊，回不来呢。就是不知道三哥三嫂这边方不方便？"

父亲淡淡点了点头，拍着姑丈肩膀："你看你，我们是本家亲戚，说什么方不方便的见外话？只是我家阿远户口的事一直没办妥……"

姑丈"嗨"了一大声，把父亲肩膀也直拍起来："三哥你还说我见外，我看你才见外。阿远的事您担心，我们也担心啊，就怕误了孩子前程。户口的事，只要三嫂的堂哥那边有办法，我们有什么可说的？我们也巴不得阿远好。"

父亲使劲儿点着头："是啊，是啊！"

我正要提醒他们对哥哥保密户口的事，一转头，才发现哥哥已不知哪儿去了。

一到楼下，满堂的宾客让姑丈分身乏术，他不得不撇下我们，去招呼其他客人。

母亲把父亲一扯，小声道："瞧这意思，越南小媳妇算是往咱家靠了！这不明摆着一万七买他家的户！"父亲又淡淡点了点头："一万七，可以了。"母亲意犹未尽："呵，喳叔七十多了，他糊灯笼糊到什么时候糊足一万七啊？明摆着……"父亲仍点着头："喳叔大把年纪的，东借西凑也不容易。"

母亲听了，把脸一扭，她已经没兴趣和父亲继续这个话题了。

突然，圆形的大场院里热闹了起来，一簇男女往厅里走去。厅里于是又多了些客人，但我只认识堂阿舅，就是母亲的堂哥。他刚刚被请过来。

堂阿舅的圆脸上满是红光。他的气色总是一年比一年好。他的小圆肚从黑皮衣中间腆了出来。他待人总是平易和蔼："哟，阿遐！阿遐跟阿远我都几年没见了，刚才在门口还见着阿远呢——跟你们阿逢站着说话。哎呀，小伙子越来越一表人才啊！有一米八吧？"

母亲向堂阿舅笑道："一米七八呢，还能再高的。"堂阿舅也笑了："二妹，你不懂，阿远的面相好。这面相是能做官的。"堂阿舅语气果断，客人们都笑了起来。

姑丈忙说："就是就是，我们刚才还在说，今天碰巧阿远来了，今晚也是要合村去游灯的，不如就让阿遥去抢阿远的灯，也沾沾阿远的福气啊。"

堂阿舅听了，大声叫好："好！抢灯得丁，没准这回生个小子，还是跟阿远一样会读书、有官相的！”姑丈高兴得直让茶：“哎哟！托您吉言！托您老人家吉言哪！”

这时，哥哥和逢表姐跨进门来。隔着大场院，远远的，堂阿舅就喊：“哎，阿远快来，有个大任务交给你了！你憨叔公能不能生儿子，就看你的了！”

满堂宾客又是哄笑。哥哥呆站着，听得云里雾里。他的“大任务”是什么？现在一想起来，我就害怕。但当时谁都觉得这是一个好任务。堂阿舅告诉哥哥：“今晚游灯阿遥就抢你的灯！”

哥哥当然笑着应承，但逢表姐接下来的附和却让哥哥把笑脸又咽回喉咙里去，生出一些心不在焉来。

逢表姐说：“这就好了！这就好了！去年元宵，头一胎还怀着的时候，就让她去抢灯。她没抢着，生了女孩，你们就怨这儿怨那儿的。这回她抢到远哥的灯，生什么你们都没话了吧？”

原来，我的小婶婆已经是个母亲。

“没大没小啊？”姑丈叨了逢表姐一句，又向父亲和母亲说起去年的事：“三哥三嫂，去年那也没法的事。抢灯这意头，老的不能抢，小的不能抢，女的不能抢，一定要抢‘丁壮’的灯。那些后生小伙一个个人高马大的，换了个泼辣媳妇，跑过去就抢，也就算了，偏偏她怕人，不敢去抢啊！”

姑丈将大腿一拍：“要是咱们本地的，小媳妇来抢灯，男人哪有不给的？可阿遥是憨叔的媳妇。憨叔在村里被人从小欺负到大，从大欺负到老的。他的媳妇，人家怎么肯给面子？再说，阿遥又是买来的，他们就更不放在眼里！”

姑丈叹了口气，逢表姐说：“也是上次倒霉，碰上我们村里最不三不四的几个人，把阿遥吓得，还好是我以前班里的男同学解的围！”

堂阿舅不耐烦地看着姑丈：“事情过去就过去，别总提它！多个女孩将来多门亲戚的！”“就是！”母亲拉着我，“女孩怎么了？念书也不比男孩差。”

堂阿舅连连点头，又继续他的“正题”，他对着父亲递茶：“阿恩，我跟你讲，我姨妹、我亲姨妹！生了五个孩子，现在还有两个没进户口呢，我还没帮她办。我跟她说，她那些小孩还小，才五六岁，不要急。但是阿远不一样，他现在要考大学了，要读大书，事情不能拖。这样的事我得办！阿恩，这事儿你就放心好了，你让阿远把书读好就行了。其他的事情我来办！今年让咱们岳家给考个什么高考状元出来！”

堂阿舅说话极能调动气氛。他胸口一拍，什么事情都解决了。父亲一脸舒展。哥哥并不在意别人的话题，他站着站着早就从厅里站回场院里去了，对着楼梯口，不时望望楼上。楼上有听不懂的歌声，断断续续。哥哥脸上笑微微，却又硬邦邦、冷冰冰。

他心里的惦记似乎有些营养不良。

大家都闹哄哄、喜洋洋，没有人注意到我的不自在，除了母亲。我躲进母亲身后。从刚才到现在，坐在厅子里靠门一张小凳子上的一个三十多岁的男人一直很恶心地盯着我看。他满脸是褐色的油，头发奇怪地卷着。那令人可怖的笑意卷在如沟的皱纹里。他是厅子里唯一一个不懂得附和堂阿舅的人。

我受不了这么个看法，瞪了他一眼，他笑得更放肆了。我正要往外走，那男的突然指着我发起话来："这越南小媳妇长得挺水的。"他把我当成阿遥了。

母亲一听站起身来向他变脸："什么越南小媳妇！这是我女儿！我女儿还在上学呢！"堂阿舅声音也大了起来："你放什么屁啊？二打！这姑娘是我外甥女，我亲外甥女！你瞎瞅什么？我外甥女是个学生，正念的是重点高中呢！"

那个叫二打的男人又瞅了瞅我，嘻嘻向堂阿舅笑道："这姑娘是生面孔，我就以为是你们家小媳妇。我听他们说你们家小媳妇也才十六七岁。我老婆跟人跑了，我还想着过来看看，也找个越南小媳妇，让那婆娘看看！就她有小白脸，我还能买个小媳妇……"那二打的话多了起来，堂阿舅火了，"呸"了一口："我外甥女也是你说的！"

堂阿舅想揍二打，姑丈忙抱住堂阿舅，满口"别，别，别跟这烂人一般见识"。堂阿舅坐下了，姑丈向二打喝道："二打！我们家客人来了，个个都忙，没人听你放屁，你还不回家去！你儿子喝西北风啊？"

二打仍坐着，嬉皮笑脸："我等喳叔回来再走。他知道我老婆去了哪儿，我要问问……"

"问、问、问，问你的头！自己把老婆打跑了，还有脸问！整天只知道喝、赌、打老婆，呵呵，还想娶越南媳妇？二打，你有钱？"姑丈一边倒茶渣，一边数落着。

二打满脸不服气："我有朝一日赌赢了，我就娶一个。"姑丈把茶罐往儿子上一顿："就知道赌！老婆是你的，你都不知道她跑哪儿，我爹怎么知道？还来问我爹？你快走吧，我爹什么都不知道！自己的老婆跑了还有脸？"

二打一脸的横："我告她去！"姑丈换好新茶叶，用灯帽把酒精灯一盖："你告她？你告啊，你告她去，她现在俩人结婚证已经打了。听好，结婚证书！你有吗？"二打争起来："凭什么？大家都是同村人！从小看着大的，当初也是你情我愿，三媒六聘的。我们拜过祖宗，摆过大宴，全村人都知道的！现在儿子都这么大了，我们是正儿八经的结发夫妻！跟你们家买来的人还不一样呢！她凭什么看上个城里的就能说走就走？有结婚证了不起啊？"

姑丈恼了："二打，你不怕挨揍了是不是？我们家买来的人怎么了？我们家买来的人过得也比你老婆强千百倍。我憨叔媳妇自嫁来我们家，什么时候受过委屈？平时一点儿活没给她干。"

姑丈往场院里来来往往的人一指："这院里头打水的烧柴的是我媳妇、我女儿还有我老娘。她是娘娘、奶奶，我们全家把她好好儿供在楼上。她每天也就是玩儿，玩笛子、看电视、看画儿，一出去，就摘一大堆花儿，在房间里丢得四处都是，不懂收拾。我们谁跟她计较过呀？还不是当成自家人？她有了身子，我们家把最好的留给她吃，鱼、肉，都好好供着。在外头被谁碰了个手指头，我们家有不替她出头的？我们是正经人家，我们家的人怎么来的都比你老婆过得强！你老婆以前挣钱养你，养你娘，养你儿子，还得供你赌、喝。自己手气臭，就打老婆，你老婆不跑，除非是缺心眼！”

就听二打哈哈笑起来：“缺心眼！你们家倒是有人缺心眼儿！一个缺心眼的叔，四十多了娶不到老婆，又买了个缺心眼儿的媳妇。哈哈。”哥哥远远地在场院里叫着：“谁说阿遥傻了？她只是不大懂咱们这儿的话！”

厅里没人接哥哥的话，大家把注意力投向堂阿舅。

堂阿舅绷着脸站起身来，朝二打走去。我看着堂阿舅的脸，有点怕。姑丈又把堂阿舅抱住。这时，我的小表弟、姑丈的小儿子——小遇子手里抓着俩糖人从门外跑了进来，指着二打说：“爷爷说了，把二打表舅赶走。爷爷说，他不知道你老婆住哪里，叫你以后不要再找他了。”

姑丈又向二打喝道：“滚啊！我儿子的话你听见了没有？”二打看着堂阿舅，也有些怕了，边往外走边说：“那女的早晚得回来领儿子，我就不信到时候逮不着她！”堂阿舅沉沉地说：“那你就试试看！你老婆娘家人一人一脚就能把你踩成人干！”二打终于远远地逃出门去了。

堂阿舅一坐下，姑丈又忙伸出那几个被烟蒂染成褐色的又短又粗的手指，捏起茶杯向堂阿舅递过去，赔着笑：“别跟那种人一般见识。全当他是狗，不是人。毕竟是我娘娘家的亲戚呀。”堂阿舅从鼻孔里“嗯”了一声。

这时逢表姐牵着阿遥的手下楼来。姑丈向客人介绍：“就是她了。”

客人们纷纷品评起阿遥来，有的私下议论阿遥确实有点问题，难怪她父母自己愿意把她嫁过来；有的就说外来媳妇多的是，来几个月就会说本地话，为什么阿遥总不出声？会不会是聋哑人；有的说生的小孩很健康，应该没事的……

逢表姐一一解释阿遥的聪明和好，又忙催促说要带我和哥哥到庙口画灯笼去了，灯笼一画，今晚就可以游灯去，灯一游，一年便吉祥如意，求子的得子，求财的得财，奔前程的有前程。

我和哥哥踩着大门槛等，逢表姐拉着阿遥就要走，姑丈说了声："阿遥也去吗？"逢表姐说："不要紧，有远哥呢，远哥力气大。跑不了的你放心好了！"

姑丈赶到门口："别去渡口！"

为什么不去渡口？逢表姐说，阿遥来的时候，就是从渡口那边的船上来的。阿遥一见到渡口，就拼着命往那儿跑，有船没船有人没人都往那儿跑。但那条河是吃人不吐骨头的。大活人一掉下去，死的也捞不上来。

但我也曾听哥哥说渡口很美，他说他小时候常去渡口的柳树上抓知了。

我们一路言笑，阿遥始终没有反应，她是听不到，还是听不懂？如果听不懂，是听不懂我们的方言，还是接受不了我们谈论的思维？不，看她灵秀的双眼，我无论如何不相信她是傻的。也许，她那张心不在焉的脸是天生的，哥哥那张心不在焉的脸却是今天才生出来的。

到庙口了。庙前的场子里满是人，放烟花鞭炮的，卖菜的，卖糖人的，蹲在地上赌彩的，吆喝鸡鸭的，有哭鼻子的小孩，拈香的大婶，提着熟鸡熟鹅与粿品往庙里去的姑娘，还有背着手，来回走着看人的老头儿。

喳叔公蹲在庙门口的石狮子旁，低卷着裤腿，赤着脚，跟前放着一大笼灯笼。大笼边放着几个铁罐子，有一罐装着檀油，里头插着刷子，另三罐分别装红墨油、绿墨油和黑墨油。罐子口都搁着毛笔。

我和哥哥远远地叫：“喳叔公！”喳叔公站了起来，远远地认了认，开口笑了，我看到他的牙齿已经稀疏。喳叔公说话的时候总是漏着风儿：“这是阿远和阿遐！”喳叔公亲热地招着手：“快来快来，叔公给你们画灯笼。”我和哥哥跑了过去。喳叔公亲热地搂着哥哥，左拍拍，右摸摸，瞧了又瞧：“阿远，你很小的时候，还在叔公这儿住过呢！你记得不？你小的时候老爱哭，现在长大了，长大了就好。来，说说想画个什么？”

喳叔公说着，放开哥哥，从大笼子里挑出一个竹篾架子最圆和的灯笼来。那竹架子上只糊了一层发黄的灯笼纸，但是喳叔公说这个好，纸糊得归整。

喳叔公拈起黑色毛笔，就像我们握铅笔、又将手指吊得老高一样，向哥哥问：“阿远，你先说，想画什么？”阿遥就站在哥哥右后方，双手攀着庙门的石柱子，看着喳叔公和哥哥说话。哥哥说：“一条小河，对岸有山，河边有柳树，有桃花，岸边靠着小船儿，天上还有圆圆的月亮，微亮的薄云……”

喳叔公听了呵呵地笑起来：“好啊，说得好，一说就是一幅画。”喳叔公抖起笔来，点点染染，灯笼上马上现出如哥哥所说的画面。喳叔公点上绿的柳叶，红的桃花，又拈起黑色毛笔，头往后倾，手一抖，又在灯笼上写上“春江花月夜”几个字。

我“哇”地赞叹起来。喳叔公看了看我，得意地笑起来：“阿遐，叔公以前也是个读书人哩。我们家在旧时可是大户人家，叔公五六岁就跟先生读四书五经、唐诗宋词。到了新中国成立后，十多岁了，我又去上新学堂，读小学，那个老师在黑板前教我们边写边念‘洗脸’‘刷牙’‘手帕’。我那时多瞧不起那些老师呀。”喳叔公说着，呵呵笑了起来。

喳叔公又用那缺了牙发起音来漏着风的声音对我说：“阿遐，我给你画个鲤鱼跳龙门，你们现在的孩子念书，叔公就给你画这个。”

喳叔公说着，已经画了起来。

他津津有味地讲着以前的事儿，两个新画的灯笼就都晾干了。喳叔公又用刷子蘸着铁罐子，替灯笼刷上蜡黄蜡黄的一层油，灯笼就算做好了。喳叔公又看了看我灯笼上握手的竹枝儿，上面有几处带着毛刺刺，叔公用石头把毛刺刺磨了磨，才把灯笼递给我。

喳叔公正要把他的摊儿都收进庙里，跟我们一起回家，又有几个拉小孩的女人围过来要画灯笼。喳叔公又忙起他的事情，叫我们到庙里随便玩玩，然后先回家。临了喳叔公又高起脖子喊一句：“阿远，你帮着阿逢看住阿遥，别趁人多跑了。”哥哥已钻到人堆里去了，逢表姐替哥哥回答：“知道啦！”

庙里头，供桌上怪模怪样的猪头全被卤汁浸成均匀的赤色。

猪脸上染着品红。猪鼻子上插着石榴花枝。红殷殷的糯米糕做成各种花果的样儿，小盘盘，大盆盆，堆叠成塔，塔尖点着庙顶古老的梁。

我问表姐这些“塔”怎么吃得完？如果它倒下来怎么办？逢表姐早已放开阿遥的手，不放心地回看一眼阿遥，见到哥哥就在阿遥近旁，才有心思回答我的问题。

层层进进的供桌边，堆簇着红的绿的锈旗。有的已经很久，着了许多香火头点出来的洞，有的还很新，干干净净，图案上的颜色红得清楚，绿得分明。旗们没有展开，紧紧挨挤着，如同庙里的人。我看到旗上零零碎碎的“圣”“德”“天”“恩”等字眼，褶子上露着图案中凤的毛，麟的角，龙的云雾。

那比腰还粗的柱子般的香，连着香柄的座儿像个小戏台。台上许多小布艺人，有个牛郎，有个织女，有个梁山伯，还有个祝英台。香柱子盘着龙，像浮雕。香柱子的后面，是哥哥大衣后背垂着的帽子。

哥哥在那儿。

哥哥把自己的灯笼捧在手里，试着递给阿遥。阿遥看着灯笼，双手缩到背后，脸上很平静。不，她在笑，她的嘴角在笑，她的酒窝子在笑，她的眼睛也在笑。我敢肯定她笑了，因为那一瞬，哥哥的脸上充满灿烂的神采。

哥哥的脚步又向前挪，阿遥却仓促地向后退了起来，后脑勺往身后香柱子一撞，高高焚着的香头上跌落一把香灰。

阿遥被撞疼了，轻轻叫了一声。香灰撒了她满头，眼睛也被迷糊住了，双手向前摸着一片空。哥哥向后拍着她头顶上的香灰，轻轻往她脸上吹着。阿遥额前的刘海飘了起来，拂着水墨般的双眉。她的眼睛眨着眨着，就睁开了，眸子里又全是清澈的水。

哥哥又笑了。

他继续做他的努力，唯恐阿遥不明白："阿遥，不要怕，今晚抢灯，你就抢我的灯，啊。"哥哥示意手中灯笼。阿遥没有出声，只是看着灯笼的画儿。哥哥又重复着："今晚你抢我的灯，我不会抓你的，你不用跑……"

"都回家了，阿远、阿遐！"喳叔公收工了。哥哥与阿遥短暂的交流结束了。凭着这样短暂的接触，信任、语言，甚至可能是思维方式在一处发芙。爱护与敌对、文明与野蛮像喳叔公眼角的鱼尾纹，混沌地交织着。

那天中午，老围屋的大厅里大摆筵席，欢庆着元宵佳节和围屋子孙各自愿望的即将实现。一个大炭边炉摆上圆桌，洗好的青菜、金针菇一小篮一小篮地端上来。厨房外斩切着盐焗鸡和大卤鹅，拼到肾形盘上。

客人将餐桌渐渐围拢，表姐也忙着把阿遥和阿遥的饭送上楼去。哥哥拉着逢表姐："阿遥不跟我们一块吃啊？"逢表姐将手中的小木盛篮一举："专门给她煮的！"

这句话说松了哥哥拉逢表姐的手，却说来了另一个拦路人——一直窝在墙角的胖身影蹿了出来，嚷着："阿逢，你们给阿遥吃了什么？我也要！我也要！"

这个胖身影就是我的憨叔公，喳叔公的幼弟，阿遥的丈夫。

从前，哥哥也曾跟我说过憨叔公，说他胖胖的、笨笨的，蛮有意思，是个小孩子脾气。哥哥在这围屋里住的那段日子，常常跟逢表姐逗他玩。那时哥哥一说起憨叔公，总是充满兴趣。

逢表姐还没反应过来，憨叔公已经上前来抢小木盛篮了。姑丈忙丢开手里的活，边跑过去边喝着："阿憨！你也有呢！在厨房里留着，快让阿遥上去！"憨叔公不管，用他那满是力气的大胳膊把逢表姐一挡，逢表姐根本上不了楼梯。

姑丈扯着胳膊把憨叔公揪开："老憨！听话！"逢表姐顿地坐到梯板上，小木盛篮里溢流出白浓浓的汤水来，有股香气。逢表姐气呼呼地瞪了憨叔公一眼。

姑丈凶着："你个老憨！就知道苦你媳妇，就知道跟你媳妇争吃的。她吃什么你偏吃什么，她不吃时叫你吃你还不吃呢。你媳妇现在吃进嘴里的，喂的还不是你儿子！"

憨叔公讨价还价起来："我要阿遥骑车带我，我要她带我在院子里绕三圈，不然我就不让她吃饭！"姑丈说："阿逢，带阿遥上去。"憨叔公一听马上蹿上木梯去，挡到逢表姐和阿遥跟前。我惊讶于憨叔公那样的体形竟做出如此迅捷的动作。木梯的板儿被憨叔公一压似乎喘不过气来，吱吱嘶叫。

姑丈向逢表姐说："阿逢，你哄阿遥骑着车子带他绕两圈吧，跟老憨是没理讲的。"

阿遥推着铁青色的单车走到憨叔公肩膀旁，望了望那堵肉墙。

憨叔公往单车后座上一跨，两腿往上缩。阿遥真个坐到了车座上，双脚在脚踏板上踩了起来。扁得只剩下铁圈儿的车轮子绕着圆场子滚动。我眼都呆了，叨念着：“天啊，阿遥怎么踩得动那车儿呀？”母亲似关非关地说了句：“阿遥是有身子的人，你们也不讲究。”

一直脸色发青的哥哥再也保持不住做客人的矜持了，他向那辆铁青色的单车撞了过去，把老憨从车后座上生硬地拉了下来。

“阿远！”母亲叫了一声，只听场院里“哐当”一声——哥哥不仅拉下了憨叔公，也把阿遥和单车一齐拉倒了。

阿遥“哎哟”地叫了一声，所有的目光都聚了过去。几个女人把阿遥围住了，七手八脚地摸着她的肚子，一句句“没事”冒出人圈外。于是道歉的道歉、解围的解围、客套的客套；于是憨叔公也消停了，不敢出声；于是阿遥上楼了，连同她的小食篮。

哥哥茫然站着，头蔫了。

那顿午餐哥哥吃得很辛苦，尽管客人们各有各的娱乐话题，尽管憨叔公的吃相在许多客人眼中也是不错的娱乐。

午餐之后呢，当然就是晚餐，哥哥还是吃得很辛苦。他没有再看见阿遥，只看见逢表姐提着小木盛篮上楼。

我记得那次，天黑游灯开始之前，逢表姐把满筛子的纸钱搬出来，教我帮她折元宝，折莲花。逢表姐把一沓纸钱托在左掌中，右手握拳，压住那纸钱转了起来。一转，就转出个花儿来。哥哥也在旁边看着，看了半天，也动手折起元宝来，可一折出来，却笑坏了我和逢表姐。

我说：“哥哥，你怎么折了条篷船？”

哥哥却问：“9班的小四眼还给你折星星吗？”

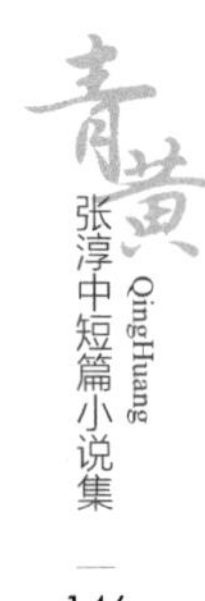

我惶恐地解释着：“哥，你怎么知道他给我折星星？哥我已经把星星还给他了，你别胡说！”

哥哥笑了：“校篮球队的黄青蛙说，你上体育课老忘带钉鞋，小四眼整栋宿舍地跑去给你借钉鞋呢。”

我叫着：“那他是内宿生啊。我又回不了家拿钉鞋。”

哥哥又笑了，举着篷船给我看：“阿遐，假如阿遥喜欢篷船，我就天天给她折篷船，像小四眼给你折星星一样。”

我愣了，逢表姐也愣了，然后四处望望，大人都不在旁边。

月儿终于圆圆地悬上天，元宵佳节最美好的时刻到了。关于良辰美景的传说，古来已多，而今晚村民们以他们古老而热闹的方式来度过。我们男女老少要手提灯笼排成长长的灯龙，满村里游走，满村里庆祝，满村里欢笑。我们将穿走过田畴、村舍、河堤、庙口。我们要将村庄照得跟天上的圆月一样亮。

出门前，哥哥再一次悄悄地向阿遥说：“一会儿跟着我，抢我的灯，啊，知道不？阿遥。”哥哥忧心地望了阿遥一眼，又重复了一遍：“不知道她明不明白。”哥哥随大伙儿跨出门去。我抱着我的“鲤鱼跳龙门”，也跟在哥哥后面出去了。

不多会儿，村里活起了一条小灯龙，短短的，每从一户人家门前走过，都会有一些男女老少提着灯笼加进队里。灯龙越变越长，歪歪扭扭。灯龙里头嘻嘻笑笑，热热闹闹。领着灯龙龙头的是村里老人协会的老人。灯龙穿梭在黑夜里光洁的月光下，穿梭在这个注定要写满传奇的日子里，灵气随灯火摇曳。

哥哥不住地回头望。我问：“阿遥还没来？”哥哥没回答，灯龙已经游到堤岸上。我疑心路程即将结束。哥哥说：“她找不到我们。人太多。阿遥抢不到灯，往后他们会拿她出气的。”哥哥的脚步变得又重又缓，忽然，他转身就往回走。我紧跟着：“哥，你去哪里？”

突然，那个双肩垂着短辫的女孩子出现在我们面前，看得出，她气喘吁吁。哥哥高兴地叫了起来：“阿遥！”

哥哥送着灯笼，朝她小跑过去。阿遥见哥哥跑近，转身就逃。哥哥忙停住了：“阿遥，给你灯！你不要跑！”阿遥又停住脚，转过身来看着哥哥，疑虑着。哥哥似乎在恳求，却不敢乱移一步：“阿遥，给你灯，过来，不要跑，我不抓你。我真的不抓你，你过来！你看，灯上有船，小船。阿遥，相信我！”

阿遥小心地迈着步子，迈向哥哥，近了，更近了。哥哥仿佛得到渐渐多起来的恩赐。他笑着，他笑得想哭。他嘴里悄悄念着：“阿遥。”

突然，阿遥从哥哥手里抢过灯笼，转身就跑，跑得飞快。哥哥急了，边追边叫：“阿遥！别这么跑！身子要紧！阿遥！不要怕，你相信我，相信我！”

就在哥哥的声音还未从空气中消失的时候，逢表姐远远地赶来，一看这幅情景，大呼小叫起来：“阿遥！阿遥果然跑到渡口这边来了！她又要跑了！远哥！抓住她！远哥，快抓住她！”

夜色里四处都撞着她那句：“远哥，快抓住她！”我的耳朵给尖尖地刺了一下，而这一下，同时也刺进了阿遥的耳中，刺进了哥哥的心里。阿遥知道哥哥就在身后，她更加没命地跑，仿佛把自己连同肚子里的孩子都做了与哥哥赛跑的赌注。

她往渡口跑了过去。

古柳之下，临着急流的深河，河水映着破碎的月影。

哥哥喊着："危险！阿遥！别再往前跑！危险！"哥哥追也不行，不追也不行。他疯跑着，喊着。阿遥听不见哥哥的话，只听见哥哥的脚步声。哥哥把自己赌上了，拼命加速。阿遥只差一步就越过水与陆的界限了！哥哥的右手终于抓住阿遥了！

哥哥把阿遥抓住，只属于一瞬息里的事情。这一瞬息一过去，哥哥又什么也抓不住了！当时，我看到哥哥抓住阿遥之后，把阿遥往回一推，他自己的脚，却滑出河堤去了。

我哭叫了起来："哥哥——"逢表姐吓得说不出话来。

灯龙中的人们聚了过来，在哥哥落水的地方。阿遥被哥哥推倒在地，惊慌失措地望着河中，里面什么也没有，没有哥哥，没有小船。阿遥被拉回围屋中去，哥哥给阿遥的灯笼丢在地上，傍着那棵古柳——哥哥小时候常来这里捉知了。灯笼里的蜡烛倒了，烧了起来。一幅新画的《春江花月夜》在还来不及观赏就已被化为灰烬。

那天晚上，全村的灯龙乱了，人们出动了好多大船小船，下河去打捞。几天过去了，没有谁发现一点关于哥哥的东西。所有的人都哭了，除了阿遥。父亲撕心裂肺地哭，人们都说，从没见过一个男人这样哭。他们问我那晚的情景，我就怕，我不想一遍遍地重现那个场面……哥哥，你在哪里！哥哥找不回来，大家都说，他已经离开我们。

好几天过去了，喳叔公问父亲，那个留给哥哥的户口是不是消了。父亲一句话也答不上。喳叔公唉声叹气地，把向我家借的一万七千块钱还了回来。他说，无功不受禄，还说，是自己八字硬，克走了父母，克傻了弟弟，克死了儿子，现在又给哥哥带来了灾。

后来，逢表姐说，阿遥终于跑了。有人说，是从前那个媒人悄悄把她弄走。可逢表姐说，她是自己跑的，她有几次跑到哥哥落水的渡口站着，等船，被人看见，抓了回来。最后一次，船终于被她等到了，她上了船就跑了。那时，她的肚子已经七个月大，不知是男的还是女的。我问，真的吗？船真的来了吗？那开船来接她的人会不会是哥哥？如果是，那该多好。

（本文2009年6月发表于《潮声》）

阿箬的农场

“呼呼呼”，水东穿着拖鞋，也可以跑得很快。他跑过泥沙混杂、长满三叶草和粉朵儿的路。菠萝树上重重地垂着菠萝蜜。树干和叶子稀疏地遮着丛中的翠羽。一只孔雀忽然腾空而起，站到了屋檐上。那是凤凰临门了！没有开屏的尾羽更美，它就像飘逸的丝绸，在空中随风摇摆，形状是莫测的，流动的，姿态更加婀娜。

屋檐和屋檐行列整齐地排着矩阵，一样长，一样宽，一样大小，一样朝向，一样新旧，一样颜色。他们灰白、灰黑、灰蓝，还缀着半褪色的彩绘浮雕，仿佛被生活催促的半老徐娘，耳坠上还镶着一对假珍珠。每一处房屋的样式，都是一个靠背，两边扶手，抱着一个天井。天井一心装着无影无迹亦无痕的天色，那天色却倒映在水泥地上，光泽暗哑。风是天井里最大的装饰品。整齐划一的建筑物通过天井这个透气口呼吸着，吐纳着，偶尔抬起僵硬的脖颈，看天上的云不拘样式地拿捏着自己的形状，随性而为。

一只怀孕的鹰在天空飞过，她看到的只是一张棋盘。天井们和诗意中庭院的概念相差太远。这些露天的四方块中，没有疏影横斜的树，没有树上的花，也没有鸟窝，没有树下的草，也没有草从里搬家的蚂蚁、鸣唱的蟋蟀，更不会有灵动的流水和光洁的石。

哦，是了，天井里，其实没有井，就算曾经有，为了安全，现在也填平了。水不在井里，而在水龙头里。这张从来不出意外的棋盘上，突兀地出现一个污点。那只怀孕的鹰把这个污点收进眼里，在明净的瞳孔中放大。原来那是一缸莲，不多不少开着三枝，一高两低、亭亭玉立。花瓣儿是粉红的，有着尖尖角，配着荷叶才更好看。缸里有水，水中倒映着一只睁大眼睛的鹰。莲缸旁边站起来一个蹲着的小男孩，他叫水东。水东旁边站起来一只蹲着的没有名字的小狗。

水东拿过倚着墙的竹竿，把小狗赶走了。小狗在门外跑着，它不穿鞋子，也可以跑得很快。小狗在干干净净、纵横交错的巷陌里跑着。它左拐，它向前，院落和门向后飞跑着，低低的石阶和高高的屋檐也是如此。它右拐，它向前，远处的路像一个细长的等腰三角形，紧接着被左右劈开，像极了削着皮的甘蔗。它在巷子口停住了，它已经走出了那张棋盘。

这是一个在废弃村落上建起来的农场。

在刚才那张棋盘上，有的房屋分给了农场职工做宿舍，有的辟作工会吹拉弹唱、写写画画的活动室，有的成了仓库，还有两座租给了一家“研学游”公司，更多的是空着。

没有名字的小狗跑出了棋盘，脚下是不一样的路况。弯弯曲曲的乡间小路，是农场的主干道。它看见鸵鸟在自己家里奔跑，不，它看见鸵鸟在客居的寓所里奔跑。毕竟，这里是南海之滨，对于鸵鸟来说是异乡。它看见古巴的篱笆菜又长成了绿篱笆，像一堵有情的墙，那香甜的嫩芽竟无人采摘。他知道沙地上那些藤藤蔓蔓，结出来的是黄颜色的西瓜；那树荫下长出来的苹果，是玉白色的；而随意破开的木瓜，流出来的是百香果的酸香果汁。

总之，一切皆有可能。对于见多识广、见惯世面的小狗来说，这里是有点魔幻现实主义。阳光如此美好，只不过有点儿毒辣。它口渴了，需要喝水。然而，四条腿也难以确保平衡，它差点儿滑下水去。

眼前是一处石头山，它像土豆一样被切了几刀。由于刀功不够好，留下了很多尴尬的边边角角。边边角角们凑到一起，就砌成了一个水坑，不，是一个蓝宝石般的湖。它太美了，水幽蓝幽蓝的，透着绿；水幽绿幽绿的，细看却是清澈的蓝。石头山的峭壁平滑如玉，不，可能这些矿物本身就是玉。历经多次劫难的老树弯下腰，树枝伸到水面，偶尔跌落一片树叶，无风也能打打转儿，最后在水面上按下叶脉的纹理。

这是一座废弃的石料场。

在它被彻底废弃之前，这里砸死过三个炸石的工人。炸石，一本万利却非常危险。在从山上滚滚而落的巨石面前，安全帽薄脆如纸。对整个血肉身躯来说，一顶锅盖大小的安全帽护不住更多的地方。发生安全事故之后，这个石料场就被封了。停产后，无数个滴滴答答或者叮叮咚咚的下雨天把锋芒嶙峋的石凹坑填平了，成了眼前这个蓝湖。

小狗一边喝着水，一边问石头山："那他们走了之后，你们还有联系吗？"

石头山“呃”了一阵：“有的，他们写了几次信回来。信上说，他们有的做了台阶，有的做了台柱。我真有点想念他们，以前没炸开的时候，大家不分彼此。现在环境改变石头，各有各的世界了。”

石头山讲话似有哲理，小狗肃然起敬地瞪起眼睛，望着从湖水上立起来的好看石壁，大有壁立千仞的气势。

小狗喝足了水，继续欢快地向前跑着。这段路上平时没什么人。路旁是一所监狱，门口的牌子上写着“监狱”两个字。这字它是认得的。监狱外墙停着三辆车子，小狗一眼就看到车轮子上蹲着的猫。它和猫说过无数次，不要睡在车轮里，猫不听，仿佛贵的车就不会伤害它。那是一只看不起人的猫，对谁都爱理不理，当然也看不起小狗。

“喂喂……”狗还没开始说话，猫就从车轮上下来，自己走掉了。

猫不穿鞋子也可以跑得很快。哦，它最骄傲的不是跑得快，而是跑得高。没有任何脚步声地，它就跑上了各种难以想象的地方，比如高高的屋顶，比如高高的树端。它的目标不是居高临下，而是翻越障碍。小狗目之所及的篱笆、墙，猫都能到达其背后的范围，发光的双眼看到了很多被遮挡的另一面，透视了很多不透明的事物。

不过，它从不收纳无用的记忆。

猫是孵化房的不速之客，它进来，如入无人之境。戴着蓝手套的防疫人员手里捏着一只只小黄鸡，捏一个，扔一个，捏一个，扔一个，动作比机器还快，看得你眼花，也并不知道这些工作人员做的是什么工作。被扔下的小黄鸡，顺着滑梯滑回自己的鸡窝。

猫伸出前脚挠了挠小黄鸡："嘿，他们刚才拿你们干啥了？"小黄鸡嫩嫩的翅膀抖了抖："打针呢，可疼了。"

人进来，猫走了。猫蹿过鹅舍，大脑袋狮头鹅打雷似的叫声刺激着猫敏感的耳朵。猫走了。猫蹿过牛棚，干稻草浸润在暖烘烘的牛粪里。这种气息，久了就会习惯。

一个戴青箬笠的阿姆走进牛棚，牵着一队牛走了出来，向桥头走去。对，是一队，一队牛。阿姆卷着裤腿，趿着人字拖，露出一双老树根般的脚。朝着她微含的背影，猫知道，那里有一湾不错的小河。水不十分清澈，但是人在桥上吹吹风，或在桥下望望岸，景色是尚可的。

猫蹿到空牛棚的顶处，欢快地撒开四条腿野跑。"扑通"一声，它"嗷呜嗷呜"地叫着。它摔到月季丛里了。浓花密叶里，有姹紫嫣红的刺。

农场里的月季，要算场部的开得最好。场部是农场的核心枢纽。与旧村落不同，场部是新建的——六十年前新建的。要进场部，需要先经过一个圆月门，门顶上装饰着橘红明亮的琉璃瓦。

月季攀爬在盖着琉璃瓦的那个门之内。花枝有小腿那么高，花朵有拳头那么大，粉色的间着大红的，明黄的曳过橘红的，纯白的则清冷冷地杵在丛中。月季爬上了场部两层楼高的办公厅外墙，像爬山虎一样。爬上去，又垂下来，花开满了一面墙。它们芬芳浓烈，前赴后继，看不到谁在凋谢，早有新蕊高调绽放。月季花蔓过转角，瞥见了石台阶和石台柱。它们来自废弃的石料场。

石台柱心疼石台阶，说你天天被人踩，踩疼了吧？石台阶心疼石台柱，说你天天强撑硬扛，累坏了吧？

“吱呀”一声，石台柱后面那扇绿纱门被推开了，石头安静了下来。一个戴眼镜的老太太走了出来，望着圆月门顶的琉璃瓦。许多年前，老场长鲁牧也喜欢站在这里，一边抽烟，一边看着圆月门、琉璃瓦。他总是较真地向别人纠正：“琉璃瓦，不是琉璃做的瓦。琉璃是琉璃，琉璃瓦是琉璃瓦，它们是不一样的。琉璃通体透明，琉璃瓦只是表面鲜艳而已。”

“诸位这边请，我们从那个琉璃门出去，现在去参观药材基地。”一把细亮甜美的声音打断了老太太的思绪。领队而来的是场部办公厅的副主任姚倩。她向老太太鞠了个躬，叫了声“耿主任”，请老太太和来客们走在前头。

老太太名叫耿爱军，是一名老研究员。见到客人们来了，她卸下脸上的深邃，洋溢起热情的笑容，扬开嗓子招呼来客。人们笑谈着，心情明媚地出了圆月门。

药材基地里，神秘果的植株们占据了一片旷野。旷野上兀立着几所黄墙面的老房子。只有在很多年以前，人们建房子的时候才会把外墙刷成黄色。而且那段时间建起来的房子，几乎都是黄外墙。黄房子中有一所高高大大的，从前是一座礼堂。两只骆驼从礼堂大门处一上一下地探出脑袋来。哟，外面有客人来了。骆驼走出礼堂，饶有兴趣地看着来客。来客也饶有兴趣地看着骆驼。

耿爱军领着客人们走下神秘果的田野。它们被种成一畦一畦的，让人误以为是石榴株长出了枸杞果。耿爱军说，吃了神秘果以后，由于味觉上的一些原因，再吃其他东西，就都是甜的了。她建议客人们都尝一尝。

骆驼听了，伸长脖子往田埂上也胡嚼了一株，又走回礼堂，尝了尝松软舒适的干稻草。

“它是甜味果，吃过了它，连喝白开水都是甜的，但是，它却能调节和改善高血糖，是一种药材。”姚倩笑着说。

访客中有不少人在点头赞许。那个在旧村落里租房子开“研学游”公司的高总，更是藏在人群中，像骆驼一样低调地嚼着神秘果。

姚倩眉头一扬，接着介绍道：“这里未来将成为一个新型的药材种植基地。除了传统的木草中药，我们更可凭借农场多年的科研优势，向外界介绍来自异域的药材。这些药材无奇不有，量产多少不是重点，重点是科研和科普。我们的药材基地要做的是出新出奇，兼顾景观建设和休闲功能，有效切入‘研学游’产业。”

戴眼镜的耿爱军老太太却盯着参观团队中最权威的汤总看。汤总看起来像三十来岁的人，又白又瘦弱。他摇了摇头：“神秘果引进我国都六十年了，很多地方都有。”

姚倩一听，嘴里的话突然刹住。

汤总接着说：“思路很好。不过，要出新出奇，就要引入一些真正的新面孔。像这样成片种植的，要真的有景观效果才行。

我们要什么样的景观效果呢？不是觉得绿绿的挺好看就行，而是要人们为了看这个景观，愿意去掏钱，这样才有商业价值。另外，神秘果的生长速度太慢了。这些花草的生长，最好能跑赢资金流转的速度。还有，光看不行，来了还得消费，除了吃喝，还得带点儿走。这里要有自己的产品。”

汤总的否定并没有给气氛带来一点儿尴尬。姚倩仍是笑着，她崇拜地看着汤总。他的否定如此中肯，给了她灵光一闪的新想法。

黄墙老礼堂里的两只骆驼又走了出来，摆动脖子往人群中望了望。

人群如流云，瞬间散去，旋即又聚到了一处。

他们喝着酒，庆祝近在眼前未竟的功业。窗外，是漂浮着大白鸭和五彩番鸭的池塘。池塘边的水草里潜伏着翠鸟，暗藏着杀机。考虑到池塘是危险的，美人蕉沿着水边长成了一片栏杆。它们脚下淌着浑水，它们在污泥里杵着，开着正红或明黄的花朵。没有人看到过它的果实，也许有，也许没有。

姚倩换了装。四十几岁的她耳坠上戴着两撮小鸟羽毛，一摇一摆地走了过来。恰到好处的巧笑使她并不输给年轻姑娘。她指着自己的耳坠子说：“汤总，这就是耿主任说的翠羽，您看这个产品可还行？”

窗外，正立在水花上头的翠鸟闻言，吓得嘴里的鱼都掉了。鱼欢快地向前游去，它相信自己大难不死必有后福。翠鸟落到窗舷上偷窥，它相信那翠羽只是染了色的人造纤维。天啊，你有你的美丽，我有我的美丽，为什么非要把我的美丽强加到你身上？

忽然，有人看见了窗舷上的这只翠鸟，叫了一个“啊”字。翠鸟吓得翅膀僵住了。它没有飞走，只是站在那里一动不动。直到风把它拂了几拂，它才弱不禁风地飞走了。

回去之后，翠鸟吓出一身病来。

它干消羸瘦，死相现前。它飞到孵化房，那里有给鸡治病的药。翠鸟把给鸡治病的药吃了。它飞走以后，鸡生病了。

猫来了。它不是来探病的，它只是来确认那像玩具一样，会发出柔软好听的“唧唧”声的小黄鸡们是否还在。

猫走了。它伏在场部办公厅的门口，绿纱门把它隔在外面。这扇绿纱，阻挡着外面的蚊子和它们可能带来的疾病。这扇绿纱，也阻挡着苍蝇、蝴蝶或者蜻蜓。猫一看到蜻蜓，内心就在跳跃，仿佛爪子已经要扑到那架小直升机上。但是它不想动了，它睡着了，似乎在磨牙。那磨牙的动作像极了发电报的“嗒嗒”声。蜻蜓看到了，却不敢问你在发什么电报？你发给谁？急不急？

绿纱门被推开了，戴翠羽的姚倩走了进去。

她坐在办公桌前，窗棂吱呀吱呀地哼着小曲，像极了午后休闲的红茶和口哨声。她四十五岁了，多年的媳妇熬成婆，不过，她让自己依稀是个美丽的姑娘。这一站也许是职业生涯的末班车，搭上了她就走了，错过了就永远错过了。后生猛于虎，难道不是吗？

这份工作对于她来说是个罪，是用她父亲的生命换来的。二十五年前，父亲殉职。在抚恤金之外，农场照顾其子女得了这份在场部的工作。她提前结束了在外地的大学学业，回来领差。

她得到了一份工作，扔掉了一张即将到手的大学文凭。

多年以来，她耿耿于怀的是，但凡有劳动能力的人，得到一份工作都是理所当然的事，为什么她比别人少了一个唯一的父亲，还有一张虽不值钱却本应属于她的大学文凭？既然牺牲和付出都比别人多，那得到的是否也应该比别人都多？她觉得并没有。

她第一天去上班的时候，走出旧村落那棋盘格子中平平无奇的一格。奶奶坐在门口看人，门口却鲜少有人。奶奶那白发人送黑发人的泪痕未干，只对她说："你出生的时候我去帮你算过命了，你就好你自己一个人。八字太重了，你自己好，别人都要折进去。"

不过她觉得如今也好不到哪里去，哪怕是"好你自己一个人"。她优雅地踱出了办公厅，向牛棚走去。

她问牛棚里那个戴着青箬笠的阿姆："阿箬，牛怎么样了？"阿箬鞠了个躬："姚副主任，牛不好，病了。"阿箬今年四十七岁了，是一个严谨的牵牛人。她从来没有把姚副主任的"副"字省去。

这份工作对于她来说是个命。二十五年前，父亲殉职。在抚恤金之外，农场照顾其子女得了一份在场部的工作。

然而，阿箬在办公厅里坐不住。在聊不起天来的时候，空气像闷雷一样沉重。闷雷响了一声，春雨像三月一样矜贵，比人间四月天还美好。她戴上了箬笠，两脚浸着雨水，跑了出去，从此拥有了一支牛气冲天的大队伍。

阿箬的奶奶住在旧村落那棋盘格子般的老屋里。屋里光线昏暗，只传来老人的一声叹息："你的命不好。场部这份工是你爸拿命换来的，你都留不住啊。"

阿箬却说："我没有命不好。"她坐在牛背上算了算，除了奖金不一样，基本工资和姚副主任是差不多的。她向奶奶咧嘴一笑："农场嘛，那肯定是要务农的。"

奶奶点了点头，跟着一寸一寸的光阴，渐渐走远了。奶奶看不到她了，她可以放松地哭了："奶奶你说得对，你说得对。"她又不是傻子，她也知道自己命不好。她又不是圣人，她看不开光怪陆离的过往。

搁过去，农场有农场的物资优势，四季里瓜果飘香，吃喝不愁，什么稀罕物都是农场的人先尝鲜。到后来，这个优势没有了，不过也还是旱涝保收的科研单位。想想吧，要是放在别处，像阿箬这种放牛的"业态"早就没有了。阿箬想，还是要知足。但是姚倩想，现在这个优势没有了，如果不主动迎合形势，就会被永远困在旧时光里。

阿箬和姚倩都不是迷信的人，她们之所以捡着这些记忆的小碎片，多半是因为一种叫作心理暗示的科学道理。她们互相看了对方一眼，默契地点了点头。

姚倩问："牛为什么病？"这句话传到阿箬耳朵里，她听到的是："牛病了是谁的错？"如果不明确牛病了是谁的错，那就只能是阿箬的错了。她是一个人，也是一只箩底橙，一项兜底条款。

"牛吃草。病从口入。草使牛病了。"阿箬说。

牛听了，开始回忆自己吃过哪些草？它们回忆并交谈，午后的牛棚里哞声如雷。它们通过排除法，一致认为原来怎么吃都没事，因为原来农场里的草都是可吃的。现在，农场新引进了一种三分草，就是致病的根源。

“三分草”，是牛对草的命名，人对它如何命名，目前还没有传到牛棚，牛们也不得知道。牛听医务室的兽医说过，是药三分毒。这种三分草，恰恰就是农场从异域引进的药草。它是药，所以叫它三分草。

说起来，为了拉开这个药材种植基地的序幕，为了让研学游基地傲视周边那些没有技术含量的农家乐园子，农场下重本引进了各种各样千奇百怪的药草、药树。多数被引进的草木是规矩的，把它种在哪里，它就扎根在哪里，不是它的一亩三分地，它从不多占一寸。

然而，三分草却不是这样。也不知多久了，农场目之所及，差不多都可以看到它的藤藤蔓蔓。与其说它生命力太强，不如说它已经没有了天敌。没有天敌，使不远万里从异域引进的它迅速繁殖。数量的剧增让它没有了物以稀为贵的骄傲。不知道它有没有想过，这样膨胀也并不划算?

牛还在交谈着，树上轰鸣的知了却突然噤若寒蝉。它当时害怕极了，它想起昨天它也吸食过三分草的草汁。牛觉得自己没有胡说八道，也没有胡思乱想。所谓生病，就是失去平衡。比如大山那边的桉树林，让泥土也生病了，让井水也生病了。

毛毛虫吓得变成蝴蝶飞走了，它接触过一只接触过三分草的蚂蚁。小蝌蚪吓得变成青蛙跳上岸，它接触过一条从对岸延伸过来的、不明来处的青藤。

“你认为是那些草？”姚倩笑了，“你说的显然不严谨。牛吃草，难道狸花猫、土狗也吃草？它们为什么也病了？”

什么？狸花猫、土狗也生病了？伸长脖子打听情况的狮头鹅把头缩了回来，开始担心鹅舍的安全。鸵鸟伸出更长的脖子，和狮头鹅搭腔。它并不是一只低着头的鸵鸟，它强势地要鹅把知道的全部告诉它。然而，这种好奇使鸵鸟徒增烦恼。

阿箬想了想，她也不知道为什么狸花猫和土狗也病了？天地是一张罗网，万事万物皆有联系，这算不算原因？

“既然这样，我过问一下畜牧所里还有多少七保粉，全部调过来你这边。一天三遍地喂，尽快治好它们，不要影响正事。”姚倩否定了她，又以“七保粉”的药方，认同了她。

正事没有受影响，寓教于乐的研学游基地开张了。它要赶在外界发现农场生病了之前开张。这里专门开辟了一个“三分草梦幻童话乐园”专区。这里风光迷人，一望无际的花草地绚烂多彩，可以搞艺术摄影，可以辟建民宿，未来的发展没有天花板。发言席上的姚倩畅谈着，以手指天，她那不让须眉的气势赢得了闪亮的目光和阵阵掌声。

关于三分草的特性，她略知一二；三分草没有天敌，她也略知一二。不过，三分草刚好符合农场的需求！她对耿爱军，对汤总，都是这么说。它稀有，在本地还没有出现过；它美丽，符合市场的审美消费观；它的生命迅猛如潮，可以实现迅速投入迅速反哺的经济利益。

在揭幕典礼这个喜庆的日子，农场里所有人都盛装出席。男的穿西装打领带，女的套进不拘款式的晚礼服里，踩上高跟鞋。没有这些衣服的，临时去借，或者三五成群到城区演艺一条街去租。他们把手上的涉农专业器具都暂时放了一放，仿佛济济嘉宾中的一员。

阿箬也把人字拖换成了四季鞋，露出宽宽的脚背，穿了件有领的上装。她呈现出最好看的外表，然后到老林场长家去。揭幕典礼熙熙攘攘，没人会在意少了一个不重要的老实人。

阿箬脸上汗水涟涟，把七保粉往地上一放，爽利地说："林场长，这是您要的七保粉。"老林场长伛偻着，连连对阿箬道谢："阿箬你才是个重情义的好孩子。我退休这么多年，早就没有人愿意理会我。如今跟他们要点儿七保粉，没人肯给。畜牧所那副嘴脸，一路'没有没有'的。连你都有，他们怎么会没有？"

阿箬眼里泪水汪汪，说："当年让我去场部办公厅的就是您。您不在了，我只能去放牛。"老林场长安慰她说："阿箬你别着急，你是会计专业毕业的，应该回场部办公厅，怎么能让你去放牛呢？我这就把七保粉给邱经理送去。现在到处找不到七保粉，邱经理的奶场就等着这个了，他会感谢你的！我现在说话是不方便了，但是邱经理会帮你做工作的，你一定能回场部。"

阿箬带着慌张的喜悦，回到典礼现场。姚倩从发言席上下来，抱起赤足围观的水东，在花丛中合影。水东比出表示胜利的剪刀手。他咧嘴笑着，圆圆的脸蛋缺少了两颗门牙。

孩子笑了，他们喜欢这里，这是一个乐园。姚倩温暖地对着镜头说。

水东从她的臂弯中溜下地去，带着自己被夕阳拉长的身影，欢快地奔跑着。暖风吹得暑气蒸腾不已，暖风吹得芦苇摇摆不定，但是影子没有被风吹散。

天空飞过一只产后复出的鹰。鹰投下了一个影子，把水东的身影覆盖了一下，又移开了。鹰笔直地沿着旧村落的中轴线飞穿而过。它看到姚倩正在搬家。这些老房子像绝无仅有的标本一样珍贵，不过姚倩就要搬走了。她的聪明才智得到认可，终于去了更好的地方。在那里，她上班的时候需要走上一级一级高高的台阶，然后才能到达办公室。这也是她儿时的梦想。唯有一级一级高高的台阶，才能撑得起门面，才是好的楼宇。

姚倩离开之后，药材种植基地出现了管理不善的局面。药草园的药草生病了。是的，药草也会生病。它们瘦瘟干消，丧失水土。它们是被三分草的咄咄逼人弄病的。药草和翠鸟、鸡、牛，和山那边的土壤、井水一样，生病了。

耿爱军走出场部办公厅的绿纱门，到牛棚里去了。她问："阿箬，七保粉喂了以后，牛怎么样？"阿箬摇了摇头。耿爱军也摇了摇头，七保粉是农场的宝藏兽药，也是最出名的科研成果之一，这次失效了。耿爱军拿起手机，拨通了畜牧所的电话："七保粉效果适得其反，暂不量产。回去马上开会研究。"戴眼镜的老太太回望了沉疴日甚的牛们一眼，走了。

牛摇了摇头。

牛角尖顶住了深蓝天色中浅白的月。月渐渐满，渐渐由白发黄，由黄发白，卡在了旧村落的屋檐上。屋檐上有兽。兽在夜里“咕咕、咕咕”地发出鸟鸣声。不出声的时候，它一口气就吹落了树丫杈上的鸟窝，跌下几颗尚未成熟的鸟卵。羽毛如落叶的母鸟和父鸟啐掉了喙尖的虫子，开始咒骂冰冷的屋脊，但愿它早日风化。窗里的呼噜声在劝和着它们，做个近在眼前的梦吧，事情就算过去了。

天亮了，老林场长把七保粉拎回牛棚。

“您，您还没把七保粉给邱经理？”阿箬替邱经理的奶牛们着急。老林场长摇了摇头：“我总要等一等畜牧所的说法，这毕竟是药，何况是奶牛？产了奶是给孩子们喝的。现在畜牧所出结论了，七保粉的效果适得其反。用过药的牛，不仅没有好转，情况还更坏了。我哪里还敢给邱经理？他那个奶牛场，看来也顶不住了。”老林场长叹了口气，放下东西就走了。

牛们喊着阿箬，它们说：“先前药不够，你把我们的药给了奶牛，我们也很无奈。现在人家退都退回来了，快把药给我们治治吧！”阿箬听了，点了点头。她把药粉抖进桶里，用水兑好，往上一举，正要朝牛槽里倒，就被喝住了。

“放下！”畜牧所的丁队长喝着，态度一如既往地差。不，这次更差了。他跟阿箬说话的时候眼睛是从来不看她的。不，他的眼睛看她的时候，她会更加难受。仿佛他的眼神里有最恶毒的鄙夷，仿佛这鄙夷是她应分的。

水桶打翻在地，药粉随着水流沁入泥土，枯萎了泥土里一株未成气候的三分草。牛们低下头开始嗅吸泥里的药水。显然就不是老虎的病猫也矫健地蹿了过来，低头舔舐着泥里的药水。总在疑心自己已经得了病的鸵鸟把长长的脖子伸往牛棚的方向，却无法触及泥里的药水。对自己的健康一直很有信心的狮头鹅侧着脑袋，目不转睛地盯着地上蜿蜒的药水流向。只要这一注水流再向鹅舍靠近一点点，它一定会靠上嘴去，先喝一点儿作为对疾病的预防。

丁队长生气极了，阿箬把畜牧所发的文当废纸吗？娄所长确实有先见之明，他让丁队长多下来看看，别有的人还拿七保粉给牛喂呢。果然，真的就是这样。“可怕！”丁队长叫着。

水桶在地上来回滚动着，阿箬的手筋刚被重重的水桶弹了一下，一阵剧痛。她下意识地把手一举，做了个投降的动作。

从此之后，她再也不用放牛了。镇日无事之时，她提着水桶，到处拔除那越了界的三分草。这片不久前游人如织的花野，现在成了被隔绝的世外桃源。

阿箬累了，歪在田畴里的干稻草堆上歇息。在这片珍奇物种日新月异的田野上，一排平凡的秋茄正开着淡紫色的蝴蝶花。秋茄的脚下是开着更小的淡紫色蝴蝶花的竹草。一只拉长了脸的秋茄看着阿箬，有些担心：“哎哟，她不是想不开了吧？”秋茄又看了隔壁的邻居番茄一眼：“还好我们茄子没有脑子，也不会想。”

一个少妇和秋茄有着同样的担心。她从简小的豆腐坊里走了出来，手里端着一碗热豆浆：“箬姐，刚煮的，放了白糖，你快喝了解解渴。”阿箬把豆浆喝了，面无表情地道谢，说很好喝。

少妇也是农场的职工，平时负责豆腐坊。现在她正休着产假，不用劳动。不过，每天她依旧会回豆腐坊买一锅豆浆回家。少妇看着阿箬木木的脸，又到豆腐坊里把小推车中的婴儿抱了出来。

这是一个从早笑到晚的笑脸婴儿。少妇努力转移着阿箬的注意力，对婴儿说：“宝宝，我们请箬姨姨中午去家里吃饭好不好？”少妇努力着，不知道是在逗孩子，还是在逗阿箬。

白了头发的蒲公英如天降神兵，来自云端，又一个接一个地落在这片田野上。它们是消炎良药，曾经治好了少妇的牙痛。没治好的时候，她夜里睡不着，白天也不得说话。

蒲公英在土地上播下了不属于自己的种子。它依依不舍，就像有的父母，看着养子、义子，格外疼爱得超过亲生孩子那样。蒲公英的养子、义子们，不知何名，只知它们来自遥远的地方。蒲公英掉光了头发，失去了风的助力，跌落在种子们的根部。天空中还有一个个毛茸茸的洁白小脑袋，看起来，它们还是孩子。

开着小粉球的含羞草把自己那无数双手纷纷合掌，祈祷这些不知名的外来种子中，有人可以和三分草相制衡。不求它们长成参天大树，但求它们能填补天敌的缺位。

少妇怎么努力也无法讨阿箬开心，她终于哭了：“箬姐，因为牛和药材基地的事，水东的奶奶回不来了。她判了11年。我要把水东接回家，我公婆都不同意，确实条件也不允许。能不能，水东跟着您住，他给您做个伴儿？”

“可是我被农场开除了，现在没有工作。”阿箬回过神来。

“我每个月给您生活费。”少妇连忙说，“刚好水东他跟您熟，您心地好！去别人家他可能不愿意。而且他现在上学了，不需要怎么带的，您还可以做自己的事情。”少妇激动起来，原地打着转：“如果可以的话，我现在就去水东奶奶家收拾东西。”

阿簪笑了笑：“你照顾好小的吧。我去跟水东说这件事。我去耿主任家给水东收拾东西吧。”

少妇更激动了，她把腰一挺，努了努嘴：“簪姐，钥匙在这儿，我左边这个裤袋里。”阿簪自己拿了钥匙，欢快地跑向旧村落那处有一缸莲的房子。她没想到水东是她的了。

大门发出了“吱呀”的叫声。正厅的高低柜披着一袭洁白的潮州抽纱，镶嵌着一幅立式玻璃。玻璃中映照着莲缸里不紧不慢开着的三朵红莲。

许多年前，还是麻花辫小知青的耿爱军来到这个农场时，这只高低柜就深深地吸引着她。是的，普通人家，在那时万没有这样高档的高低柜。它的老主人鲁牧，自然也不是普通人。在旧村落这张制式无二的棋盘上，耿爱军和鲁牧曾是两个扎眼的小黑点。这女子扎眼，因她才貌过于逼人；这男人扎眼，因他能量太过巨大。

在人们预想的画面上，棋盘除了横线和竖线，其余地方均应空白。但是，这个画面偏偏出现了两个小黑点。既然如此，人们就逃不过这样的心理范式——盯着这两个黑点看。他们忘记了，周围那更多的横线和竖线，其实也是无数个这样的点集合而成的。他们盯着这两个点看，哪怕它们只是黑色的，也会被盯出五颜六色来。他们相信科学：两个点是可以确定一条直线的。他们的感性又超越科学，相信两个点终究连成一条线。

横线也好，竖线也罢，在看不到尽头的回南天里被浸湿，变软，变弯，变曲，绕来绕去，像毛线，缠在了耿爱军的丈夫孟生的脑瓜上。

孟生原以为，农场是开不了石头山的矿石的，不过，无所不能的鲁牧做到了。也不知道他是不是真的有三头六臂，总之，石料场开张了。这在那个石料紧缺的年代是件稀罕事。

孟生当然很高兴。在石头山这座一本万利的石料场，他坐了第四把交椅。按道理，石料场的事孟生应该比外人知道得早。可是，在场部办公厅的耿爱军，却总是比孟生知道得更早、更详细。孟生心里不舒服。耿爱军说，这不是很正常吗？我在办公厅，本来就知道得比你快。

孟生冷笑道："你是琉璃门，我是炸石工，我怎么倒忘了？"他心里不舒服，"这些事情一定是鲁牧告诉你的。越是重要的事情他越告诉你？他这么信任你？"

"对啊，这不是很正常吗？"耿爱军说，"不信任的人，怎么可能让她在办公厅做这个岗位？"

就这样，耿爱军和孟生像一对受潮的糖狮子，吃不好吃，摆着也不好看，整天飘着一股难闻的气味。在这样的棋盘宿舍中，夫妻俩但凡说话大声点儿，邻居们就乐于打听缘由，弄得他们不得安生。而在这个物产丰富，自成一格的农场中，耿爱军意识到自己和眼前这些人还要继续共存共生下去。如果不想最终沦为笑话，就只能小心翼翼去妥协。她再也不和孟生吵闹置气了。她顺着他，再也不在他跟前提石料场的事了。

日暮炊烟中，他们共享一桌食物，看着彼此的眉眼，也会微微一笑。

就在此时，场部的小林气喘吁吁地跑进他们家，满脸通红地说："鲁场长让你们去一趟办公厅，有急事！"

孟生忙问耿爱军："是什么事？"耿爱军说："我也不知道啊。"孟生冷笑道："现在又不知道了，你真的不用这样。我又不是不讲道理。"耿爱军委屈地说："我刚才不是一直在家里做饭吗？场部突然有急事，我哪知道什么事？"

"是石料场三号区安全施工监测报告的结果。"小林打断了这对夫妇。看到他们，他觉得以后都不想谈对象了。

耿爱军忸怩地说："既然是石料场的事情，你去就行了，我不去了。"小林有点生气："耿爱军！你是办公厅机要秘书，全农场所有的事情都跟你有关。鲁场长的原话是，让你们俩去一趟办公厅。"

孟生夫妻讪讪地去了。

回来之后，孟生责怪老婆："你何必这样？叫你去的，你本分该去的，却当着外人的面说你不去。让别人看笑话！"耿爱军没有还口，只说："鲁场长下了命令了，三号区有危险，等候处理，任何人都不能进。你管着别人不让进，自己也千万别进去，知道吗？难道我不担心你？"孟生听了，气才消了，只说："我跟他们不一样。我是个炸石工，但也是负责安全生产的。我肯定得进去看看，不然我哪知道哪里不安全？”耿爱军火了：“任何人都不能进，包括你！鲁场长刚刚才说的！”

于是，他们又吵了起来，然后互相厌恶对方，不愿意说话，屋子里便安静下来。直到天亮，他们仍然不愿意和对方说话。耿爱军知道，说了也没用。那一天，孟生带着两个人进了围蔽起来的三号区，因为他说，他是负责石料场安全生产的，不进去哪里知道怎么不安全？就这样，三人死于巨石之下。孟生带进去的两个人，一个是姚倩的爸爸，一个是阿箬的爸爸。一个低概率事件，藐视地望了他们一眼，嘴角浮现出轻描淡写的细纹。

以此事为导火线和主要原因，鲁牧被送进了监狱。

耿爱军用极小的声音，对着那只高低柜说：“鲁场长是冤的。”然后她就不再往下说了。错的是孟生，但是孟生已经死了。如果她站出来为鲁牧喊冤作证，说责任是自己已死的丈夫的，结果会如何？她明哲而省事地，只扮演了受害者的遗孀一个角色。

随着鲁牧在农场的消失，随着她本人的资历和年龄在增长，随着住在旧村宿舍中的农场职工越来越少，老的人老去，年轻的人对往事毫无兴趣。没有人再讨论耿爱军是不是鲁牧的地下情人。她只是一个戴着眼镜的老太太，受人尊敬。她是一名高级科研人员，这是她后来取得的身份。在农场，很少人知道她原本不是科研出身，而是做行政的。

她受人尊敬还因为她收养了一个叫鲁水东的孩子。孩子的父亲因一场车祸离开人世，母亲又改嫁了。

耿爱军收养了水东，水东喊她奶奶。耿爱军把鲁牧家的高低柜搬到自己家，如今，这样的高低柜身价大跌。耿爱军用它来给水东装玩具。

高低柜里面，隐藏着她最丑陋的灵魂，她这样想。她闭上眼，看到有着三头六臂却不会游泳的鲁牧掉到深潭里，挣扎呼救。她原本可以把他救上来，但是她害怕弄湿身上的衣服，转头就走了。

后来，鲁牧狱中病逝。她于是常常望着离农场不远的那所监狱，仿佛望着一座无处祭扫的墓碑。忽然间，她过去了一辈子。

在开往监狱的车上，她竟然在想："如果我不是女子，这次去坐牢，就可以离他很近了。"车子驶离农场，路过那处建筑的时候，她望了窗外一眼："女子监狱不在这里。"

那个时常进入耿爱军梦魂的深潭，锦鳞跃出，溅起香水，倒映着山色云影。鱼尾巴扇出了一道七色光。水声是那样悦耳动听。阿箬叫了起来："水东！去哪里玩都可以，但是不要近水边。"水东提了提裤子，走到阿箬身边。他的裤腿已经湿了一圈。阿箬蹲下身替他挽着，问："记住了吗？"水东点了点头。

他们回到旧村宿舍。隔壁租了两座旧屋做"研学游"的文化公司还健在。高总仍蹲在门第上抽着烟，见到阿箬，像个友善的邻居那样点了点头。

阿箬牵着水东，试探着问："高总，你们公司还请人吗？"高总笑着："请啊，我们有好多个点，现在生意不错的。你来啊？"阿箬高兴地点了点头。高总问："你想做什么？"阿箬说：“我本科是会计，我们农场都知道的。我能做会计。”

高总手里的烟凝固了，没有再往上飘。他又问：“你的年龄？”阿箬说：“我四十七，四十八不到。”高总笑了笑：“这个年龄的大学生那时很吃香吧？”阿箬很担心高总不相信。高总又问：“那你为什么牵牛？我听说你一直都是牵牛的。”

“高总，您不信？我，我家里有证书。我，您可以查我档案，我在农场是干部身份……”阿箬辩解着。水东忽然挣开她的手，往巷子口欢快地跑去。

“我信。”高总把烟头往地上用力一丢，“我是说，你为什么不走？宁愿在这里牵牛？现在什么专业都更新换代很快。当然了，技能也许还能捡得回来，可是时间捡得回来吗？”

阿箬低下了头：“他们要逼我走，我偏不走。我在农场的编制，是我爸爸用命换来的。”

高总听了，把烟头狠狠地踩了又踩：“行吧你来吧，现在哪儿都缺财务。”

阿箬怔了一下，看了看自己的手，在一声弯腰道谢之后，便转身追水东去了。她追呀追，直到桥头才把水东拉住，搂到怀里。

前面，枝枝相握的道旁树在小道上延续着，正着看像拱门，却是一个永远跨不完的门。一队牛在道上走着，它们的步伐像道旁树一般秩序井然。阿箬看着牛屁股，牛尾巴正一左一右地甩着，摇摆成珠帘遭遇凉风的节律。

日光千远万远地照射到大地上，万物有灵，唯我无智。

中篇小说

禁　步

禁步是古代女子戴在裙子上压裙角、防止走光的饰物，有时是玉石，有时是金银。戴上禁步，淑女要小步走路，规矩走路，否则禁步可能会将她绊倒。

禁步也是一种审美心态，崇尚度的把握，如花看半开，酒饮微醉；禁步更是一种伦理心理，讲究秩序，忌讳逾矩。

《禁步》故事背景在北宋初期，秋氏“百合绣庄”和王氏“锦绣名门”两家商户在织绣品该走海路还是走陆路的策略上产生分歧。锦绣名门主张走海路，因为王家预测西北战事总有一天让陆路走不成。秋家则惯走陆路。作为竞争对手，王家送给惯走陆路的秋家一对风烟纹禁步，嘲笑他家做生意缩手缩脚，“像女子一样迈不开步子”。秋家主人秋先把禁步给了待嫁闺中的方胜儿，心想，百合记就是用一个女子，也让你好看……

01

虾有骨头吗？不知道虾壳算不算？反正，这个地方是叫虾骨浦了，在闽阳县。之所以叫作虾骨浦，是因为这村太荒凉了，荒凉得只剩下虾的骨头。

这里有海，还有一条会织布的雌鱼。舅母说，那是鲛人，一哭一滴珍珠。

“那鲛人戴不戴禁步呢？”方胜儿摘着淡菜上的泥巴藤，问着舅母。胜儿好像听谁说过，有钱人家的闺女长大了都戴禁步，压在裙脚边，一摆一摆，好看。好看之外，禁步还可以防走光，压住裙脚不乱飞，又不至于走路太快，因为快了就会被绊倒。

可是胜儿不太明白：走路快不好吗？但花看半开，酒饮微醉，小步款款，兴许就是女儿家最好的仪态。

胜儿想，鲛人一哭一滴珍珠，应该是很有钱了，戴个禁步不在话下吧？可舅母笑了起来：“她没有脚，禁什么步啊？”舅母把石螺倒入铁锅中，“喳——喳——”地炒起来。

胜儿自言自语道：“要是把鲛人捉住就好了。”

舅母笑着：“捉住了，大家吃鱼！”

胜儿摇着头：“不能吃她，她哭出来的眼泪都是珍珠。应该把她养着，想办法让她天天哭。”

舅母一听，把手中的勺子停住了。她看了看这个只知其母，不知其父的胜儿，叹了口气。

13岁时，胜儿的父亲方三郎把她接走了。

此后入京，胜儿长到17岁，又生事端。

那年三郎的养父、国舅秋先爱惜胜儿聪慧，把家中专务女红

的百合绣庄交付她经营。胜儿从此春风得意。

秋先晚年得子，其子秋宇与胜儿年纪相仿，脾气相合，渐生男女之情。自胜儿来京，每逢春秋，秋宇必邀约胜儿赏菊，四时八节，有菊花酒、菊花糕、菊花茶之类，只因胜儿爱菊，便常相赠。

时逢中秋，胜儿思念闽阳外祖家，跟秋宇说起闽阳拜月时的“烧塔”习俗——用砖块、瓦片垒起“高塔”，塔中扔着树枝炮仗。火一点，风一顺，塔烧了起来，噼里啪啦响得热闹，呼啦呼啦的火苗直冲天顶。火光月色映亮天幕，十分好看。

秋宇听得脑袋热了起来，也喊人在东京城中垒起一个三米来高的砖瓦塔，请胜儿来看，点火就烧，结果险些把一条街给烧没了。按照当时大宋律例，故意纵火者必受火刑。幸得秋家散财打点，引出当时一个闽阳籍的大理寺正呈堂作证，说闽阳确有此俗，秋宇并非有意纵火，才免了一灾。

此事之后，赏心乐事过于单调，秋宇、胜儿两个渐渐话少了起来。

02

怜花巷，玉树庄，长夜灯火，香粉弥漫。

人堆里忽传出一团尖叫，大小声音都在喊着：“燕姑娘寻短见啦！燕姑娘寻短见啦！”

庭玉直蹿上二楼，只见二楼掀桌子的掀桌子，叫骂的叫骂。

庭玉把满头满脸是血的燕凡抢到自己怀里，吼着他的同窗们："别打了！快带路，去那什么堂！救人！"

众同窗拥着庭玉急要下楼。老鸨曾嬷嬷却领着一帮壮汉将廊道堵住了，与庭玉对视："先把珠翠留下！"

庭玉一听，忙把燕凡头上珠翠一把抓，往地上丢了。老鸨边示意丫鬟捡起边数着："还有钏儿，还有禁步！"庭玉依言，伸手要解燕凡腰上禁步，却见禁步被燕凡右手紧紧握着，不肯放。

庭玉俯耳道："姑娘，这对禁步先还她，回头我送你一对更好的。"说着便连禁步也解开丢到地上。

其时，燕凡已经昏迷，她并没意识到自己手中正握着禁步，也没意识到庭玉说了什么。

庭玉丢完燕凡身上值钱的东西，叫着："让开！"

老鸨又往前一站，指着窗外街边脏兮兮的杂耍要钱的女童道："当初，你怀中的美人儿就这模样，满大街滚，饭都吃不饱，是我把她抬举出来的，出落到今日这地步，在杭州也算红了，整日王孙公子，穿金戴银，山珍海味。谁知这贱人不知好歹，碰上个客人不想接，就寻短见，哼，我从出道以来，还没被谁威胁过！这贱人偏来威胁我。想走没那么容易！"

庭玉红着脸："你还想怎样？"

老鸨手一伸："五百两。"

庭玉叫道："我买得起！请你让开！人都伤成这样了！"老鸨毫不示弱："伤成这样？便是死了也要五百两！"

庭玉又道："便是死了我也买！快给我滚开！"老鸨慢里

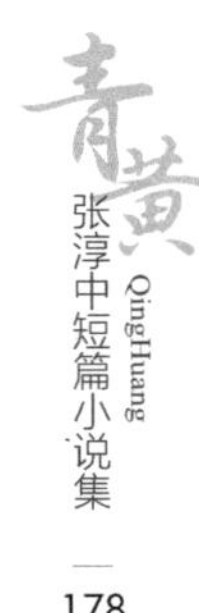

条斯："既然这样，不管死的活的，只要想出这个门，都得先给钱！"

庭玉见燕凡满脸的血汩汩地流，火了，一脚踢向老鸨："给你个鸟，死活都不知，还钱你个鸟！"庭玉抱着燕凡正要硬闯，冷不防那原本安静的阁子里打出一团人来，横挡住庭玉去路——正是秋、王两家。

王麦斋道："小姐我们放了，丫鬟也在你们这边，还想怎样？放了我们飞儿！"王杰飞的脖子正卡在秋宇的紫竹棍里头，满脸涨紫。

秋宇冷笑道："我只找我妹妹！放与没放随你们说词，反正人是你们弄丢的，就问你们要。什么时候找到我妹妹，就来换你儿子！我妹妹少一根头发，你儿子少一根骨头！"

一时两家眼红，一打，路又堵严了。庭玉指缝里泄着燕凡额上汩汩的血，吼着："别打！让开！我要救人！"说着护住燕凡便往两家的刀缝里钻。只听王麦斋叫着："小心！别伤到张公子！是张公子！"

那半空里乱飘的白刀子渐渐稀疏。

庭玉红着脖子："原来是你！王麦斋，你们别处打去！耽误了人命，我饶不了你们！"

王麦斋垂手称是，忙叫"住手让开"。

老鸨锁眉，忙问身边看客："这位公子是？"看客摇头。一旁的书生洋洋得意道："怎么？怕啦？市舶使张文旦的独子！"

老鸨听了，冷笑两声，不当回事，秋宇却也忙叫着："快住手！快住手！原来是庭玉，刚刚不曾看见，见谅见谅。快给张公子让道！救人要紧！”

庭玉看了秋宇一眼，直奔楼下，与余楠跳上马车就“嗒嗒嗒”走了。

03

赐我长袖，我必善舞。

这里是梓园，国舅秋先五徒弟刘临川的府第后院。园中水榭连短廊，短廊连水阁，水阁又临着一潭碧翠清亮的明湖。静水流深，梓园处处曲水有情，旺财旺丁。

园中有许多扇门，打开了可以看见不同的风景，但这一扇门，门外却有一个叫刘璃的女子，提着长裙与禁步匆匆跑过。她样子温文尔雅、柔弱沉默，王杰飞在门内看了一看，那人就不见了。

刘璃跑进母亲房里，兴冲冲问：“娘，小师叔来了？”

刘夫人道：“秋宇这次来杭州是接你进京待选的，不想半路上让锦绣名门劫了你小姑姑去，把件好事弄成坏事，两个老少爷儿们脸上都不见笑了。方才锦绣名门又送了信来，说愿用你小姑姑换回他家少主去。秋宇接信马上就走了。”

刘璃点了点头，稍平静下来：“小姑姑现在是极重要的。女儿也是托她的福，才能进京待选。”

刘夫人道：“你也别想那么多了，往后你和秋壶也是平起平坐，谁托谁的福就不一定了。”刘夫人转而又道：“但这次是因为两位殿下都向秋家下了婚书，秋壶一女不能二嫁，才把你接进京待选的。唉，毕竟近水楼台先得月，向阳花木易逢春。”

刘璃笑了：“只是一个姑娘家看不破公子与红妆，终究志气短、心胸小，就是向阳花木也逢不了春，近水楼台也得不到月。”

刘夫人脸一沉：“切忌祸从口出。你管她逢不逢春，得不得月的，毕竟她向着阳，近着水呢。瞧你三师伯的女儿，十七岁就当上绣庄的庄主了。这跟你爹都平起平坐了！为什么？还不是因为她爹留在了京城总局，她跟国舅爷、秋夫人兰阿郡主好亲近？这次要不是因为她亲事早已定了，我看进京待选的事落不落到咱家也难说。”

刘璃从鼻子里吐了团气出来：“娘，你说方胜儿呀？她不光眼里只有钱，脸上也只有钱，大字不识一个，浑身一股子市井气，行事浮陋浅薄，也就是长得还不错罢了。娘，你怎么拿我跟她比？”

刘夫人听着刘璃的话，似乎在听着不好的兆头：“这样的话以后不要再说了！我刚刚跟你说过切忌祸从口出，你就说出这样的话来。你见过人家不过一二面，就算方胜儿真是浮陋浅薄，可人家现在毕竟得意着，这样的话你说出来，别人听了，怎么看你？再说，你心里瞧不起这个，瞧不起那个，也不行啊。你将来要是进不了宫，真不知道会怎么样。”

刘璃又笑了，似乎在安慰：“娘，你不要担心我。刚才的话，我也只是偶尔对娘说一说，对别人我是不说的。至于心里，我现在又有什么好自以为是？又有什么好瞧不起谁的呀？我的父亲跟她才是平起平坐的位儿呢。”

刘夫人又揽着女儿：“璃儿呀，娘是真希望你能进宫，那才是个大天地。可是你从小自视甚高，万一你要是进不了宫呢？万一进了宫别人把你压下去了呢？那里还怕没有比你聪明的人？娘就怕有个万一，你心里受不住。还有，你想想你自己刚才那话，你听没听过开水不响，响水不开啊？”

刘璃依偎着刘夫人，脸上温文和婉起来：“娘，您见过水响都不响就能开的吗？最起码，它响了，也就快开了，也告诉烧水的人，它快开了。大家都要嘲笑响水不开，可是水未开先响，那是注定了的规则。”

刘夫人看着刘璃，轻轻一叹：“全看菩萨保佑了。哦，兰阿郡主这次让秋宇带了那么多妆奁来，你那回礼《丁香牡丹图》呢？”

刘璃摇头道：“咱家的绣娘，只知照模捉针，绣出来的图实在不敢献给郡主。恐怕我要自己绣了。”刘夫人心疼道：“你一个人怎么绣得完，别熬夜啊。好歹再找一个，你教她。”

刘璃点头称是，便回房间去。

绣机跟前的铜兽吞云吐雾。刘璃盯着绣机上的《丁香牡丹图》发呆，她那关于入宫的兴奋劲儿还没过去，一时竟不知针线如何下手。她甚至有点紧张，想象这《丁香牡丹图》会出岔子，惹恼了兰阿郡主，于是进京待选的事又黄了。

她猛一抬头，见丫鬟阿裳站在门口，问：“人带来了没有？”阿裳道：“来了。”

刘璃盯着门口，进来的正是王杰飞。

刘璃起身，裙上环佩叮咚：“王公子，听说你绣功甚至超过你们锦绣名门的‘三十六金针七十二银梭’？”

王杰飞道：“当然，他们算什么？”

刘璃把绣机一抚：“我想请你帮我绣这幅画。”

王杰飞问：“酬劳呢？”刘璃道：“环佩珠玉，任你挑选。”

王杰飞指着刘璃裙上：“我看中了这对禁步。”刘璃回眼瞅他：“你要这个干什么？你也戴吗？”王杰飞道：“你给我就戴。”

刘璃呵呵地笑，把禁步随手解了丢给他：“你戴吧。”王杰飞果真接上手往腰上就系，阿裳掩嘴忍着笑，刘璃却不笑了：“你既收了我的酬劳，那就干活吧。”

王杰飞往绣机前一坐，拿线捉针，埋头就绣。刘璃近前一看，微微笑了，叹道：“可惜锦绣名门显赫五世，竟出了位绣功超群的大公子。”

王杰飞手停住了，抬一头：“刘小姐，你骂人怎么这么含蓄？”刘璃笑道：“女儿家，骂人带脏字不好。”王杰飞埋头又绣：“你笑吧，反正我就是这么娘，怎么啦？”

刘璃摇了摇宫扇：“娘就娘吧，我笑你干什么？只是，只是有点不大正常。”刘璃说完，忍不住跟阿裳笑作一团。

王杰飞手不停针，问：“什么叫作正常？”刘璃道：“正常就是男人像个男人，女人像个女人，老人像个老人，小孩像个小孩。”王杰飞不抬头：“那什么样的男人像个男人？”

刘璃摇着宫扇：“至少，心中要有金戈铁马。捉针拿线只会让一个男人变得斗志无存。”

王杰飞笑了笑：“然后呢？”刘璃见问，毫不客气起来：“你们王家五世锦绣，所以子孙都养尊处优，只会重复着做上一辈人做过的事情。每天能做的就只有吃喝拉撒，一辈子能做的就只有娶妻、生子、老去。这样周而复始，你不觉得可怕吗？”

王杰飞将线一收：“可我只觉得这才是正常。每天都循环着做吃喝拉撒的事情是正常，祖祖辈辈都重复着做娶妻、生子、老去的事情更是正常。”

王杰飞的声音像在吹口哨，往窗外一望：“小姐，你去赏花吗？花木们每天重复着吞吐日光就是正常，祖祖辈辈重复着开花、结果、凋零就是正常。金戈铁马只会打破正常。”

刘璃莞尔一笑：“那为何一个园子里的花木，有的枝繁叶茂，有的却孤枝枯叶？王公子，我赏花的工夫肯定比你多，您大概还不知道，花木里头也有金戈铁马。”

王杰飞也跟着莞尔一笑：“刘小姐，您大概也不知道，最早，南派刺绣里头绣花的都是男人。女人学绣，不过是男人教的。我家先祖150年前创立了锦绣名门，当时的织绣行会里头，只有男绣工的名字能登记在簿。后来五朝更替、十国混战，男人都上沙场去了。男人心里都有了……哦，有了您方才所说的金戈铁马，针也线也就都不拿了。渐渐地，也不知怎么了，好像只有女人才绣得花，我们男人都绣不得了？您可知道，我们锦绣名门的绣艺，是传男不传女的？”

刘璃一路听下来，笑得拍起手来：“是吗？难怪我家的生意做不过您府上，原来您府上的绣品是男人刺出来的，怪不得更好些。敢情，我们百合记，是找了女人在跟你们男人掰手腕呢。”

王杰飞将线一引：“你有你的想法，我有我的想法。我不是英雄，不是君子，也不怀才，不痴情，我只是个庸人，过些正常生活。”

刘璃又笑了：“可以。绣这幅图不需要英雄也不需要才子，更不需要圣人或情种。”刘璃说着又问：“你除了喜欢绣花，还喜欢什么？”

王杰飞道：“做饭。”王杰飞补充道：“我弄出来的东西，吃的喝的都够味儿。”刘璃正掩嘴，忽嗔道：“你看我干什么？你绣你的。”

王杰飞把针线停了，站起身认真道：“刘小姐，你知道我一直喜欢你！若不是秋家卡在中间，一会儿恩一会儿怨，我们两家，倒是门当户对……”

“住口！胡说八道！”刘璃看了看阿裳，把王杰飞喝断。阿裳忙低下了头。

王杰飞把刘璃的手一拉，急匆匆地：“刘小姐，我真的是很喜欢你！我说真的，你，你放了我吧！你不会让我在这里当人质的！”

刘璃把手一甩，呵呵大笑：“王公子，不想当人质就放了我家小姑姑，这不是很简单吗？何必要说喜欢我？何必牺牲色相啊？你还真当我们深闺女子没见过男人，被你一说就心动了？”

王杰飞忙道：“不！我说的是真心话！”

刘璃离了绣房，撇下一句：“想绣就绣，不想绣早点说，我找别人。”

王杰飞头也不抬：“等你找着了别人，再来问我想不想绣吧。”

楼梯木板上的脚步声如雨打芭蕉，叮咚不息，忽一声惨叫穿过长廊。刘临川迎面走来，向刘璃挥了挥手：“回去，没什么好看的。”

刘璃望了望父亲身后那扇门：“爹，王杰飞跑了。”

刘临川把身子挪开：“没跑。”刘璃看到秋宇静静地坐在门内，又看到东京来的洛溪、洛阳两个小镖师背对着门打一个人。

屋内鬼哭一阵狼嚎一阵。

刘临川推了推女儿肩膀，边下楼边说：“秋宇要去交换人质，没想到王家勾结山上草寇伍通神，在南昆镇别院里挖了个大窟窿等他。如今还是咬定秋壶已经放了。哼！佛都有火了！秋家本来就是武商，要打正好。”

刘璃听着，渐行渐远。

其实那天，越过父亲的肩膀，刘璃看到了王杰飞被人打的样子，那样子风度无存、畏缩狼狈。王杰飞也看到了刘璃，他曾想

象刘璃至少会受惊吓，会说不要打人……

这想象并不奢侈吧？一个普通姑娘这样反应不是很正常吗？

可刘璃平静而沉默地离去了。那一刻让王杰飞很希望洛阳、洛溪今天就把自己打死。但这么死不算殉情。王杰飞所有的精力都用来恨刘璃，恨得浑身发抖。洛阳笑着说这厮吓成这样，拳脚又加……

“少局主，小姐找回来了！”家仆青泽匆忙赶来。

秋宇顿时站了起来，示意洛阳、洛溪不要再打：“在哪里找到的？”青泽道：“西湖书院。”秋宇皱眉：“怎么在那儿找到的？”青泽低头不语。秋宇又道：“说！”

青泽头没抬：“去，去找张公子。”秋宇叫了声“荒唐”，直下楼去：“人呢？”青泽连忙在梓园里小跑引路。秋宇满脸盛怒，一跨进外间小厅，就见丫鬟蝉音迎面“嘘——”着食指：“刚刚睡了。”

秋宇听了，脚步忙放轻，心中苦笑：“还睡得着呢！”就听秋壶跳下床，没穿鞋子往外跑，笑着扑向秋宇：“我和冷香正要睡，你就来吵我。刚才我把被子盖上头，冷香说蒙头睡会梦见鬼的，你就来了。”

冷香在里间床上听着，偷偷地笑。

秋宇看着完好无损的秋壶，突然不知道该如何呵斥她，只笑道：“那赶紧睡吧，我不吵你了。”

秋壶完好无损地回来那天，王杰飞被八抬大轿送回家中。他在家中恨刘璃恨了一个月，或者只是二十多天。因为那二十多天王杰飞躺在床上，浑身的苦汤膏药。床边热热闹闹，或三姑六婆，或酒肉兄弟，或慈父慈母，总之嘘寒问暖之声朝暮不断。这种热闹让他暂时遗忘了雄性激素所引发的种种美好。

但是伤势一愈，他又想起了刘璃。他开始为刘璃假设各种情况，他想象刘璃其实是有替他求情的，但是刘临川不允许，也许刘临川还把女儿骂了一顿，也许刘璃回房间以后还难过得哭了？

他不知道这是不是所谓的好了伤疤忘了痛。但一个女的如此对他，他却还没完没了地想她，这能说明什么？只能说明他真的爱上了。既然爱上了，这事还有什么对与不对？一切不是很正常吗？

这也是王杰飞进京的最大理由。

04

王麦斋并不知道王杰飞竟是为刘璃进京，他以为儿子只是追随父亲。父亲进京和秋家商谈两家合营的事，儿子自然跟来了。

两家从划界而治到同分杯羹，是王麦斋始料不及的，但不管如何，六月十五，是王家进京商谋两家合营的日子。

王麦斋知道，无论划界而治也好，同分杯羹也好，商人行为的动机都是赚钱。但前者是王家提出来的，后者是秋家提出来的，这是否意味着后者必利于秋家呢？王麦斋以为：未必。

王家与秋家最大的不同就是，秋家做生意惯走陆路，所以旗下运货押镖的镖局多得像人周身经脉。王家惯走水路，可是秋家并不以为然。

尽管如此，王麦斋坚信水路总有一天超过陆路。走陆路免不了跟西夏北辽打交道。他不是政治家军事家，但他觉得这几国之间谁吃掉谁都不太可能了。皇帝跟皇帝之间打打停停，停停打打，商人跟商人之间哪能百年好合永结同心？

但秋家不明白这些，王麦斋想，秋家只知道守成。

秋家守成，所以有今天，秋家守成，所以明天就不可知了。秋家这听话的劲儿，在王麦斋看来，就像女人裙脚上压禁步，迈不开腿，能成什么事？

王麦斋想，东京临着黄河，造船业远在杭州之上，以长远计，东京是商家福地，更是锦绣名门的福地，那王家何不乘此机会进京播种扎根呢？至于秋、王两家合营的姻缘能否长久，倒是其次了。

这一层意思王麦斋想归想，没跟任何人说。

还有那秋宇，究竟是想法嫩了，王麦斋想着，正要笑，突然笑不出来了。他看着自家的王杰飞，与秋宇一般的年纪。秋宇想法虽嫩，毕竟还是有想法的，王杰飞呢？

其实，秋宇那一张城府不藏自深的脸，举手投足间谦和仁厚的君子招牌都是王麦斋所理想的。

那日进城，王麦斋带来的还有锦绣名门织绣庄百来能工巧匠——号称三十六金针七十二银梭。这些人不是带出来游览东京名胜的，而是一个谈判的筹码。

一进城门，东京织绣行会会长——秋氏百合绸缎庄庄主罗颜早遣人在那里接着了，一接把王家父子接到京城第一楼白矾楼去住，其余人等住不下的皆在附近的潘楼客栈住下——这两家皆是东京名店。

门外，忽有人报请：“京城织绣行会的罗夫人为王老爷和王公子摆了宴洗尘，请二位过去。”却又有家人悄悄来报：“老爷，您所邀约的绫锦院黄公公也到了。”

王麦斋忙嘱咐：“飞儿，你先好生去赴罗夫人的酒席，不可失礼。我一会儿过来。”

王杰飞于是整顿仪容，出了客房，穿过白矾楼行空复道，至最高层“锦绣阁”来会见罗颜。

互相见过礼后，罗颜便问：“怎么不见王老爷？”王杰飞只说：“他一会儿就来。”

罗颜将眼来打量王杰飞，只见他衣着甚是鲜丽，脸上白净清秀，身姿厚实，只是额上竟纹了一只绿色的雀儿，展翅舞爪，头上盘着个阴阳怪气的高髻儿，两边垂下的坠子闪耀夺目。

罗颜心中道：“这年轻人生性好生张扬。”便见王杰飞将侍女递上来的手巾轻低头一嗅，道：“我不喜欢百合香，可否换成兰花的？”

罗颜忙令侍女将手巾换了，又问：“王公子见这锦绣阁好不好？喜欢什么茶？什么酒……”

罗颜话未说完，王杰飞便道：“白矾楼不错。锦绣阁虽然在高层，只是临街，吵吵闹闹的，咱们怎么说话？罗夫人，不如换个地方？”罗颜笑道：“说得是，还是换个清静地方。这白矾楼

有二三十个阁子呢。六顺，带路。”

六顺便领着王杰飞，几层楼里东南西北一个个地瞧，王杰飞一会儿嫌这间太暗，一会儿嫌那间太晒，边嫌还边说出大段大段的讲究来。罗颜随在侧旁，与他楼上楼下爬高爬低地走着，转了近半个时辰，不承望王杰飞竟道：“罗夫人，看来看去还是锦绣阁好。”

罗颜一笑，领着王杰飞重回锦绣阁。

刚坐下，王麦斋已是办完一件事，赴罗颜的宴来了，恭恭敬敬见过礼后，王麦斋见桌上未上一道菜，忙道：“罗夫人哪，何必这么客气等着我呢？这都多久了！”罗颜只道：“理应如此！理应如此！”

罗颜一顿款待完了，回了百合绣庄，一进俊彩堂，见方胜儿与秋宇都在。

方胜儿问：“四婶，今日见了那王家父子，他们对联营的事有什么说法？”罗颜拍着桌子就叫：“与他家联营之事，胜儿自己做主吧，四婶我没工夫理会他们。”方胜儿忙过来捏着罗颜肩膀，笑道：“是谁惹四婶生气？”

罗颜便将王杰飞无礼之事说了出来。秋宇只摇头笑他，就听罗颜说：“我不过是尽尽两地行会之谊，谁想他竟长幼不分起来。哼！论年岁，我便生他也生得起，做他娘也不为过。由他张狂！还在那里充富贵相，没教没养，哪像大户人家出来的？”

秋宇也劝了几句：“四嫂，咱家只和他谈两地生意，何必跟他计较呢？”方胜儿道：“不敢再惹四婶生气，明日胜儿自己去会会他们吧。”当下又命人送罗颜回府休息。

05

受了罗颜款待之后，王麦斋便要给秋家送回礼，恰儿子带来一对好玉，是对禁步。儿子说：“这对蓝田玉，价值够他在白矾楼招待我们几十顿了。”

王麦斋看着禁步，笑得意味深长，笑得居心叵测：“就送这个。”便用绸缎把那对禁步给盖上了。

秋先一掀锦绸，看到那对蓝田玉禁步，也笑了：“王老爷知道我们秋家百合绣庄的当家人是个闺女，又快出阁了，这是给胜儿添妆呢！”

胜儿忙向师公秋先道个万福，收了妆礼。秋先盯着胜儿看，嘱咐着：“胜儿啊，你既然收了人家的礼，就得跟人家好好去谈合营的事了。”

就这样，方胜儿有新差事了，婚期也被推迟了，推迟得她称心如意。

秋先当然知道王麦斋的意思，但你既然把我秋家比作女人，我现在就用一个女人，也要你好看。

他们都没想到，这对禁步原本是王杰飞为刘璃绣《丁香牡丹图》所得的报酬，王杰飞这个呆子却偏偏把它当爱情信物。刘璃已在一个多月前进京待选，就住在秋家。王杰飞总觉得，把禁步送进秋家，刘璃就总有一天会见到，见到了就说不定会想起他。

说来，这不算什么，刘璃进京激起的涟漪多的是——方胜儿也是因此事坏了胃口，从不太想嫁变得坚决不想嫁的。

方胜儿觉得太受刺激了。

方胜儿的父亲方三郎和刘璃的父亲刘临川一样是秋先的徒弟兼养子。方三郎排第三，刘临川排第五。胜儿和刘璃以异姓叔伯姐妹相称。要命的是，刘临川娶了当朝大将军曹彬的女儿为妻，刘璃则是大将军的外孙女。

胜儿身世，本是微寒。她直到十三岁才知道自己的父亲长什么样子。当时她母亲已经去世六年。无论是母亲去世前还是去世后，她在外祖家都是吃百家饭，穿百家衣。她的生命力变得比老鼠还顽强，但凡见缝，她就插针，但凡得到一点阳光，她就灿烂。

按照常理，这种身世会让一个孤女自卑自闭，郁郁寡欢，但方胜儿在外祖家却上蹿下跳，里外热络。她俗气、狡黠、浮陋，但她总能找到吃的。没有哪个三姑六婆会排斥她，或者说没有哪个三姑六婆排斥得了她。

见到父亲的第一面，方胜儿确实想替母亲好好报复一下他。但是，怎么个报复法呢？指着父亲一把鼻涕一把泪地痛斥，表明母亲曾多么地委屈哀怨受苦受难？

不，这不是方胜儿。母亲已死，而她们母女和方三郎之间从来就不是平等的、可对话的。那么，采取非暴力不合作吧？可最后，胜儿不但对父亲“非暴力”，同时也很合作。

但是，这种“非暴力、很合作”竟也让方三郎伤心了。在外人看来，胜儿是一个多么孝顺的女儿，她对父亲言听计从，但三郎从来不知道她在想什么。她可以和周围的叔父、婶娘都打成一片，唯独把父亲拒于千里之外。她规规矩矩地孝顺他，但她的每一个眼神都在疏离他。她规规矩矩地孝顺他，但她从来不对他说半句可以表露喜怒哀乐的话。

她给父亲的每一个笑容都没有任何人情味，但她却总对着父亲笑。

方三郎发现，胜儿哪怕是对进屋磨铜镜的小贩笑，都不曾笑得这么难看。三郎有些心凉，他在东京无儿无女，所以把胜儿接进东京。他怀疑，他就是传说中的“穷得只剩下钱了”。

母亲韩茹恕也许只满足过方三郎一时的生理需要，但方胜儿却能满足他终极的心理需要。正因如此，胜儿可以让父亲伤心。这是多么高难度的事情，母亲终其一生都无法让这个男人动心，遑论伤心？

父亲骂女儿，是多么正常的事情，但方三郎却骂不了她，因为他们还没熟到可以骂的程度。

当然，胜儿也没想过要改变对待父亲的方式。

胜儿已经通过父亲得到了许多从前幻想都幻想不到的事情。国舅秋先和国舅夫人兰阿郡主都对她宠爱有加，十七岁就让她当上了百合绣庄的庄主，但她绣针功夫并不好。

东京是块宝地，让胜儿青云直上。

从方三郎把胜儿接进东京的那天起，胜儿就被东京迷住了。

东京拥挤，挤得人胸闷心烦。当年太祖皇帝三请隐士陈抟进京辅佐江山，陈抟都不肯，因为陈抟觉得东京不是人住的地方。但胜儿却觉得除了东京其他地方都不是人住的地方。为什么？她就喜欢这种拥挤，一个地方只有拥挤到一定程度，才会有高有低，有上有下，以为秩序。

她本以为在东京站稳脚跟的父亲要她了，她以后都可以心安理得地做个东京人了，但偏偏在东京没待上几年的她又被秋先风光体面地许配给远在边地的柳家。

“这些老男人并不知道我想要什么！”胜儿对着镜像发恨。

秋先何尝不知道胜儿想要什么？给不给是另一回事。在秋先看来，美艳的女子和有才华的女子都近乎妖。胜儿风情但不美艳，大字也不识一个，但她是另一种形式的才女。她的才华横溢出来足以对秋先兴风作浪。

秋先知道胜儿在嫉妒刘璃，但刘璃是名门之后，虽不美貌，却从五官到身材怎么旺夫益子怎么生，怎么宜室宜家怎么长，在外人面前性情温柔敦厚，不逾矩、不越轨。秋先觉得，让刘璃进宫候选，至少是安全的。

秋先经历过许多不安全，知道没有什么比安全更重要。

就这样，刘璃的进京像一根鱼刺，卡在方胜儿的喉咙头，咽不下，吐不出。胜儿还要每天陪伴这个远道而来的姐妹品菊、点茶、逛东京、谈心事……

有一天胜儿彻夜不眠，天亮后神经质地叫丫鬟昭儿给刘璃送去一对小绣鞋。鞋底有二色花纹，呈交错游梭之状。

刘璃见所未见，觉得新鲜就穿上了脚，恰秋家的丫鬟蝉音进房，见了鞋子，多嘴说了一句："刘小姐怎么穿这种鞋子？"刘璃敏感地把鞋子脱下："这种鞋子怎么了？"

蝉音道："这种鞋叫'错到底'，老人都说不祥。"刘璃听了，一整天都没了胃口，到底还是差冷香把鞋子送还方胜儿："就说鞋子大了，我穿不了。"

此后，刘璃与方胜儿依旧亲密无间。

其实，和方胜儿更加亲密无间的人是秋宇。

胜儿进京那年秋天，秋宇与她赏尽了东京的菊花。这对年龄相仿的异姓叔侄，开始享受男女之间若即若离的微妙，然后享受男女之间只即不离的火热，最后享受男女之间只离不即的折磨。

每个事物都有它的起承转合，例如生命，例如爱情。

胜儿不做怨妇，她知道男人从来不怜悯怨妇。

秋宇每次冷落她，她都有做坏女人的冲动。可是，男人不会怜悯怨妇，但也不会向坏女人投降。她在秋宇之外拥有了其他男人，其中就有童守七。

并非出于吃醋，秋宇也觉得看不过眼。他忍不住问："你到底看上他什么？"胜儿却笑道："我喜欢他够流氓。"秋宇无语。

但年复一年，方胜儿在玩弄感情的过程中越来越体会不到娱乐的感觉。这使她越来越确定自己是爱秋宇的，但她羞于这样承认。她每天奔忙在百合绣庄的事务之间，透支自己的健康和想象力。

耳旁又传来叫骂声，那是百合绣庄的教导师傅一把剪在天雯苑金针阁里骂一个小绣娘。方胜儿进去瞧，认得那小绣娘叫魏清儿，是罗颜的远房亲戚。

方胜儿不言不语，只等一把剪骂完了，才令昭儿把一把剪叫过来问："怎么？那魏清儿还是那么不上进吗？"

一把剪道："庄主，咱们庄里赶活儿呢，偏她越掺和越乱！怎么教怎么教不会，什么毛病都是说了一遍遍还是一遍遍地犯。"

一把剪说着往里抱出一叠魏清儿的绣活给方胜儿看："庄主，你看看，咱用的料子都是名贵的，让她一绣就绣坏了，她便是一个月月钱算上，抵得了多少料子？真是没得让人生气，让她回家去！"

方胜儿笑道："你是她师傅，她做不好，教的人推得了吗？我看，您还是好好想个法子吧。四婶吩咐过，魏清儿家里难，叫咱好生看待着。"

一把剪苦了脸："要不，庄主收她做个丫鬟，也一样是好生看待。"

方胜儿又笑了："不行，四婶吩咐过，要好好教她手艺，人家还指望着要抬举到绫锦院里去呢。"方胜儿又一次将一把剪说成个苦瓜脸。

06

胜儿是戴着王家送的蓝田玉禁步与王家会面的。宴摆在杨楼。

王家看中了秋家与绫锦院的牢固关系，秋家看中了王家三十六金针七十二银梭的独家技艺。一边是核心资源，一边是核心技术，当下两家相谈甚欢。

宴罢相辞，方胜儿顾不得身体倦怠，又命人在潘楼摆宴，单请锦绣名门的一百零八位能工巧匠。

那三十六金针七十二银梭受宠若惊，席上无不奉承应命。

三十六金针之首经蓝便笑道：“今日方庄主盛情宴请我们，想必那两家同盟之事也十有八九了！”那七十二银梭之首何绛便道：“太好了，以后，我们便可以留在东京了，这大国都又是一番天地。”

方胜儿却冷冷道：“二位错了！我们秋家本是有心与王家化干戈为玉帛，可王家并无诚意。王老爷子进京，只是想把自家阵地布进东京来。有些事情，想必各位师傅在杭州时也听过了。王家挟持我们秋家小姐，还联合兰昆岭的草寇，欲置我家少主于死地。有如此事，是所谓世家名门应该做的吗？我想，公道自在人心！”

众人闻言又傻了。

经蓝、何绛便问：“方庄主，您这又是何意啊？”方胜儿道：“不瞒各位师傅，我们百合绣庄求贤若渴，十分希望各位能够来百合绣庄做事。”

金针银梭们听了，面面相觑，议论纷纷。

方胜儿又道：“各位师傅若肯来百合绣庄，我们将以三倍于锦绣名门的月钱相酬。另外，百合绣庄新建了五处作坊，多有房屋，各位师傅若肯迁来东京，百合绣庄自会安排房屋给你们，可连家小一并迁来。”

金针银梭们面有喜色。

经蓝便道："方庄主，我们在锦绣名门时，月钱可是五两银子，百合绣庄当真以三倍价钱给我们？"

方胜儿笑道："经师傅不必奇怪，东京花费大，我们出此价钱也是情理之中，并不虚言。"

何绛又问："东京房屋矜贵，百合绣庄真能腾出这么多房屋？"方胜儿笑道："百合绣庄所有的师傅都在东京有自己的房屋，倘若诸位师傅肯来我百合绣庄，百合绣庄却连房屋都不腾出来给各位，那岂不是厚此薄彼了？"

又一个教导师傅问："方庄主，我们男男女女一共一百零八人，人也不算少啊，贵庄要得了这么多人吗？还是只从里面挑选一部分人？"

方胜儿道："大家恐怕有所不知，百合绣庄每年都有大批的能工巧匠进绫锦院，专为皇家织造丝绣。今年宫中又来百合绣庄挑走一大批人，因此现在正是用人之际，倘若师傅们肯留，我们一百零八人全能要下来。"

经蓝忽道："那假如我们进了百合绣庄，是否将来也有机会进绫锦院？"

方胜儿笑了："当然有了。"

当下师傅们议论纷纷。这个便道："说句大不敬的话，若进了绫锦院，那可是与朝中大臣一样，拿朝廷俸禄吃皇粮啊！"那个又说："说句良心话，咱们手艺人，若也有这个结果，也是祖上积德啊！"又有人讲："弄不好，哪天哪位皇亲贵胄爱咱手艺，提携提携后人，博个一人得道，鸡犬升天，那也是说不准的事儿啊。”

方胜儿正听得笑微微的，忽有一个师傅周缃便道：“方庄主，我们在王家也做了这么多年了，如今若突然背弃，有些不义啊。”

何绛便道：“周师傅，咱们是手艺人，又不是王家奴婢，须不是卖身给他，为什么单给他家做活儿？”又数人笑道：“这又不是投靠外族，通敌卖国，有什么仁不仁义不义的？”

周缃有些讪讪，见方胜儿看着她，目光里似在嘲笑。周缃忙回转过来，笑道：“方庄主，我绝不是那意思。庄主，我也有些难处，我是女人，家里丈夫儿女都在杭州。丈夫在衙前听差，倘若随我来了，他丢了差事，反叫老婆养着，也不好。庄主、庄主，我十分愿意到东京来，只是烦请庄主能不能也携带携带我家男人，寻个差事，不拘什么差儿，只要有事儿做就行了。”

方胜儿问：“这位老师傅，请问您家中伯伯有什么手艺？年纪多大？”周缃道：“庄主，我家男人没什么手艺，只是识几个字，能写书信，他今年也有五十一岁了。”

方胜儿笑道：“老师傅，这个年纪的我却答不了你，不好说什么承诺，只是老师傅若来东京，往后我帮您留意着便是，可凡事也说不准的。”周缃不管准不准，先给方胜儿磕了头谢了恩。

07

天已黑了，方胜儿进了义风镖局，直奔秋宇书房。昭儿

在身后跟着跑，叫：“小姐，您今天喝了一天的酒，半粒米未进……”方胜儿转身刮了昭儿一巴掌，回身又把秋宇的门猛一推，往太师椅上一坐：“王麦斋果然去见了黄公公。”

秋宇道：“果然是这样。”又问：“你怎么知道的？”

方胜儿道：“小七说的。”

秋宇微微皱着眉头不言语。

方胜儿哈哈笑了起来：“明早到绣庄来，我指个人才给你看。”

方胜儿说完起身就要走，忽然一阵晕眩，整个人斜到昭儿身上，秋宇忙将她搭住：“你怎么了？怎么突然这样了？”

方胜儿只埋下脸去，捂着胸口忍了半晌，突然抬起苍白的一张脸来，双臂将秋宇脖子钩住，小声哭道：“小师叔，我真的不想离开东京！我不想嫁那么远去，小师叔你帮我啊！”

秋宇叹道：“我也没有办法，我们是叔侄。”

方胜儿一听，脸上更白了：“我姓方，你姓秋，我们是哪门子叔侄！”

秋宇冷笑着，把方胜儿双臂掰开：“方小姐，我帮了你，那你们七少爷呢？”说得方胜儿一时哽住了。秋宇把方胜儿半垂的头扶着，目光中摇曳着关切与冷漠：“你今天喝多了，早点休息吧。”

方胜儿摇摇晃晃，让昭儿扶走了。

第二日一早，秋宇到俊彩堂来，见方胜儿早已倚在门边，脸朝内呆瞅着金针阁。秋宇叫：“你这么早。”方胜儿转过头来，闲甩了甩手："睡不着，就起来了。"

秋宇故作轻松地转换话题："你的锦囊妙计现在可以告诉我了吧？"方胜儿转身，如此这般地对秋宇说了计策，秋宇不及细思，就听罗颜声音："哎哟，胜儿可叫四婶好找，你昨晚上去哪儿了？"

秋宇默然低下头去。

方胜儿却问："怎么了四婶？可有什么好事情？"

罗颜脸上笑了起来："是件小事情，只是咱正与那杭州人谈买卖，便把事情说给你听，你好掂量就是了。昨儿我吃完晚饭，王家那金针银梭为首的两个，叫作经蓝、何绛的，不知怎么寻到我家来，送了好些土特产，说他们来京才数日，一心要拜识东京丝织行会的人，很有孝心。"

秋宇听了，脸上转笑，与方胜儿互望了一眼。

当下罗颜又往百合绸缎庄去了，方胜儿才呼昭儿："把清儿姑娘叫过来。"

那魏清儿方才被骂了一顿，哭得两眼通红，谁知方胜儿竟这时叫她，急得只是满脸胡抹乱揉，整了整衣裙，进俊彩堂来。

方胜儿指着秋宇道："这位是咱家少爷，我的小师叔，你快见个礼儿吧。"

清儿一听，心里慌慌的，头不敢抬，上前递了茶，结结巴巴道了个万福。

方胜儿又贴心地向清儿道："你瞧你，眼睛又怎么了？"清儿不敢多言。方胜儿又道："我知道你在金针阁受委屈了。如今

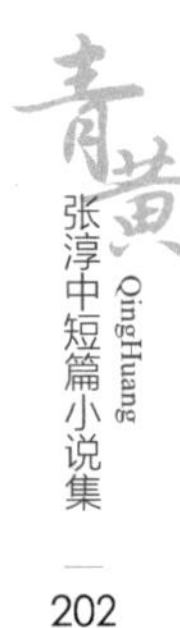

我们绣庄要办个织绣展，这差事想派给你做，做得好了，你自己也历练过了，也给绣庄立了功，往后金针阁里谁敢欺负你？”

清儿头摇得拨浪鼓似的：“不不不，庄主，是我笨，绣活儿总做不好，并没有人欺负我。”方胜儿笑了起来：“算不得你笨，拿不住针的人多了是，各有所长罢了。如今就给你改个差事，也叫你有用武之地，如何？”

清儿忙磕头谢恩。

清儿退下后，秋宇瞅了方胜儿半天，笑道：“该有的都有了，这果然是个好人才呀。”方胜儿问：“你说这个人才担不担得起这个重任呀？”

秋宇道：“我看行，够高挑，像个衣架子。”方胜儿道：“衣架子干巴巴的，哪有她好看呀？”秋宇笑而不语，点了点头。

方胜儿又道：“可惜脸上不怎么样，眼睛太小，眉毛太细。”秋宇道：“有这么糟糕吗？还行吧，眉眼那些描描画画容易解决，脖子以下的长得好，不比什么都好？”

方胜儿骂道：“假正经！”

两人将话越说越小声，一同在俊彩堂吃了早饭。

当日，绫锦院来了五位贵人，方胜儿陪他们喝茶。昭儿安排摆宴。秋宇却先叫人喊清儿到书房中来。

清儿被叫，心里又突突的。

秋宇问：“你是罗夫人的远房外甥女？”清儿点点头。秋宇道：“待会儿，在咱们绣庄里挑十六个女孩子，穿些咱自己织造的衣服出去给绫锦院的几位大人看。百合绣庄跟绫锦院的关系你应该清楚，宫里的娘娘公主身上穿的可都是百合记的绣品。所以这个织绣展很重要，明白吗？”

清儿点了点头。

秋宇又道：“十六个穿衣服出来展示的女孩子当中，你是主角，所以就更重要。关键是不能失礼于人前。我们要有待客之道。一会儿你见到他们之后，要始终微微笑着，知道吗？”

清儿心里突突地跳，听秋宇说到这里，挂出一个笑脸来。

秋宇也笑了：“对，就是这个样子。你笑起来很好看，而且你是很聪明的女孩子。”

清儿犹豫了一下，道：“我觉得我实在是手笨，做不了绣娘，能不能……”

秋宇道：“说吧。”

清儿道：“能不能，就让我做个丫鬟吧，就，就像昭儿姑娘那样，我一定尽心服侍主子。”秋宇道：“做丫鬟可以，只是你想去哪儿？”清儿无语。

秋宇笑问：“去我那儿？”

清儿心里又“突”了一下。

秋宇笑道：“还是去枕月园吧，去我妹妹那里。那里多一个不多，少一个不少。”清儿连忙磕头谢恩。

秋宇道：“好了，快去准备，马上就开始了。”秋宇说罢离了书房，出俊彩堂来。

清儿回到房中，见十五个姑娘已经穿好衣裙，化好妆了。婆子叫：“清儿，你才来！快快快，脱了脱了，换这件儿。”

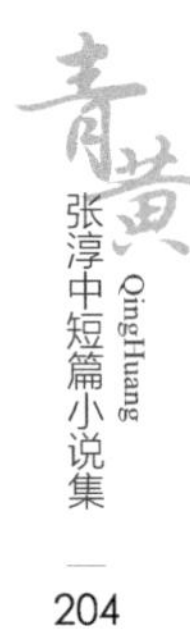

清儿一看，那衣裳好像是真空的，又转头看了那十五个姑娘，衣裙都齐齐整整。清儿道："为什么她们穿的和我穿的不一样？为什么独我要穿这一件？"婆子道："这是方庄主吩咐的，你就快换吧。"

一个女孩子笑了起来："没办法呀清儿，谁叫你身材好？"女孩们笑了起来。又一个女孩说："我们倒是想穿，穿了不好看啊。"又一个女孩说："我们不是不好看，是根本没东西看。"

女孩们正笑得花枝乱颤，昭儿绷着脸就进来："还在玩呀？我们小姐都催几回了！"

清儿强忍着气，把衣裙换了。

绫锦院的来客列位而坐，就见里头出来五个美人，身姿窈窕，衣裙华丽，转了一圈，摆了个曼妙舞姿，势如飞天。

方胜儿与秋宇便起身相引，道："请随我们近处来看。"那五位贵人便上前来，细细地看那衣带上的刺绣，慢慢地揉襟摆的质地。

五个美人退下，又上来五个美人，衣裙又换了一色。又退下，又上来五个高大美人，这五个却是穿着男装，逗得那五位贵人笑个不止。

如此，十五个女孩子分三拨上了几轮，终于出来一个蓝色美人，正是清儿。

秋宇道："诸位请看，她身上所穿，就是我们的镇庄之宝——天青蝉翼。"五位贵人头一抬，只见清儿身上穿的衣裙如烟雨一般，似透非透地隐着玲珑曲线，不禁大叹。为首的一个更把眼都看直了。

秋宇道：“你们猜她身上衣裙共有几层？”一个方脸的贵人便笑道：“烟缭雾绕的，怎知有几层？”方胜儿笑道：“共有八层呢。”为首的贵人道：“我不信，哪能有八层呢？若有八层，她尾椎骨那儿那痣怎么还透出来了？”

另一个圆脸的贵人便问：“哪儿哪儿？我怎么没看见呢？”为首的贵人便指给他的同伴看。方胜儿又道：“你们不信有八层，可以数一数啊。”

贵人们一听，忙数了起来，有人来领口数，有人来袖口数，有人拉着裙角数，折腾了半日。清儿眼中打起转儿来，却见秋宇站到跟前看着她，不得不强忍住了。

贵人们叫着：“果然有八层！”当下觥筹交错，至晚方罢宴。

硝烟已熄，兔死狗烹。方胜儿的庆功宴变成了欢送会。女人到底是挺没用的，一桩婚事，分分钟让人退出江湖。

这是困倦的午后，方胜儿坐在天雯苑的走廊上犯困。天雯苑里有座金针阁，檐有七角，壁开七门，里头坐着的都是京城里绣功顶级的绣娘——技艺都是娴熟的，然而年纪都是稍大的。

许多东西在胜儿脑海里乱飞。刘璃她是不喜欢的，但她忽然想起上次问过刘璃喜不喜欢吃螃蟹，刘璃说喜欢。胜儿突然有了个想法，要请刘璃吃螃蟹，而且就她们俩。胜儿现在觉得跟刘璃吃螃蟹是一件比料理绣庄事务有意义得多的事情。

其实刘璃又有什么好讨厌的呢？

那吃什么蟹好呢？橙酿蟹？洗手蟹？

胜儿打了个盹儿，她发现那个人又来了——

正是庭玉，他经常出没于天雯苑，每次都说："我来找秋宇。"

胜儿告诉他，秋宇不会在绣庄的，绣庄的事不归他管，要找他得到镖局去，然而他还是来。每次来，庭玉恐胜儿赶他，总要叙些交情："我和秋宇同年呢，八岁那年就拜过把子的，不信你问他。"随后便是一串儿"呵呵、嘿嘿"的笑。

第一次见到胜儿的时候，庭玉回了六七次头看她。胜儿自然是避开他的眼光，装作不知道。胜儿这样推论：回六七次头看她不等于对她有兴趣，但是如果有兴趣的话是有可能回头六七次看她的；一个男人对一个女人有兴趣可以谈不上"喜欢"，但如果没兴趣则一定不喜欢。

所以，对张庭玉下手即使没把握也是有道理的。退一万步来讲，就算勾引张庭玉不成功，方胜儿是没有损失的。可万一成功了，方胜儿就可以不离开东京了，甚至方胜儿跟秋家之间的关系也可以改写了。

不怕官，只怕管，谁叫张庭玉是市舶使的独子呢？

这样想龌龊吗？她早已不似当年与秋宇赏菊时那般心浅，动辄情比金坚、义薄云天。道德洁癖这东西留它何用？好像深情或薄幸是可以由人来选择似的。

胜儿闭上眼睛，假装睡着，她在猜测庭玉路过时会不会停下来。

庭玉果然停了下来，蹲下身子，捏起她裙脚的禁步，细看了看，又走了。

胜儿又睁开眼睛，把玩自己的禁步，心想这个性感吗？

庭玉走上了金针阁外那木桥模样的七曲走廊。走廊底下种些花草，并没有水。这走廊没有正经名字，只有绰号，有人叫它鹊桥，有人叫它乞巧桥。

庭玉脚步声重，走在那木桥走廊上一下下地响。庭玉四下望了望，虽景致远不如自己家中，却流连不去，忽听金针阁方向传来好碎好急又好轻的脚步，一样敲在木走廊上，一样听得清晰。

那脚步声显然到了身后，却戛然止住。庭玉一转头，只见曲廊转折处站着燕凡。庭玉心里打了一下锣心。燕凡却面有淡淡失望之色：“原来是你。”

庭玉仍是笑着：“我来找秋宇。”

燕凡应了一声，无意多话，转身要走，庭玉忙叫住：“燕姑娘！你，你刚才听我的脚步声，以为是谁？”燕凡被问，虽不说话，却控制不住自己似的，脸上在笑。

庭玉从没见过燕凡这么个笑法，仿佛是天然生成的表情，已经牢牢与脸上眉眼密不可分一样。

庭玉不禁看傻了，嘴原本要说什么，却半张着，就停住了，冷不防一双手捧着搁到下巴来。庭玉一转头，却是方胜儿在伸手。

胜儿转头向旁边的昭儿道：“瞧，张公子口水‘吧嗒吧嗒’地掉呢。我赶紧承起来，回家好养昨儿那条河豚，哎呀，重着呢。”说着，清脆地笑起来。

庭玉打下她的手：“你现在怎么连轻功都会了？走这木走廊跟叶子飘一样，我都没听见。”方胜儿又笑吟吟道：“你神游万里，当然听不见了。你最好从实招来，有什么图谋不轨的事？”庭玉还是那句：“我来找秋宇呢。”胜儿又道：“你可以不说，不过，要看我怎么审你了……”

胜儿跟庭玉刚打上趣，燕凡已是悄悄走了。

在此之后，胜儿开始留意燕凡。燕凡是刘璃进京时从杭州随身带来的新绣娘。王杰飞离开梓园之后，刘璃的《丁香牡丹图》便没人绣了，于是在玉树庄触过柱、额伤初愈的燕凡就接过了王杰飞手中的活儿，完成了《丁香牡丹图》。

燕凡是杭州府尹的母亲瑞莲老夫人推荐给刘璃的，刘璃的二嫂正是杭州府尹的堂妹。其时燕凡受伤，被张庭玉送到雪莲堂医治，雪莲堂的大夫云一笑是名医也是寡妇，时常进出府尹宅第，给老夫人开些四时养生的妙方，也如老姐妹般相处。

燕凡已是触柱，宁死也不回玉树庄了，云一笑于是善事做到底，一条线把燕凡牵到刘府做绣娘。

当然，刘府也不是乐土。

燕凡本是玉树庄三百西子佳人之首，杭州一朵名花，这花开到哪儿哪儿都是狂蜂浪蝶。刘家女眷，但凡有了男人的，防她都胜于防川。好在刘璃从不以男人为意，也就不以燕凡为意了。

于是刘璃对燕凡说得出那些个贴心话：“我视燕姑娘如姐妹，才实话实说的，在杭州本地，官宦人家里头，不知道燕姑娘名声的少了。乐籍出身，这倒没什么。我深重姑娘宁愿触柱也不肯待在玉树庄，更敬重姑娘绣功超群。只是燕姑娘离开玉树庄那回，引得西湖书院的书生在玉树庄打群架，伤的伤，倒的倒。那书院的学生又都是非富即贵的人家，因此好大一场官司。在杭州，但凡像我家这样的人家，不指点姑娘的怕是没有了。”

刘璃又为燕凡计出了长远：“我想推荐你到京城秋府的百合绣庄去。如今那里管事的是我师伯的女儿，叫方胜儿的。我推荐你去，想必是容得你的。我再写封信给秋夫人兰阿郡主，那就无人敢小看你了。在京城，又没人知道你是谁，你有什么过去，燕姑娘可以好好过。”

就这样，燕凡对刘璃千恩万谢，随刘璃进了京。

其实当初刘璃带燕凡进京也是有些想法的。刘夫人曾不解：“你何必对一个烟花女子花这些心思？”

刘璃道：“娘，我进京，她也进京，日后我们正好在一处。她不是个忘恩负义的人，如今我给她指了出路，日后女儿有用她处，她自然不会推辞。”

刘夫人问：“你有什么用她处？”

刘璃又答：“我如何知道？我只知道，燕凡必是有用之人。一是她性情聪慧，你看哪个笨人在杭州能红得起来，做上头牌的？二则她重恩义，你看她对云一笑云大夫便知，倘若我有恩于她，她也必如此对我。三来，她美貌无双，更解风月，若有非常事情，要用非常手段，更是有她用处。第四，她有两样技艺，一样是歌舞音乐，一样是刺绣，都是极突出的，这些，达官显贵人家无不喜欢，强似那金银珠宝百倍！尤其兰阿郡主，什么珍珠宝贝没见过？可没准就喜欢个有趣的织绣花样……”

刘璃总是这样，想得又长又远。她的一些想法和言论都很大，只是其人角色却很小。

关于这燕凡，方胜儿现在也心中有数了，庭玉屡来百合绣庄，就是冲着她来的。

庭玉确实是冲着她来的。

庭玉当时把燕凡送到雪莲堂之后，一直在床边守到她醒来。

燕凡一醒过来，眼圈就是湿的。庭玉一见，心中悱恻不能自已。他俯在床沿上，半跪着说：“燕姑娘，以后、以后我保护着你，你不会再受委屈的了。”燕凡不说话。

庭玉强调一番：“燕姑娘，我说的是真的，是真的！”

燕凡笑了：“公子，你别说这些话，没用。对于我来说，你只是一个客人。”

庭玉辩驳：“可是你现在已经脱离烟花之地了呀。燕姑娘，你在我心里已经不是头牌了。燕姑娘，我知道你的内心是干干净净的。”

燕凡静静一叹：“内心干净，但身体还是不干净的。你们这些臭男人，花点银子，就心安理得地认为自己做了善事。其实不过是一边同情我被人踩，一边自己也加上一脚。”

庭玉道：“不，我要带你走。”

燕凡望着庭玉：“你也一样，不要觉得自己有什么不同。你走吧。你再来讨好我，我就再死一次。”

庭玉倒吸一口凉气：“好，燕姑娘，我没什么不一样，我是好色才救你的！”

他留了些银子在雪莲堂，雪莲堂不肯收。他最终也还是把燕凡留在了雪莲堂，自己走了。

庭玉的话，也许燕凡早忘了，但庭玉自己却记着，记得那么耿耿于怀。有一次他想起自己那句“我是好色才救你的”，然后觉得做一个好男人特别亏，尽管他自己也不尽了然什么是好男人。

09

庭玉在燕凡面前很有挫败感，所以到胜儿跟前洗净这种挫败感。他有时觉得胜儿假假的，有时也相信她是真的爱上他了。

庭玉问胜儿：“我想知道你喜欢些什么？想知道你喜欢吃什么？”胜儿说：“我不觉得喜欢吃什么，只是特别讨厌吃甜的。有一回冬至，我人在广州谈一批织绣，没吃上祭祖的汤圆，一回来，我爹就吩咐厨房煮着一大锅汤圆等我，甜得我呀……”

庭玉眼神暧昧地：“是吗？不喜欢吃甜。女孩子不都是喜欢甜蜜蜜的吗？”

胜儿看着他生涩的表情，心想这样的蠢话就算是跟我调情吗？如果是秋宇，他一定不会说出这样的话。其实有许多次，当胜儿看到庭玉有这样或者那样的反应的时候，她都会想："如果是秋宇，他一定不是这样。"而当庭玉看到胜儿有这样或那样的反应的时候，他也在想："如果是燕凡，她一定不是这样。"

胜儿问庭玉为什么那次回头看她，又为什么那次趁她睡了看她禁步？

庭玉如实回答："我答应过燕姑娘要送给她一对禁步，我看你那对她一定会喜欢，所以就细看过样式，打算回家画下来，交给玉匠照着打一对。"

胜儿把禁步解了，递到他手上："不用画了，你喜欢，我把我的给你。"庭玉笑眯眯收下了。他是那种不拘细节到稀里糊涂的人。胜儿知道，如果是秋宇，秋宇是不会要的，那胜儿自然也不会送。

胜儿这时还吃不了燕凡的醋，她有时觉得，自己一开始都知道和张庭玉是不可能的，但想起张庭玉她还是会觉得开心。

庭玉与秋宇同岁，却有着赤子的心理年龄。他的脸庞流转着另一种性感的曲线，喜欢把精巧的下巴一抬，就笑个没节没制、没心没肺。他有时傻得干干净净、真真切切。而他的眼神过于清澈，有时竟使人不忍心看到他笑。

张庭玉像窗外那朵无性别的含笑花，胜儿偶尔路过，停了停，于是它有人赏，我有花嗅，然后人自慵懒花自羞，一切又有什么堪折不堪折的？兴许根本就不是那么回事。

你没有办法让我幸福，自然也无法让我不幸。

一天雨晴，胜儿带刘璃去仙桥仙洞点茶点了一个下午。点茶婆婆一边唱着小歌谣，一边敲着瓷杯子做节拍。茶壶中水煮开了，茶叶便滚了起来，跳着舞。老婆婆便提出一个装冷水的壶，将曲柔柔的一线小水弧往沸水壶里点，那沸了的茶叶顿时缓下狂热的舞步，变成袅袅曼舞。反复几次，茶叶在水中漂沸旋转着，便呈现出各种花纹来。

在婉婉约约的环境下，胜儿和刘璃竟也聊起“公子与红妆”的话题。尽管胜儿基本不以这个话题为谈资，刘璃也基本不以这个话题为心事，但这个话题却更像真正意义上的闺中话题。有了这种话题，两个姑娘很容易就变成闺中密友。

当然，胜儿只谈论庭玉，秋宇她不会说，因为秋宇是她的“师叔”，童守七她也不会说，因为她是童守七的“师叔”。

童守七在秋宇眼里纯粹是垃圾，但在胜儿那里，他居然也与秋宇平起平坐了。他的可爱之处在于，一旦咬住了你，就不给你留挣扎的余地。在他看来，风花雪月的事，越是心慈手软、优柔寡断，后患就越多——不管是精神上的，还是肉体上的。

至于张庭玉，刘璃知道这个人，自幼就见过了。

那次，大将军曹彬领着家人及一群僚属到知鸟林围猎。张文旦当时新官上任，正是发狠养人脉的时候。同僚相招，他便带了箭法不凡的儿子同去。

其时张庭玉十四岁，名字并不叫张庭玉，叫张斌，只因此斌与彼彬同音同义，怕犯了曹彬忌讳。张文旦于是临阵给儿子换掉名字。

那曹彬本是武人，到了太平年代却也附庸风雅起来，常跟人谈史传，专推崇晋谢安一族，满嘴是淝水之战的典故，开口就是“譬如芝兰玉树，欲使生于庭阶耳”。张文旦借着这个缘故，就给儿子起名“庭玉”。

儿子年少正直，被父亲所为弄得浑身不高兴，到了知鸟林脸色也不见好，半天没有一句话，只随大队人马走。你们谈笑你们的，我只灵魂出窍、心不在焉。

忽一只小黄鹂在翠枝高处啁啾，有一个红衣少年搭弓瞄准了它，射向高高的枝间。庭玉忙也举箭，同时上射，竟将红衣少年的箭射下。

黄鹂得救，飞走了。庭玉说：“凶禽猛兽只管射去，你们欺负黄鹂儿干吗？”

曹彬却拍起掌来：“好箭法！小公子长得斯斯文文，没想到小小年纪有如此身手。”众人也跟着叫好。

红衣少年笑道：“祖父，张大人家的小公子从刚才到现在半句话也不说，这一开口，便是璃（鹂）儿。我璃儿妹妹与他年纪相仿，相貌才华相当。他正合做我刘家妹夫。”

曹彬听了，哈哈大笑，唤道：“庭玉啊，我外孙女十四岁，姓刘，名字就叫璃（鹂）儿。我做媒，叫你张、刘两家结亲，你肯不肯哪？”

庭玉脸“唰”地红了，正不知说什么。张文旦却伏在地上，磕头谢恩不已。庭玉又被众人拿来打趣说笑，一下子没了躲处，半晌只跟父亲说功课未做完，恐怕明日学堂里夫子责怪，要回家。

众人道他年纪小，当他害羞，便放他走，也不甚留意。谁知庭玉牵上马走出几步，后面又有人喊：“张公子留步，刘小姐出来啦！”

刘璃随外祖家出猎，先时下了轿只在帐篷中把玩弓箭，却听见外面在说她的名字，又吵吵闹闹、嘻嘻哈哈，于是出来看，只见一个少年牵马立着，表哥们围着他又是拦又是留，有说有笑。

众人嬉笑：“刘小姐，那人便是你未来夫婿呢。”刘璃心中不屑：“燕雀安知鸿鹄之志？”转身离去。

庭玉却脸红了半天。他看到刘璃了，一个跟自己一样不大不小的孩子，只不过，他是男孩，她是女孩。她长得真可爱，小圆脸，有点淘气。庭玉突然不想走了，却听曹彬的儿子喝着子侄们：“小公子好学，你们放他回家去。这样闹人家真不像话！”

庭玉失望地回家去了。

书斋，窗外，树梢，两个黄鹂鸣翠柳。两个黄鹂鸣翠柳？下一句是什么？庭玉脑袋好像空了，听着鸟叫，竟连这个都记不起来了。那个叫“璃”的女孩子让他读书走神了。

多年以后，不管姓曹的、姓刘的，还是姓张的，都懒得去记挂曹彬的媒妁之言了。不过是句玩笑话，微风一吹，也就散了。

多年以后，刘璃进京待选，住在秋家枕月园。枕月园和百合绣庄不同，是私宅后院，外男少入。刘璃并没有再见过庭玉。大抵，他也不过就是一个红脸的小男孩，长大后，又成了方胜儿暧昧的话题。

在你侬我侬的问题上，刘璃是超脱的。超脱有时是因为想明

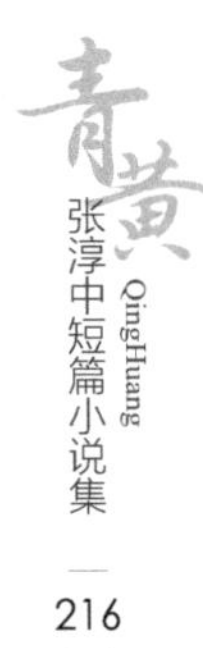

白了大多数人都想不明白的事，有时是因为想不明白大多数人都想明白的事。

当时，来而不往非礼也，刘璃也把那段知鸟林的故事告诉了胜儿。两人竟然有了共同话题，于是从仙桥仙洞回来之后，意犹未尽。胜儿说今晚请你吃螃蟹。刘璃拍手叫好，说就在枕月园吧，叫上小姑姑。

东京风行吃蟹不是没道理的。热腾腾的是橙酿蟹，蟹黄、蟹油、蟹肉都搁在掏空了的大橙子里蒸，酒、醋、盐一拌，怎么吃怎么送口。凉爽爽的是洗手蟹，生蟹拆开，醋、盐、梅、椒、橙一蘸，放到嘴里一吮，那软乎乎的蟹肉便“咻”地入口，鲜甘非常。

刘璃吃得眉开眼笑，胜儿说，什么时候也带我尝尝你们杭州的小吃？刘璃伤感了起来，说一入宫门深似海，不知道什么时候才能再见杭州了。刘璃说她想杭州了，不想离开杭州。

胜儿看着刘璃入戏的伤感神情，微微笑了。

有时候连女人自己也想不明白，为什么女人之间的友谊总要受到嘲笑。不管怎样说，女孩儿可以拥有相惜并相妒的小姐妹，过些家长里短的日子，生些鸡毛蒜皮的气，然后不期而遇地获得快乐。

那年，三郎奉秋先之命到闽阳采买茶叶。车队都在镇子里，

他却走失在虾骨浦。日坠月升，天渐渐冷，夜渐渐黑，海出现了。他进了一个渔村，村中一垛儿聚着群屋，被海风一吹，摇摇欲坠，明明灭灭地亮起星点点灯火。

三郎又饿又冷，寻不见半个人，海滩上只有些狰狞的鱼骨头。

后来，三郎在灯火之中寻见了老韩家。此后，他便常来闽阳采买茶叶。他采买茶叶并非往山里去，而是往海边去。

每次方三郎来采买茶叶，韩茹恕总要给他做好吃的蒜蓉烧蚝。三郎第一次来的时候，冷得在屋里瑟瑟发抖，韩茹恕却在屋外理弄火堆，不多会儿就用一个小藤筛子捧进来五个巴掌大的蚝，热乎乎，水烟腾腾。

三郎看到韩茹恕在蚝墙间穿行，不时举手撩起挡住路的、晾着的渔网，那情形颇似东京城中的大家闺秀在朱廊画壁间穿行，又不时撩起垂挂着的珠帘绣幕。

出大月亮的晚上，韩茹恕拉着三郎去海滩上看海螺精。

据老人们说，妇人的头发越长越亮，就越能生育，大海里的王想要族类繁盛，万子千孙，就立了个规矩，说头发必须有九尺长，才做得王后。海螺女想要做王后，就蓄发不嫁，等到头发留了九尺长，却已经变成了老太婆。不但王不想娶她做王后，就是乞丐也不要她做乞丐婆了。

韩茹恕说她见过这个老太婆，头上顶着个大海螺，衣裙脏脏的、旧旧的，邋里邋遢。三郎笑道："那你还带我来看什么？一个脏脏的老太婆？"

三郎说："以前就听客商们说娶妻当娶闽阳女，说你们闽阳的女子温良贤淑与别处不同，没想到闽阳连海螺、只要是雌的，都与别处不同。”

韩茹恕把斗笠戴到三郎头上，那样子怪滑稽的。关于闽阳女子贤淑的话，韩茹恕是常听的。这样的话，有时说了是为了夸一个人，顺便把那整片海都夸了；有时是在标签那整片海，顺便把每一个人都标签了。当此之时，闽阳女子对男人好，就被理解成了理所当然——她们本性如此，她们连生活习惯与思维方式都是如此，那也就与恩也情也关系不大了。

春寒料峭的花朝节，韩茹恕带三郎去祠堂前看鹧鸪镇祭花神的热闹场面。海风很大，湿湿的，冷冷的。族长走在最前面，身后却有八个妙龄村姑抬着一株花树。

花树体态袅娜，满树缀红，不见片叶。村姑们则满脸流汗，冲乱了描好的眉黛脂红，颜色失了界线。

韩茹恕说那是南屏花树，全闽阳县只有一棵，在鹧鸪镇，是鹧鸪镇的风水宝树。但这树十分奇怪，有花无叶，有叶无花，花开的时候叶子早就落了，等叶子复萌的时候花却已经谢了。

花叶不共生，红绿不相容。

三郎忽然问：“为什么是几个姑娘家在抬花神？”韩茹恕“啊？”了一句，不知回答什么。大抵送花神、拜月娘都是女儿家的事情，所以是几个姑娘家抬的花神吧？

三郎却说：“你见过女的抬轿子吗？除非女的忒贫贱了。”韩茹恕听了，摇了摇头，她确实没见过。

后来在东京待得久了，三郎才发现女人抬轿子并非罕事。

例如方胜儿到东京以后，出门坐着男人抬的轿子，进门则下地走路；秋先的女儿秋壶，出门坐的是男人抬的轿子，进门便换坐女人抬的轿子了。秋先的原配夫人兰阿郡主更是感叹今不如昔，讲以前在娘家的时候，她从来不坐男人抬的轿子，云云。

尽管在韩茹恕眼中方三郎见多识广，可到底还是有不知道的事情。花神圣洁，民夫凡浊，故不得近，此是敬神。

当时钟鼓乐起，铜瓦发声，族长为花神唱起颂歌，长吼之声震动十里雪浪："有红配绿兮，有叶思花。百花缤纷兮，我花枝寒。花开春朝兮，叶落秋夕。叶萌花落兮，永不相见。情不为因果兮，缘定死生！沐我甘露兮，哀而不伤。"

海螺婆的传说还在。方胜儿笑了，原来有关欲望与命运的赌注早就存在。罗颜开始提醒她了，胜儿啊，你要小心。女人一不小心就会老，到时头发再长，也没有用。说得再直白一点，胜儿啊，你要明白，你就是替百合绣庄再建五十座新作坊，那也是秋家的，不是你的。

"婚期，不能再拖了。"罗颜说。

胜儿笑了笑，假如那只雌海螺并非贪图富贵，而是因为爱上海里的王而想当王后的，那她不是跳进海里也洗不清了？

管她呢，胜儿可从来没有清高过，她从来没有放弃过让鲛人天天哭泣的梦想。

她不想嫁，但也动摇过。

九桥门街外沿街有一排树，是阴香木夹杂着羊角蹄樱和白玉兰。胜儿从方府到天雯苑的时候必经过那里。在夏雷震震的雨季，胜儿每次从那里走过都会想象雷劈下来的情景，然后心悸，然后狂奔。

那个时候的她尚未做过太多亏心事，但她不觉得一个人要做了亏心事才会遭雷劈。

有一次下雨，还是在那个地方，几道闪电闪过，胜儿突然丢了伞抱头蹲地，凄厉地哭叫了起来，叫得天雯苑里面都听到了，出来扶她进屋。

想起这场景，她就有点幡然悔悟的意味了：与其过这样的日子，不如嫁了又如何？甘心不甘心，无非就是数十年。

有一天晚上，她梦见了一片相随林。相随树上野蚕吐着丝，树荫覆盖在她身上，树荫外是明亮亮的阳光。有声音在唱着：“南风之薰兮，南亩载阳；采桑蚕月兮，孔朱以为裳……”

方胜儿四下里喊：“小师叔——”却见疏林密叶间，有两三个穿着白裙的采桑女背着箩筐唱歌，不对，不是两三个，有十来个！胜儿忽见树上也有几个女孩子，再仔细一看，树上还有一些女孩子，竟有几十个了。

又见不远处一棵相随树上垂下一根蚕丝在半空里，一个女孩子将口咬住蚕丝，就一点一点地蜷上树去，却似蜘蛛一般。

胜儿一阵讶异，又见许多少年背上扇着金翅膀，在林间飞舞，继续唱着：“南风之薰兮，南亩载阳；采桑蚕月兮，孔朱以为裳；白龙身潜兮，金凤羽扬；共身不共时兮，轮回无间；与子一体兮，魂魄徜徉。”

秋宇突然在身后拍了一下胜儿：“你知不知道他们在唱什么？”胜儿“啊？”了一声，未曾回答，秋宇道：“是在唱蚕儿。蚕儿比作白龙，破茧化飞蛾又比作金凤。白龙与金凤生了这个，就死了那个，本是一体，却不能共存，也无法相见。”

秋宇一语未了，胜儿便醒了过来：“你娘的！我不嫁了！”

11

那年，胜儿出息了，秋宇觉得，她并不以他为意，而更乐意在绣庄的事务上出些许风头。那年，胜儿猛然觉得想要什么都可以自己去要，而不必非得向秋宇要。她不耐烦跟秋宇要了。

哪怕建再多的新作坊，也是秋家的，这个道理她懂，可是秋家人口这么多，她不做的事情，早晚有人会做。亏吗？其实，东西如果是她的，她一定会拿走。

她嘴上抱怨秋家养着多少干干净净的女人什么都不用做，但是心里也清楚没人逼过她做什么，一切都是自找的。

至于“自找”的动机，那就太复杂了，单单“出风头”三个字，分量是不足的。也许不甘心，也许不安心，也许不开心。

她不明白为什么她穿了一条白底红花新绸裙，秋家的丫鬟看她的时候就变得很冷。到底那丫鬟这样做想说明什么？想表示胜儿配不上裙子，还是裙子配不上胜儿？

她很抗拒那群丫鬟喊她“方小姐”，虽然那群丫鬟理所当然应该喊她“方小姐”。她觉得这声“方小姐”竟有点哪壶不开提哪壶的意味了。一来她不像个大家闺秀，二来她不想强调自己因为是方三郎的女儿而虚得富贵。

东京人觉得她是个闽阳人，闽阳人又觉得她是个东京人。她基本算是夹缝人，但她笑得很黠气——东京就是夹缝人的，难道太祖皇帝也是东京土生土长的不成？

十五岁，三郎呼她出厅倒茶，她听到厅中秋先向晚辈的男儿们布道，讲述什么是男人的成长，那就是“积聚一个人的能量，引爆一个江湖”。胜儿倒不觉得引爆一个江湖有什么意思，只是她听到了一个词——能量。她一向感觉到有一种东西，可以用之求生，用之自尊，用之快乐坦然，但是说不出那种东西是什么，原来就是“能量”。

醍醐灌顶。

男女之欢，只是一种好恶。它会毫无道理地给你很多，也会毫不留情地夺走你所有。胜儿不觉得单单一个秋宇可以用来求生，用来自尊，用来快乐坦然。天伦之乐，胜儿疲于回顾也疲于憧憬。

总之，刚来东京时，吃的穿的用的都令她不安。这不安非出于道德洁癖，而是一个疯狂的假设。假设有一天，秋宇像方三郎厌恶韩茹恕一样厌恶她呢？假设有一天，秋宇给她的一切，终究是从哪里来回哪里去呢？假设有一天，秋宇像方三郎曾经送走韩茹恕一样把她送回虾骨浦呢？那可怎么办？

正常来讲，这样的事多数人不会碰到，但如果她是属于碰到了的少数人呢？用道德良心谴责他们吗？用大宋律例制裁他们吗？

去衙门里哭诉着“恶霸仗势欺人”是有点悬的，去庙里祈祷“夫妻和睦父慈子孝”更是有点悬。思来想去，能量的积聚好像是最靠谱的。能量包括什么？胜儿也打算着要活到老，求索到老。

突然有一天，方三郎发现胜儿身上有一股能量，时不时在对他施加冷暴力。于是他生出“养不教，父之过”的心思来，但话还得说得温和，大致意思是：胜儿啊，爹也是孤儿，小时候寄人篱下的滋味我也懂。其实我们的经历很相似，我们完全可以沟通，你为什么就不愿意和我说句心底话？我是你父亲，我疼爱你，不亚于你娘。

胜儿心里嘲笑三郎太想当然了，心想你怎么知道我娘疼爱我？我娘恨我都来不及呢。

但胜儿嘴上却说：在东京衣食无忧，万事平顺，胜儿心里能有什么话藏着呢？只希望父亲身体康直，胜儿能在身边尽孝。

三郎叹了口气便走。他知道话说得越好，内心就越阴暗。那些负面能量她是不打算一点点发泄出来的了，难道却要留着一次性爆发不成？

胜儿看父亲叹气，心中冷笑不止：“你这是叹什么气？我不跟你掏心掏肺，你就觉得是冷暴力，真正的冷暴力你是真没见过。”

韩茹恕第一次上京寻夫的时候，虾骨浦的人并不知道她去了东京，只知道她那阵子跟一个外乡江湖女子来往。有一天，韩茹恕就失踪了，她换洗的衣服还晾在门口晒渔网的竹竿上。舅母查

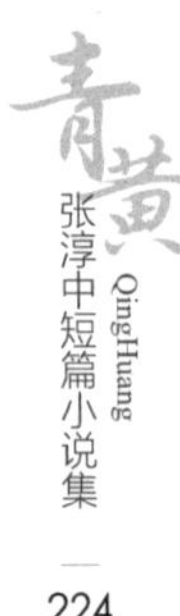

点了一下衣物，没有少一件。

乡里有人推测她终于想不开，寻短见了；有人说她终于被她娘家人的“冷暴力”逼走了，也有人说她是被那个外乡女人拐卖了，那肯定是个人贩子。

不管如何，韩茹恕第一次失踪那几个月，外祖家没有一个人去找她，直到半年后她自己回来。后来韩茹恕认得路了，她就总是去了来，来了去。

来来去去臭名昭著，日渐消瘦。

韩茹恕在虾骨浦不管怎样起早贪黑地干活，都被称为“在娘家白吃白住”。每次她从东京回来，便有人说：“你不是跟人说你娘家人刻薄吗？你夫家倒是厚道呀，又把你送回来了。”每次她从东京回来，背地里也有人说：“爱攀高枝，到底自取其辱。”

后来舅母的小儿子蓖麻因为游水把耳朵浸聋了，韩茹恕就跟舅母商量，给胜儿和蓖麻订了娃娃亲。蓖麻自小知道胜儿是他的媳妇，万事总帮着她，尤其在竹哥跟胜儿争吃卤水鸭翅膀的时候。

胜儿不明白父亲要跟她“谈心”有什么意思，胜儿整天逢人就话多，但最不喜欢的就是倾诉。

韩茹恕一开始也喜欢倾诉。

这倾诉在乡人那里颇有影响，第一层影响是茶余饭后用以娱乐，第二层影响是作为反面教材，用以端正民风匡扶教化。恰当时本乡余氏有一女在外乡找到了男才女貌的他，就因为韩茹恕的例子，女子的外祖母从村东头哭到村西头，要跟这外孙女断绝关系。

于是那外乡男子就跪在女子的外祖母跟前，说我与娘子真心相爱肝胆相照天地为证日月为鉴，求您老人家积德行善放过一对有情人……后来外乡男子和本乡女子果然真心相爱肝胆相照，只是此后逢外祖母寿辰之宴，外乡男子总是缺席的。

凡此种种，胜儿觉得倾诉纯属无聊，甚至是不义之举。

胜儿不对三郎倾诉，自然也不和秋宇多说一句可能为自己塑造怨妇形象的话。

秋宇不明白胜儿为什么当女强人当得那么其乐无穷，他不明白胜儿为什么那么贪心？方三郎就她一个女儿，别说视如掌上明珠，在外人看来都几乎是奉如太岁了。方三郎不缺钱，未进门的柳家也不缺钱，方胜儿你到底还想得到什么？

但方胜儿从不以方家为父纲，更不以柳家为夫纲，那就继续戴着野心的帽子自虐吧。

胜儿大了之后，仍与闽阳舅家互通过几次书信。她当上绣庄庄主的第三年夏天，秋家有商队去往闽阳，于是胜儿托运了好些绸缎布匹给舅家。她坐在俊彩堂喝茶，让小厮一旁站着大声朗读清单。

秋宇是在场的，他看到胜儿的脸上不可一世的表情。他当时觉得方胜儿面目可憎，甚至让人想吐——这个女人，太享受高高在上被仰望的感觉了。

以秋宇的出身，他是贵族中的君子，君子中的贵族，他最恶心那些以钱财炫耀人前的伪贵族。他终于发现胜儿就是这样一种人，骨子里透着轻浮，就算身在富贵乡，也是透不出富贵相的。

涵养的东西，装是装不出来的。

自幼时，秋宇就被秋先送给方三郎教导。秋先觉得三郎对秋宇是尽心的。

在秋宇还半大不小的年龄阶段，一天晚上和洛溪、洛阳一起喝了些酒，醉得连马也骑不动了，就在街上拦住一个马车夫，给钱要他送着他们，去赶下一个场子。

马车夫说，我的马车是租来的，按时辰算钱，东家限我这个时辰把车赶回去，误了不好交代。洛阳说，给钱还不行吗？

马车夫说：“东家既限我这个时辰把车赶回去，必是车子有用处，你们几位小爷，给钱也抵不了车子的用处呀，给钱我也不走。”

秋宇一听，给了马车夫一拳，说：“你敢不走！”

随后，秋宇就像只小猫一样，让方三郎给拎走了。三郎当着秋先的面，打了秋宇一顿屁股。秋先告诫秋宇：“谁都没有脱离谦卑做人的阶段，不管你以为自己是谁。”打一个马车夫，就能说明自己是贵族吗？真正的贵族犯不着打马车夫，因为马车夫会自己候在跟前，为他驱车。三郎告诉他，这样做有失身份。

秋宇挨了痛打，后来脸上就生成一种谦谦君子的面相。当他还小时，生成这种面相只是为了免于挨打；当他大了时，对这种表情有了更深一层的理解。他觉得一切显示自己比别人优等的“相”都是乞儿相。

人不是缺什么才会炫耀什么吗？

但秋宇还不够完美。

琢玉之匠方三郎对秋先说，少局主的心胸还是狭窄了。秋宇是聪慧的，但据方三郎观察，秋宇在镖局里很容不得聪慧的人。或有三郎用着比较得力的人，秋宇必定不喜欢他，或者把他派往分局，或者把他遣去钱庄。

秋宇喜欢的是木寒青那样的人，许多事情不明就里，却突然间就恍然大悟：“哦！少局主果然英明！”木寒青也是这样一种人：有一回，他跟自己的未婚妻秦冷香搂搂抱抱，被秋宇撞见，寒青就停不下来似的连连道歉，仿佛是抱了秋宇的女人。

三郎说：“这样不行。”

对小作坊而言，坊主须得是一个好工匠。但对秋家这样的大作坊来说，坊主须得会用好工匠。秋宇将会是秋家大作坊的坊主，但却总要跟底下的工匠们比手艺。

三郎掏心掏肺地对秋先说：“这样不行。”

哪曾见过唐僧跟徒弟们较量法术的？师父的法术大可不如徒弟，只要会念紧箍咒就行了。三郎说，把童守七留在总局，就是教少局主用人。少局主不能只会用木寒青那样的人！

秋先自然是应允的。三郎用心良苦，却不料引出祸事来。

每次去闽阳的商队回来了，小厮就会向胜儿细细地汇报。于是胜儿知道了竹哥家里几亩田，田里几头牛，也知道蓖麻娶妻生子了，小孩都健康，只是生计很困难。

胜儿问了好多蓖麻的事情，过后自己也嘲笑自己：柳家坚决看不上，难道还想回去嫁蓖麻？

12

胜儿刚到绣庄管事那几年，脑子总是很好用，一类事情办顺了，就举一反三，手下的人行动力也很强，其中就包括童守七。

她相信和三教九流各色人物打交道都无非是交流跟交换。

童守七的执行力强，源于无所顾忌，他对胜儿说："帮人抬棺材放纸钱的事我做，把皇帝拉下马的事我也做，有什么事我不能干的？我本来就什么都不是，大不了我还是什么都不是。"

胜儿一笑："我正要找个下贱的，你就来了。"

胜儿和童守七说话的深夜，百合绣庄正在赶一批活儿。金针阁明灯如昼，屋顶是同样如昼的银河。绣工绣娘们都在机子前翻飞十指，胜儿也没有回方府。

胜儿没回，童守七也坚决不回，虽然当时连端茶递水的事都轮不到他做——那是昭儿的饭碗。童守七只是滑稽地跟着胜儿在金针阁外的走廊走来走去。胜儿往左，他就往左，胜儿往右，他就往右。胜儿像是在悠闲散步，又像是在忧心踱步——据说多走几步，晚上能睡得好一点。

至于童守七，他决定把一个人伺候舒服时，就一定要伺候得彻底。这也是他的"执行哲学"。

末了，三更半夜，金针阁收工了，胜儿也打道回府了。童守七深情目送其轿三百米。

当时轿内，除了胜儿，还有清儿。

那时清儿刚来，天雯苑还没有腾出床铺给她，胜儿就格外施恩，命人在方府收拾出个房间与她住。众人都纷纷传说，以胜儿跟罗颜的关系，罗颜的人，就是胜儿的人。

然而每日来回天雯苑，胜儿一个大脚小姐有轿子可乘，清儿一个小脚丫头却得上气不接下气地跑。此次夜深，清儿一出了天雯苑又是一脸灰蒙蒙，心里愁极了夜路。

来百合绣庄数月，清儿体形虽仍美好无损，谈不上消瘦，但脸却总是绿的，一股菜色。胜儿向她招了招手，就把她拉进自己轿子里。满金针阁的绣工绣娘都知道了胜儿多待见清儿，清儿也永远忘不了那天晚上方庄主温暖的臂弯。

13岁，胜儿随罗颜学织绣。在闽阳，胜儿把织渔网视同无聊的消遣，她觉得绣花也无非如此，谁知天雯苑里找不到一个业余爱好者，全部都是专业人士。女人们一个个敢将十指夸针巧，懒把双眉斗画长。

一种烈火精钢、你死我活的氛围袭来，绣规上就丧失了鸟语花香的闲情逸致。

这里曾让胜儿也深感窒息，如同后来的魏清儿。但在这里，胜儿看到了世间最漂亮的衣裳——天青蝉翼。

秋宇告诉她，天青蝉翼是百合绣庄的镇庄之宝。百合绣庄原本有两件镇庄之宝，一件是天青蝉翼，一件是百鸟朝凤。两件宝贝一寒一暑，一暖一凉。百鸟朝凤是由百鸟羽毛织成的四彩羽裙，明德娘娘出阁的时候陪嫁去了，现在秋家只有天青蝉翼。秋宇让胜儿把天青蝉翼穿上，看看好不好看。胜儿想，两件镇庄之宝，一件是明德娘娘才穿得的，另一件我竟也有福分穿上吗？

胜儿喜不自禁，穿上了天青蝉翼，宛若天人。是的，再俗气的人穿了它，也脱俗了。除了天人，谁能烟雾缭绕，乱花迷人眼？

秋宇情不自禁，一把抱住了胜儿，如同抱住一团风烟。那天青蝉翼太滑了，流动如水，被胜儿一挣扎，便从秋宇的指缝漏出来，落得两人满身都是。

胜儿还在津津有味地讲述织渔网的技巧，老女人们已经泛滥地笑了起来。

于是胜儿斗志满胸，决定学好针线功夫，可是学了几年，针线功夫不过尔尔。罗颜告诉她，斗志是该被保护和涵养的东西，不可滥用，否则路子怎么走得长远？

然后种种因素相综合，胜儿在涵养斗志的时候做了绣庄的庄主。

做了庄主，就不用亲捉针，亲拿线了。用胜儿的话说："可惜我针线功夫不好，做不好绣娘，所以沦为庄主。"

沦为庄主之后，胜儿像雄性动物在发育期变声一样，声音跟以前都不一样了。旁人都笑道这事儿没办法，庄主每天呼呼喝喝惯了，声带就变粗了。

秋宇从前很喜欢她的声音，像窗外娇娇嫩嫩、莺莺燕燕的春天，没想到春天霎时间就走了。

胜儿过了变声期，春天又回到了喉咙里。

变声期一过，胜儿明白了，发火对女人不好。她见罗颜就是不发火的。罗颜的声音也一直都如慈母一般，不曾带有雄性意味。胜儿明白了，发火的事应当留给一把剪去做。

在百合绣庄，又有什么事儿好着急上火的呢？东京商贾多如恒河沙数，一商一贾皆有一家之法。这些一家之法像一个一个的模子。百合绣庄碰到难做的事时，胜儿就在这些“恒河沙”里头找出若干有口碑的模子来，挑出模子的短儿，然后换上自家擅长的，就套着用上了。

用着用着，引来同行啧啧惊叹。

从来神人不是天降的，而是踩在巨人与矮人们的头上的。方胜儿就是不断地照搬了别人的东西，拆换拆换零部件罢了。只是换一换，旁人又看不出来了。

天雯苑有灵性，织出来的都是天上的云彩，刺激了她雌雄同体的荷尔蒙。她于是活像一只裸奔的蜗牛，为了爬得快一点，连壳都不要了。

壳是蜗牛寻求安全的盾，也是蜗牛寻求归依的家；安全是需求层次中最基础的，归依是需求层次中最终极的。没有这两者，爬得再快的蜗牛也是悬在空中的生物。这些她仿佛知道，又仿佛不知道。

她的选择缘于她是蜗牛，再不把壳扔掉，连乌龟也爬不过了。

她知道有人笑她，说她被秋家利用，但被利用并不可怕，可怕的是没有利用价值。她必须先具有利用价值，然后才能与外界交换与交流，积聚能量。

13

有那么一段很短很短的日子，方胜儿过得很惬意，万事不想，然后或者找张庭玉，或者找刘璃消遣。但有一天，一把剪在天雯苑突然兴高采烈地讲述一件喜事，说燕凡姑娘不但手艺好，命也好，少爷昨儿带她去九重瀑赏桂呢，没准会被收房……

年长的绣娘纷纷附和着一把剪，这个如此说，那个这般道，到底说了些什么，胜儿已是无意识。她只是静静坐在俊彩堂，喝着昭儿端上来的暖暖的酸梅汤，手在抖，汤水淋了一裙。

昭儿说，小姐总是这样，空腹喝了太多茶，就要晕茶。昭儿忙喊着婆子们快把蒸面点送过来。

昭儿问："是吃什么好？"

胜儿说："来年立秋，或者菊花香，或者桂花香。"

昭儿听了，不着边地吩咐着："那就都端上来吧。"

方胜儿的脸上于是又重现了阴郁的平静和歇斯底里的笑。百合绣庄很快就不要燕凡了。此时胜儿婚期将近，冷香是她的准接班人。而冷香原本就是秋宇的丫鬟，秋宇身边便少了一个丫鬟。刘璃一个成人之美，直接把燕凡介绍给兰阿郡主，兰阿郡主便把燕凡安排在了秋宇身边，顶了冷香的位置。

刘璃的设想总是很大胆。

燕凡到了仰行苑早晚服侍秋宇，而方胜儿已经抽不出时间来吃燕凡的醋了，她每天忙着与冷香交接的事。她早不回方府了，百合绣庄的五处新作坊一建好，绣娘织工们便搬走了。

胜儿却把原来的天雯苑连着金针阁挪作了自己的闺房，每天敬业到了分不清生活与非生活的地步。陪在她身边的，只有昭儿。

冷香这个人选，是胜儿自己挑出来的。自从冷香帮刘璃把那双“错到底”送还给胜儿之后，胜儿就做了这个决定。

刘璃喊秦冷香帮她还鞋，只是因为冷香那天正巧离开秋府要回家里去——冷香娘托了个嬷嬷捎话进府里，说冷香爹腰闪着了，叫回家一趟。

冷香于是兜着对“错到底”急匆匆地就回了家。

家中只有母亲钱守一坐在炕边窗前纳鞋。冷香来了，钱守一便拉住她坐炕上。

冷香问：“爹的腰闪着了？”

钱守一道：“也不是什么事儿，就是前几天在钱庄里头抬银子的时候不小心箱子翻了，银子压到身上，回来后腰总酸痛，我就叫他去看看大夫，放心些。不大碍事。”

冷香松了口气：“那就好。”钱守一又说：“香儿，娘不过找个借口叫你回来。娘有事情吩咐你。”冷香问：“怎么了？”

钱守一看着冷香，认认真真地说：“你如今住仰行苑，在景行斋伺候少爷，跟原先在枕月园飞珠阁伺候小姐是不一样的。家里就你一个独女，你自己要注意着点儿。娘和你爹都希望你将来能往外头聘作正头夫妻，哪怕是小户人家也好，父母又不图你什么。但那侯门深院里头，丫鬟跟少爷不清白的事儿娘听多了，所以就怕了。这一个姑娘呀，名声最要紧。咱秦家窝囊了一世，也就剩个名声了。这名声，不容易啊。你看方三爷家的闺女，整天勾三搭四的。别人不知道，我是最清楚。这像个什么呀！香儿，你要往好的学，人前人后的，都别跟少爷太亲近！你上次回家，夸他人品好。你这一夸，我才更放不下心。你甭理他人品好不好，像这样人家出来的年轻公子，谁不是脸上一副正人君子的样儿？好与不好，咱横竖是攀不上。就是攀上了，咱也不要！跟凌家萱慈夫人那样子，就算生了个秋壶小姐老爷疼爱，能有多光彩？终究是小妾，背地里还不是遭人笑话？”

冷香变了脸色：“什么人前人后亲近不亲近的？你女儿又没做什么亏心事，还怕人家嚼什么舌头！”

钱守一连声道：“哎哟，阿香呀，你是小孩子不知道厉害！有多少事儿，都是出在这无凭无据的嚼舌头上呢。即便是没有的事，可人家偏满城风雨地去讲，那有跟没有又有什么不同呢？”

冷香正色问钱守一：“娘，难道现在有人说你女儿闲言碎语了？”

钱守一笑道：“要有的话那还了得？娘不过是先预防着些，你这丫头就不爱听了。”

冷香听了，脸上绷着，溜下炕，一扭身道：“我就是不爱听。您老人家爱怎么说、怎么想都行。我这儿还有件差事，要去局里头找方小姐呢。”说罢要走。

钱守一也跳下炕拉住冷香：“你的差事怎么办到方家去了？

你倒跟那姓方的混一块儿啊？”

冷香又皱着眉头道：“我跟秋宇怎么了？惹您那么多话！人家姓方的好歹是小姐，我一丫鬟跟她混一块儿？哪门子跟哪门子呀？”

钱守一道：“你倒秋宇前秋宇后的，我告诉你，主子就是主子，奴才就是奴才。奴才别太傻，主子是不把奴才当一回真心的。你还别说，你爹当年替秋老爷立的功，哪是他什么方三爷可以比的？哼！这世道！可你爹怎么就在秋家钱庄扛银子箱扛了一辈子呢？他方三郎倒还沾个‘爷’字？他的女儿就是小姐，咱姓秦的女儿就是丫鬟！你爹那耳朵是半聋的，眼睛是半瞎的，还不都是打仗的时候替主子拼命给拼的？主子倒是领了他多少情？”

冷香手里拿着那双“错到底”扇起风来：“娘，您跟我，就别一遍一遍地说这些陈年旧事了。您要么问秋老爷说去，他听了有用，我听了没用！”

钱守一拿过冷香手里的那双“错到底”来看，又不满地说：“你怎么拿着双这个？什么差事呀？真是，这是你那个秋家少爷让你去的？”

冷香道：“这没他什么事。”冷香说着迈出门去。

钱守一刚要骂，冷香又在门口问：“娘，爹去了哪儿看大夫？”钱守一不骂了，答道：“对街的红杏春堂。”

冷香走了，往对街来。

对街的大药店里，药柜正中挂着漆金大匾：“杏林春暖。”秦凛老爹双手握着腰，驼着背，猫着身子小心翼翼走了进来。药

店中看病的人排成长队。大夫喊着：“下一个！”

这回轮到秦凛。排在前面的小伙计拿了药方子走了，秦凛便向前坐下。

大夫问：“怎么啦？”秦凛没听清，只把手伸给他把脉：“啥？”大夫吼着：“我说，您怎么啦？”

秦凛不紧不慢地说：“大夫，我的腰背让银子压着了，酸疼。”

大夫抬头来看这个糟老头，心想你说这话难不成是耍我？便道：“您这病我没听过，让银子压着？那银子好多呀？多得把您腰背压得酸疼？”

秦凛正着脸说：“大夫，我真的让银子压着了。好多的银子，我半个身子都被银子埋住了，真的。”

这回不单大夫笑，周围看病的人也大笑了起来。

秦凛老爹低头叹了口气。

大夫说：“老爷子，我要是你，这腰就不治了，让它酸疼去！让银子给压的，酸疼也值！”众人正对秦凛玩笑，冷香恰好进来了。

冷香搀起秦凛：“大夫您不乐意给瞧瞧伤也就算了，拿一个老人家取笑！爹，咱还是别处去吧。”便扶着秦凛出来。

冷香又说：“爹，您先跟我一起去局里一趟，我把一双鞋子还给方小姐，然后陪您到别处看伤。”

其时方三郎因管着秋家的义风镖局，方府也就在镖局后头。方胜儿未搬至绣庄，冷香只好来局里找她。秦凛并不进去，只在门上等着女儿。

方胜儿刚睡醒，眼角发肿，桌角放着一大盆酸果汤。她叫昭儿把鞋子放好，就亲把冷香送到门外。

此时洛阳等几个年轻镖师在一边，见了冷香，叫了起来："哟！秋府里头三小姐来啦！我们兄弟们可都想着您——来教训我们呢。"

冷香冷冷地一笑："你们几位嘴巴淡淡的吧？怎么不进厨房抓把盐填填嘴？省得舌头没事干。"

洛阳几个笑得嘴歪歪的："别这样，冷香姐，自杭州回来后许久没见你，这心里头才有些淡淡的，忧伤呢。"冷香说："放屁！忧伤？还悲痛呢！"

冷香边说边脚步不停，径往门上来。就听秦凛问："香儿，你方才跟那小兄弟说的什么腰酸？还背痛呢？我没什么事儿，犯不着到处跟人家说。"

昭儿一听捂住嘴笑了起来："是忧伤悲痛，不是腰酸背痛！"秦凛又糊涂了："啥？"冷香忙道："没啥，我不说就是了啊。"

方胜儿忙道："昭儿多嘴。"昭儿瞧了瞧冷香，不说话。

这昭儿眼睛也是圆圆的，水水的，脸蛋也是圆圆的，水水的，长得颇有灵气，个头儿虽小，打扮倒有几分巧致。

冷香辞了方胜儿，带秦凛看伤去了。胜儿却对冷香感兴趣了："原来她是秦凛的女儿？呵呵，我爹老说秦凛，可人家秦凛的女儿有本事呀。那帮小子，见了我连招呼都不打，反倒前一声

‘三小姐’，后一声‘冷香姐’的。我问你，她怎么就叫‘三小姐’了呢？”

昭儿冷笑道：“小姐不知道，秋府里的丫鬟，数她威风。以前跟着秋小姐，有秋小姐护着，现在又仗着秋少爷，什么事儿都抢着出头。这可不是，除去一个秋宇大少爷，秋壶二小姐，就是她冷香三小姐了？”

胜儿站起身，走到窗前，说：“这外号也起得太大胆了。昭儿，我要嫁了，绣庄这个姑娘接定了。就冲她把这双‘错到底’还给我，我都应该好好关照她。”

昭儿低下了头：“小姐，她也是七少爷的……”

胜儿冷笑道：“这我知道！这还正好呢！”

关于“七少爷”童守七与冷香是什么关系，秋宇也曾经纳闷过。每次秋宇提到童守七，冷香总能不自觉就说出他家祖宗十八代的事情，然后又一路推不认识。

秋宇也曾把冷香问得脸上红一阵白一阵青一阵，最后挂不住，才道：“说出来丢死人。那个什么七少爷，是我舅舅！”

秋宇更奇怪：“是吗？童守七不是三师兄大徒弟的儿子吗？怎么又变成你舅舅？也就是二十几的人，是你什么舅舅？”

冷香说：“他是三爷大徒弟的儿子，可三爷大徒弟的老婆是，我外婆。”秋宇恍然道：“啊，还是亲舅舅！看来我不能在你面前说他坏话了。”冷香急了：“少爷，我可从来没半句多嘴啊！”

秋宇笑了笑：“急什么？哎，怎么你娘姓钱，他却姓童呢？”冷香脸红了：“这一回，我再不要脸，也不告诉你。”秋宇便说：“哦，那就不说吧。”

但秋宇一不问，冷香反倒憋不住话：“算了，我还是说吧，免得你以为我是他的探子。”秋宇道：“你们这些女孩子，又多心了不是？”

冷香说：“我外婆刚生了我娘，外公就死了，外婆改嫁了，谁知道，嫁一个生一个，生一个，死一个。我外婆嫁了七次，守了七次寡。生了七个孩子，个个不同姓。我娘是老大，叫钱守一，他最小，叫童守七。”

秋宇见冷香那一副羞不是恼不是的表情，那张冷不是热不是的脸，又听那话，不禁笑了起来。冷香恼了：“你笑吧！笑吧！”冷香说着要出门去，秋宇边笑边说：“冷香，我不笑了，我不笑了！”

冷香回过头来，眼圈红红的：“你笑吧！你是少爷，只管拿我们这些奴才取笑！我娘就是背的这个黑锅，才会这么命苦。外婆名声不好，我娘就老嫁不出去，每次相媳妇，男方本来都是合眼缘的，刚开始中意，行过插钗之礼，不几天，打听到了，就想退，又送‘压惊’礼。”

秋宇不笑了，冷香又道：“我娘年轻的时候，可漂亮了，可却收‘压惊’礼收到快四十，才嫁了我爹。我爹打仗的时候受了重伤，眼睛、耳朵都是半残废的，才来娶我娘。好啊，现在该轮我被人笑了。”

秋宇于是又笑了："你原来是怕嫁不出去才不认舅舅的哩！"

然而，这个舅舅后来不认还不行了。钱守一认为，胜儿之所以会钦点冷香接班，全是因为童守七的缘故。

钱守一说："阿香，这全是你小舅舅！别看你小舅舅平日里傲慢，但到底你是他亲外甥女，有了好处，他照顾你，你照顾他，好来好去，好的都是自己人。这往后大家就都有好处。这个道理他怎么不懂？阿香呀，你还有什么好奇怪的？别忘了还有你外婆在他那里也说得话，这个庄主不是你的是谁的？"

冷香方点头道："不但小舅舅，就是方小姐，也不是先前咱们所想的那样。爹，你说呢？"冷香又望向秦凛。

秦凛笑道："这些事情，爹也不知道其中缘由，你自己看着决定吧。"

钱守一又说："香儿啊，至于方小姐，不管她怎么样，那毕竟是人家私事，咱也不说了。只有一点，现如今你是她提携的，你得先过去谢谢她，以后好好的，多跟着她学些事情。她可是把绣庄打理得有条有理，现在是功成身退了。"冷香忙谦虚地答应着。

冷香一要出家门，钱守一又把她拉回来，忐忐忑忑地："香儿，这话又说回来。你若跟着方小姐，有些事情，自己要清楚明白分辨分辨。主子说的，可不一定都要照做。"

冷香转回身来，刚要问，钱守一又笑道："咳，你看看，娘真是又多心了。横竖方小姐十月底就出阁了，这还能有什么事啊。"

钱守一说着叹了口气，又笑向冷香道：“去吧，去吧。”

与父母商量过了，冷香便怀着一颗“扑通”乱跳的心，上了轿子，前往百合绣庄上任去了。

女儿一走，钱守一忙让秦凛去买些果品，道：“我得回趟娘家，看看小七的意思。这是香儿的好前程，可不能耽误了。”

秦凛便听着老婆的话，出门口去，到对街买了些上好果品。老婆提着果品就出门去了。

快到午了，钱守一才回来，一脸的兴奋，向秦凛道：“哎，你看看，还是小七想得周全，我怎么就没想到呢，真糊涂。”

秦凛问：“七舅爷说什么啦？”钱守一道：“咱得请三爷和方小姐到个有点模样的酒楼去吃一顿，这是常礼啊。”

秦凛不说话，半天道：“这些后辈们的事，就自己决定吧。我就不去了。”

原来，冷香自小在枕月园做丫鬟，颇有月钱，又没处花，都存着，这回听了母亲吩咐，觉得这是人生的大转折点，因此一下心，在东京城最贵的白矾楼办了桌酒席，专门宴请方三郎、方胜儿、童守七，以及秋家在京城的各钱庄庄主、绸缎庄庄主。

方三郎应约和女儿前来，他一点也不明白女儿为什么挑了个小丫鬟接班，不过女儿的事他却管不了太多。

到了白矾楼，方三郎一看，这冷香丫头倒是个机灵人，对各管事的逢迎有加，说话还算得体，不像那些畏畏缩缩的普通丫鬟，是个见得世面的人。

冷香自恃酒量还行，就听着各庄主的劝，敬方三郎父女一杯接一杯。

方胜儿喝酒跟喝水一样。方三郎却先醉了，见众人已经喝出一点气氛，便开始说胡话，坐不安，站不稳，躁躁的。冷香又敬他酒，他便要冷香到他那边去，方肯碰杯。冷香走到他跟前，他却一边碰杯一边伸手搭住冷香的腰，把冷香翘着的屁股拍了两下："以后绣庄有什么事情，只管来找我啊。"

冷香背上一阵凉飕飕："这个当然，谢三爷和小姐的关照。"

冷香忙离了方三郎，转去招呼其他人。又到了众人碰杯时，冷香只觉得手臂被人细细地捏了一下，接着是方三郎若无其事地从自己身边走开了。冷香当时不觉得委屈，只是觉得想吐，忙喝下那酒，浇浇心口那坨东西。

14

为什么爱情不合情入理地发生于英雄救美呢？张庭玉想不明白这个道理。在燕凡和秋宇产生爱情之时，他爱上燕凡已经一年了。他觉得悔恨，他用了整整一年的时间看着自己的幸福流失，无能为力。

他把承诺过的那对禁步送到仰行苑给燕凡，想作为一种结束，或者交代。燕凡记不得在玉树庄时有什么关于禁步的细节。她笑道："张公子拿这个取笑我，是想提醒我的本分呢？还是觉得烟花女子戴禁步很有趣？”

但后来这禁步燕凡还是戴到身上了，因为这对搁在仰行苑的玉让兰阿郡主看到了，兰阿郡主说：“啊呀，这对禁步真漂亮，我好像看过谁家闺女也戴过，燕姑娘，你戴上给我瞧瞧。啊呀，正好，别摘下来了，就戴着吧。”

燕凡从不觉得和张庭玉之间开始过什么，所以也不需要所谓的结束或者交代。庭玉的日月用心，到了燕凡那里总成了别有用心。爱情在偏见与偏爱之间游移，找不到折中点。

庭玉回京以后，和秋宇的见面变得太频繁。

张文旦爱酒爱得高雅，鲜有喝醉，从不乱性。秋府也喜欢好歌好舞好酒好菜地欢宴张文旦。庭玉随父亲一起，都是秋府的上宾。

金樽银盏总是流光溢彩。歌姬舞伎的脂粉香气侵袭着每一根雕梁，每一根画栋。宴席上的人们总有说不完的话语，叙不尽的情谊。更多的时候，张文旦由秋先来招待，庭玉却归秋宇去应付。

秋宇常常提着：“我和庭玉同岁，八岁那年就拜过把子呢。可惜后来他去了杭州读书，往来得疏了。”

庭玉喝着秋宇一杯杯斟满的“蓝桥风月”“齐云清露”，别有一番滋味在心头。

对于秋宇和燕凡静悄悄的、不需要任何传奇色彩就莫名其妙发生了的爱情，胜儿比谁都平静。她失去秋宇已经很多年，知道即使没有此女出现，也会有彼女出现，秋宇不可能一直孤家寡人。一开始秋宇也有所顾虑，顾虑胜儿的情绪，怕胜儿会对燕凡做些什么。

但胜儿说："这不是很正常吗？我看上的男人，怎么可能会冷场？"秋宇一笑。没多久，秋府上下的女人们就都在说，杭州来的燕姑娘是少爷也喜欢、郡主也喜欢。兰阿郡主已经和秋老爷说了，这燕姑娘日后便是秋家的少夫人了。

这事胜儿可不明白了，她本以为秋宇日后至少娶个公主当个驸马什么的，她本以为燕凡最多也就是和她一样的下场，但原来秋宇也是可以这样认真对待一个恋人的。

胜儿又歇斯底里地折磨自己的身体了。秋宇看到了燕凡有妻性，和她相处很舒服。而他也总是小心翼翼，生怕唐突佳人。

秋宇说胜儿没有妻性，而胜儿恰恰来自盛产贤妻良母的闽阳地区，一个叫作鹧鸪镇虾骨浦的地方。秋宇说传言不可信。胜儿道传言并非不可信："我娘就是闽阳女子，她有妻性。我没有，因为我是你们东京人的种。"

秋宇发现胜儿现在连禁步也不戴了，胜儿说："戴它干什么，沉甸甸的，稍微走得快一点，那石头就往小腿骨上敲。"

"敲敲小腿骨也就算了，弄不好还小命堪忧。我不夸张。你试试上元灯节去相国寺门前，再试试正月初六去太常寺门口抢春牛？哪一回不挤死人哪？有一回在太常寺门口，我走得慢了，就险被人踩死。"胜儿说得意犹未尽，仿佛险被人踩死又是一桩傲人的经历。

这样说也不为过。

"抢春牛"是桩冒险性很强的力气活，可胜儿偏就抢到了。

每年正月初六都有这一出——最初是官府行为，由百官同祭土牛，祈求百姓农耕丰顺，叫作“打春”仪式；后来迎合了东京人怕寂寞、爱热闹的心理，变成了全民闹春嘉年华；再后来，不知哪路神仙指点，说百姓们上街看“打春”、拜春牛，若能抢到土牛身上的土，可兆当年大丰顺！

这路神仙没说谎，胜儿抢到春牛的那年正好十七岁。

此后她就年年去抢春牛。

每年此日，东京必定百官倾朝而出，万民倾城而动。

太常寺官员手执五彩杖，鞭打着一只土塑的“春牛”上街游行，朗声而诵：“土牛示候，稼穑将兴，敢缴福于有神，庶保民于卒岁，无作水旱，以登麦乐……”

所过之处，地面街道上、临街店铺窗台里、高低楼阁的屋檐上，甚至马车的顶棚，都满满是人。站着的、坐着的、蹲着的、跑着的，许多人就算摸不着春牛，远远地看一眼也好；许多人就算远远地看不上一眼，与陌生人议论议论百官仪仗已经到了哪条街哪一段了，也好。

此情此景，禁步若还在胜儿裙边绊脚，就矫情了。

胜儿早把禁步解下，放到腰间的小锦囊里，然后像条鱼一样，把眼前的人潮只看作水，就心中无碍地游了进去。没多久，鱼的手里抓了一把土，又游了出来，变回人。

第一次抓着东京的土，胜儿心里别提多舒服。这是她正儿八经的乡土呢。东京人真多，多得真过瘾。东京如河人如水。水多了，河道还是那么宽，流速就快了起来。既然流速快了，禁步就没道理了。

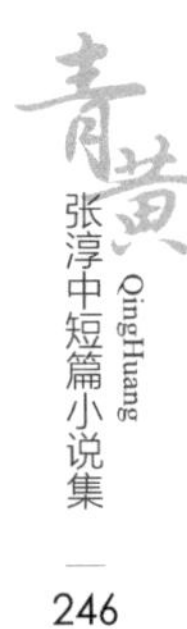

胜儿的想法理直气壮起来，因为她手中握着的春土就是神的旨意。

胜儿把春土装进腰间的小锦囊里，就进了乾明寺，直奔纱丁廊。兰阿郡主和秋壶她们许是在那里等她呢。

乾明寺与太常寺相连处，有一道纱丁廊。每年正月初六，抢春牛的人群散了之后，或者去金水台看纸影戏，或者去纱丁廊看百屏纱丁，总有娱乐之处。

胜儿穿过了乾明寺，半只脚刚踏进纱丁廊前的大场院，又缩了回来。

此处甚怪，到处栽着一种白色香花，只有铜钱大小，花序与木芙蓉相似，花根处却盘着蛇！乾明寺的小尼姑双手合十，从蛇边走过，蛇不理睬人，人不理睬蛇。

一个小尼姑对胜儿说："施主，您放心走吧，蛇不怕的。"

胜儿不动，只笑了笑，望见兰阿郡主和秋壶的轿子都在场院那头。秋壶看到她了，掀着轿子帘喊："胜儿姐姐快来呀！"兰阿郡主也看到她了，也掀着轿子帘问："胜儿你的轿子呢？"

胜儿呵呵笑着："跟丢了。"

秋壶依旧在轿子里道："胜儿姐姐快来，蛇不咬人的。它们受了佛法，知道咬人也好，咬草根也罢，咬起来是一样的。"

胜儿听了，猜测她接下去还会说："这就像人，不管吃的是粗糠野菜，还是燕窝鱼翅，都是一样的，拉出来的都是屎；不管喝的是琼浆玉液，还是白开水，都是一样的，撒出来的都是尿。"

胜儿想还口说："怕就怕咬起来是一样的，结果拿人当草根咬了。如果是这样，我就更不该在蛇的地盘上乱走，免得它犯了荤戒。我也是助蛇修行。”

不过胜儿是不会跟秋壶还口的。

不过秋壶也并没有说出那些话来，因为胜儿笑着把她打断了：“师奶奶，小姑姑，我不去看纱丁了，绣庄里头还有事儿。我是来说一声的。”

当其时，胜儿想建议兰阿郡主和秋壶也把禁步解下来，因为她们进了场院都还坐着轿子，何必要戴禁步？一个不走路的人，戴着禁步，暗示世人，我走路是知止的、有度的、从不逾越规矩的，这又是哪一出？

当然，她嘴上不会说出来。

迟迟地，胜儿才明白了，禁步是专为不走路的人设计的。

因为禁步就是一种饰品，具体说来，是女人的饰品。它既能起到修饰的作用，也能起到掩饰的作用。

可惜她明白得迟。

鹧鸪镇已远，但胜儿记得那里的老山多鹧鸪。每至日落时分，鹧鸪鸟鸣叫纷纷，一声声好似人语：“使不得也哥哥，使不得也哥哥！”

15

方胜儿一阵晕眩，把头一扎，满脸扎进桌前那盆酸梅汤里。

昭儿忙惊叫着将她扶起。

她抹干了脸，提神微笑，又坐到梳妆台前摸着头上盘起的高二尺的同心髻。她脸色灰白，门外却突然闯进来又一个脸色灰白的人，掉着眼泪跪到她脚下。

来的是冷香。

冷香把胜儿双脚抱住一阵痛哭："方小姐！您一定要救冷香啊，不然，冷香就死定了！"

胜儿倚着椅背，虚弱的脸色稍有恢复，问："怎么了？秦姑娘，你在绣庄不是干得好好的吗？傻妹妹，干吗哭成这样？是不是有人不服你，给你找碴儿？快跟姐姐说。"

冷香跪在地上，摇着头："方小姐，出，出大事了……"冷香的哭声里带着慌。

胜儿忙扶她起来："出什么大事？"

冷香不肯起来："您一定要救我啊！"

胜儿索性丢开她："说！什么事儿？"

冷香哭道："金针银梭的第一批绣品送进绫锦院之后，宫里大怒，如今发了文书来，永不再用百合绣庄的绣品。"

方胜儿叫着："来人！把秦冷香给我绑起来！"

冷香见方胜儿翻脸，眼泪停住了，吓出一身冷汗。此时已有五六个小厮进来，将冷香绑了个结实，押到俊彩堂中。

冷香被摔在堂下，看着胜儿发号施令，心里凉了一半。

不片刻，胜儿接过绫锦院发来的文书，掷向冷香脸上："秦冷香，我看你是个伶俐人，没想到你把绣庄给毁了！"

胜儿说着哽住了，不断地掉眼泪："我自十七岁接管绣庄，苦心经营了这些年，才使绣庄有了今天，你知道我付出了什么代价吗？你们知道我付出了什么代价吗？你们都知道我付出了什么代价吗？我会让你说毁就毁吗！"

方胜儿说到此处，情真意切，泪如雨下。

此时，百合绸缎庄的庄主罗颜、秋氏钱庄的庄主庄柏二、义风镖局童守七等非秋姓的把权人都来到俊彩堂。

方胜儿向罗颜哭着："四婶，四婶啊，胜儿后悔，但现在已是后悔莫及了！早知道有这样的事，我便老死，也不嫁了。"

罗颜被说动了心，搂着胜儿在怀里："好孩子，四婶都知道了，这不是你的错，你别再怪自己了。"

庄柏二也指着冷香叹道："一个轻佻的小丫头，怎能随便把这样的重任交给她呢？"

胜儿又下了堂，揪起冷香一缕头发，大叫着："快说，锦绣名门给了你什么好处？还是你对秋家有什么仇？要这样毁百合绣庄。"

冷香被一揪，脑袋仰在半空里，煞白着脸："假仁假义！我被你骗了，我，我成了你的替死鬼。"

方胜儿扇了冷香一巴掌，又硬生生地拉出童守七："这个秦冷香可是你亲外甥女？她可是你举荐给我的，你得给我个交代。"

童守七连连点头："师叔放心！侄儿明白，决不护着亲戚。师叔要是信得过侄儿，就交给侄儿来办。师叔不要气坏身子。"

胜儿精疲力竭，只由着罗颜和昭儿两个搀着回金针阁去。

童守七见胜儿进去了，方转过头来，冷冷地问：“冷香，绫锦院把咱家的绣品送进宫之后，怎么出的事？”冷香被小厮们按在地上，说：“不知道！”童守七慢悠悠地：“现在不知道，待会儿总会知道的，小子们，给我打，打到她招为止。”

当下，棍棒雨点似的落到冷香背上、臀上、腿上。

冷香呼天抢地地叫骂：“方胜儿，童守七，你们这对狗男女，你们不得好死，我秦冷香变鬼也要拿你们的命。狗男女！狗男女！狗男女！”

童守七听了，怕她乱说，叫着：“打打！往死里打！”

冷香被拷问了几个时辰，中间打昏了几次，又被水泼醒，醒来除了叫骂，没有其他供词。

眼见日将西斜，冷香气息奄奄，童守七也心烦气躁，就见秦凛、钱守一两个从门口扑了进来，一声叫一声哭地跑进俊彩堂。

只见冷香趴在地上，背上、腿上的几层衣布全浸在血里，和肉、皮粘成一处，一片模糊。

老夫妻两个看着独生女儿被打成这副模样，瘫坐在那里，想哭哭不出来，想晕晕不过去，想拼命、喊冤也已是有气无力。

童守七道：“大姐，大姐夫，冷香理亏，我也只能偏理不偏亲了。快带回家去吧。”

钱守一总算是缓过神来，从头上拔下一根银钗，便直往童守七胸口刺去：“我结果了你这小畜生！六亲不认的东西！昧天良！你没好下场！”

童守七抓住她手腕，把钗夺了，丢在地上。

钱守一披头散发，满俊彩堂里闹。

秦凛却只俯在冷香身旁，凄凄凉凉地叫了几声："香儿。"冷香微微张开白中透黑的嘴唇："爹，你让方三郎欺负了一辈子，你女儿却让方三郎的女儿给害死了。"秦凛听了这话，老泪纵横。

当晚，秋先和秋宇出现在了冷香家中。屋里一片昏黑，只有一豆油灯，血腥气和膏药味混杂在一起。

钱守一和秦凛守在床边。秦凛转过头来，与秋先碰了个面对面。

秦凛失声叫道："秋大哥！"

秋先也对着秦凛端详："你是秦凛！"

秦凛抱住秋先痛哭起来："秋大哥，我见着您了！我就想着见您一面啊！"

秋先感觉到有什么地方不对，问："秦凛，秦凛，你怎么没在健康分局？你怎么会在这儿？外边人告诉我，这是钱铺里头扛银子箱的'秦龙虾'家呀。"

秦凛叹道："这是说我一半是聋子，一半是瞎子，不是龙虾！秋大哥，几十年来，我就在秋氏钱铺，扛银子箱啊！"

秋先双目看着他："怎么可能？怎么会这样？"秦凛说："那年您让我到健康分局去，可方三郎却调了您大徒弟的女婿去，把我分派到钱庄来扛银子箱。我说不上话，一过，就是几十年！"

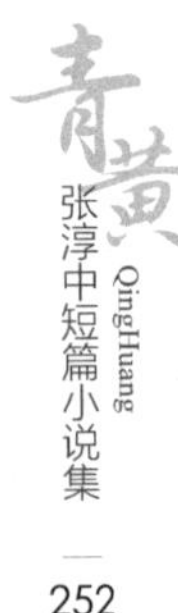

“三郎？”秋先有些出乎意料，“没想到方三郎背着我做这样的主张，一瞒就是几十年！”

秦凛原比秋先小了许多岁，此时却老态龙钟，更显沧桑。

秦凛道：“几十年来，我早认了命。打仗的时候，我的耳朵也半聋了，眼睛也半瞎了，腿脚也半残了，武功尽失，就是去了健康分局，也没用。可是我就这么个女儿，她清清白白，年纪轻轻，她不能跟我一样啊。”

秋先忙问：“冷香丫头是你女儿？”

秦凛道：“正是我的女儿，她叫秦冷香。”

秋先顿时看着秦凛看得呆了：“秦凛啊，我万万没想到，你的境况会如此。我万万没想到啊，我……”

这时钱守一突然站起来，披散着头发向秋先扑过去，厉声骂着：“我们秦家上辈子欠了你们的债是不是？秦凛打仗的时候替你去拼命，拼成个废人！你们姓秋的却去荣华富贵、皇亲国戚！你们忘恩负义！你们替赵家打天下，倒建了多少功？里面有多少是底下人的命换来的？你们这些狗娘养的就去功成名就吧！秦凛已经是个废人，还要替你们扛几十年的银子箱来换口饭吃！他女儿活该给你们为奴为婢！当牛做马！她无罪无辜，你们把她打成这样！你们全是一帮子假仁假义的禽兽！”

钱守一一双手往秋先脸上就抓，张嘴就要咬。

此时秋壶、蝉音恰好进来，吓坏了。秋壶、蝉音忙拉开钱守一，秋宇忙护着秋先。

秋壶叫了声：“你干吗抓我爹！”结果被钱守一一推，摔到冷香床脚下。

秦凛也忙拉住钱守一，钱守一才停下，又到冷香床边去哭喊。

秋壶从冷香床脚爬起来，忙转身看冷香。冷香躺在床上，身体一下子仿佛变得很小，裹着被单子。床尾是一团血迹斑斑的衣裳。那是冷香平素穿在外头的上衣，秋壶也很熟悉地认得那布料、那颜色，可这时却怎么看怎么陌生。被子上染了些许血迹，帐子上甚至也染了些许血迹。

冷香此时长得不像冷香了。

秋壶一下子恐怖起来。

蝉音伏在冷香床边哭。秋先又问先前大夫怎么说，蝉音道："他说，要有准、准备……"钱守一被重提，又泣不成声。

秋先叹一口气，拉起秋壶来："壶儿，过来。"

秋壶正不解秋先的意思，就听秋先向秦凛夫妇道："秦凛啊，我对不住你。冷香丫头要是走了，秋壶，就是你女儿！"

众人都呆住了，秋壶还没反应明白，就被秋先一推，不自觉地跪到秦凛夫妇跟前。秋先平时对秋壶话都不曾大声说，更别说打骂，而此时推她的手劲却确实是重了。秋壶膝盖好痛，有些委屈。

秦凛道了声："舍不得呀！"

秋先却不管那么多，只说："壶儿，以后，冷香就是你的姐妹，你现在所跪的，就是你的爹娘！"

秋壶更是傻了。这是秋先这个做父亲的对她提过的最过分的要求。秋先对秋壶说："壶儿，姓秋的，对不住秦家。以后，你要像对待亲父母一样对待冷香爹娘。"秋壶泪汪汪的，不知道该

作何反应。

秋先喝道：“听见没有！”

秋壶也大声答：“听见了！”

钱守一无法，忙拉起秋壶：“快起来！快起来，舍不得呀！”

秋先又握住秦凛双臂：“秦凛啊，冷香要是有个不测，我，我只能把女儿赔给你！”秋先声音颤抖了，众人都悄悄流起泪来。

已近二更天，秋先才领着秋宇、秋壶、蝉音离了秦家。

16

从秦家回来的第二天，天蒙蒙亮，秋先的椿泽馆便传紧了话：“方小姐上吊了，幸喜被救了下来。”秋先招了家仆河檀到床前问清楚。河檀道：“方小姐现正披头散发地在东院，说她不嫁了。郡主正劝着呢。”

秋先忙梳洗了，到东院来。

方胜儿一见秋先，眼泪就住了，又冷又硬地说：“师公，胜儿对不起您！那绣庄的事一天查不清，胜儿一天不嫁！”

众丫鬟都拉着她劝，兰阿郡主搂住她：“好孩子，日子都定了，柳家就来迎亲了，你哪能说不嫁就不嫁呀？”

郡主抚慰着她：“终身大事，不能耽误。冷香那个小蹄子，师奶奶替你收拾她，不怕她不招，你就别一颗心全放在绣庄了。”

胜儿被兰阿郡主劝着，本想顺水推舟，撤了“不嫁”的赌誓，方微微点着头。谁知秋先装作没看见，长叹一声说：“郡主别劝了，难为胜儿替咱想着，怕外人说咱袒护她。胜儿既真心赌誓不嫁，那就把婚期再缓半年，也好遂了胜儿的心愿。那柳家知道胜儿这样的品德心胸，谅也不敢有二话。”

方胜儿忙埋下头去：“谢师公体谅！”

秋先回到椿泽馆，秋宇正等着他。

秋宇兴冲冲地：“冷香脱险了！”秋先道：“脱险就好，胜儿也先不嫁了。”

秋宇一听，心敛了一半，胜儿一向瞧不起柳家，为何这回却自己找兰阿郡主定日子？怎么就恨嫁起来？

秋宇握着紫竹棍的手心渗着微汗。

秋先又说：“你传话下去，秦凛别再去扛箱子了，给双倍的月银，让他待在家里休养着，这阵子先照顾冷香。绣庄让庄柏二媳妇打点一段日子。”

如此连着好些日子，冷香在家养伤，坐起也是冤，躺下也是屈。胜儿则在家养胎，多一步不走，多一句不说。

方三郎也不常见到女儿。他并不知道秦冷香这个绝对弱势的对手是女儿自己挑的。他只觉得秦家的人永远默默无闻就最好。如今冷香却变成热点人物了，哪怕是反面人物，这都是方三郎所不愿看到的。

他跟胜儿、童守七一样，当晚就有人来报消息，知道了那天秋老爷子和少爷、小姐都看望冷香去了。钱守一爱面子，把秋壶做了秦家女儿的事情到处拿出来说。

方三郎也不安了。

究竟师父会什么时候找自己去算秦凛的老账呢？或许今天就突然把他叫过去盘问，又或许明天，但这么多天，毕竟没有事情发生。没有发生就没有发生吧，大概是绣庄的事冲散了师父的注意力，对陈年老账也就能忘且忘吧。

忘就忘，你们都能忘，那我就更能忘了，没理由你们忘了，我倒去提醒吧？多年以来，方三郎已经学会应对各种关系上的事情，学会把天塌下来的事都悠悠地处。关于秦凛的事情，方三郎早在几十年前就把理由都打好草稿，想好怎么回答师父的责问了。

事情刚发生时，方三郎还时常在脑海里演练那一幕：

秋先问："秦凛的事到底怎么回事！你怎么隐瞒着我把你大师兄的女婿调到健康分局去，却让秦凛在钱庄扛银子箱？你怎么把老实巴交的一个秦凛委屈成那样？他以前为秋家立的功劳你还不清楚吗……"

方三郎会悔痛而无奈地回答："师父！徒弟哪敢不遵师父的吩咐啊！秦兄弟劳苦功高，徒弟更不敢对秦兄弟擅作主张啊。大师兄的女婿换下秦凛去了健康分局这个决定我也是逼不得已，当时大师兄……后来大师兄又……大师兄他……大师兄又……而且大师兄……何况大师兄……更何况大师兄……"

最后，方三郎会总结陈词道："师父，这件事，徒儿确实也有难处啊！但不管如何，徒儿也推脱不了责任，徒儿愿凭师父处置！”

最后，秋先肯定也不会把他怎么样的，至少，不会把他赶去扛银子箱。

这些就是方三郎关于此事的思绪。遗憾的是，这一幕被熟悉地演练了这么多年，竟然没真正发生过，恐怕以后也不会了。想到这里，连方三郎自己都觉得有点乏味。

没想到秦凛钝，几十年来比自己还慢悠悠。好吧，那就姑且这么过下去。

这个钝钝的秦凛，几十年里头也曾被老婆催过、骂过，说你就直接进府里去，告诉秋老爷方三郎都干了些什么。但秦凛总是缓缓向老婆摇着头：“你不晓得，秋大哥最疼方三郎，现在去说这些做什么？”老婆听了就骂，秦凛于是自言自语说：“难得糊涂，难得糊涂啊。”

久之，谁也弄不清秦凛心里是有委屈，还是没委屈？兴许他最受用的，还是这种耳半清、目半明的视听效果吧。

至今，三郎对安排秦凛去钱庄的事记忆犹新。当初他与大师兄谈笑风生，只道：“让别人去扛银子箱，只怕见钱见多了都要上火，弄个牙疼、便秘什么的，让秦凛去，哪怕见了再多的钱，身体也无妨。你说，这样的人才上哪儿找去？秦凛不去，谁去？”两人言罢大笑，为这样一个人才而欣喜。

胜儿与冷香之事一耗，快两个月的时间就过去了，事情几乎被遗忘。

娱乐的人继续娱乐，喜庆的人继续喜庆。

一个晴和的日子里，秋宇邀了庭玉，携着秋家女眷到九重瀑踏青。几个人正在山脚下竹庐里围坐着吃东西，忽有一长一幼两个乞丐，伛偻埋头，一前一后地走来。老乞丐在前面提着陶罐子，里头装着几枚铜子。小乞丐在后面拉着三弦，背上还背着个铜箱，那三弦的声音在铜箱里共振之后传了出来，变得悠远凄凉。

燕凡往陶罐里投了几枚铜子，乞丐走了。

秋壶便问："我听人说好多乞丐都是假的，其实他们背地里，日子过得好着呢。是不是？"

燕凡道："其实他们伸手向你要钱了，便是乞丐，又有什么真假？与他的贫富何干？"他人还有些听不懂，唯独庭玉接着又笑道："人有时是这样的啦，定要看到那人比自己惨，而且惨很多，才甘心去施舍于他，因此乞丐自然也分出了真假。"

燕凡听了，心中一叹。

这时又听一串笑声到了。店主慌忙招呼着："诸位老爷里边请。"

来的却是方三郎，身边随着几个男男女女，簇拥着他，也像是出来踏青。几个女子皆年轻俊俏，一身红缎长裙，满头珠翠，眉毛皆挑得尖细。三郎见了秋宇他们，忙过来互相见礼。那几个女子见了与秋宇同坐在主位上的燕凡，既像是在点头示意，又像是不敢相见。

秋壶却笑嘻嘻拉方三郎坐下："三师兄，我问你，如果假乞丐向你要钱，你给不给呢？"方三郎笑道："心情好我就给，心情不好就不给。”

方三郎旁边有个女子掩嘴笑道：“三爷被乞丐缠住，心情肯定很坏。”三郎呵呵地笑道：“简直坏透了。”大家都笑了起来。

一时众人兴致好，三郎又命他新纳的杭州乐籍女子唱曲儿，那女子便唱：“春日游，杏花吹满头；陌上谁家年少？足风流。妾拟将身嫁与，一生休；纵被无情弃，不能羞。”

燕凡听着《思帝乡》，眼下已经入秋，她却唱个春日融融之曲，不禁一笑。

秋壶却拉着清儿，像两只小老鼠，叽叽喳喳，边边上躲着，切切地笑。这首《思帝乡》是当时秋壶听过的最黄的歌。

又叙话片刻，方三郎与秋宇他们各自分路，秋宇等依旧驾着马车回城里来。众人又到仙桥仙洞玩了一遭，至晚方回。

一进会宾堂，就见秋先、罗颜、兰阿郡主等人都齐齐在堂上坐着。

满会宾堂正冰冷冷的，却听到秋壶生母萱慈夫人和婉的声音：“壶儿，你怎么玩到现在才回来，娘多担心你。”秋壶笑了起来，看着秋先：“你们不会是因为我回来晚了，都坐在这里等吧？”

萱慈拉着秋壶站到侧门的走廊里：“你晚饭吃了什么没有……”秋壶正一五一十地向萱慈汇报，突然觉得大堂里有什么事情不对劲，秋壶又靠到门边来看。

就听秋先道：“燕姑娘，秋家不能把你娶为正室了，不过，既然宇儿跟你两情相悦，就把你纳为妾吧。”

秋宇叫："爹，我只愿意娶燕凡为妻！"

兰阿郡主道："老爷，你叫我过来，就为这事儿？这是谁的意思！是萱慈吗？"兰阿郡主猛把燕凡拉到自己跟前，道："这燕姑娘哪儿配不上了？"

秋先隐晦说了句："出身卑微。"

兰阿郡主哈哈大笑起来："秋先，你竟然用'出身卑微'来嫌弃我的人？你也不想想你自己是什么出身？"

燕凡轻轻一笑，向郡主道："夫人，我确实出身卑微。"

兰阿郡主拍着她的手，连连摇头："你先别说这些呀。这人哪，有时就别太惦记着自己的出身，越惦记，越难受。贵也罢，贱也罢，那都是命。我就是惦记着出身，不平了几十年，到头来还不是一样？放心，有我做主呢，我看他能怎么样！"

秋先向罗颜道："四嫂，告诉你师娘吧。"罗颜道："师娘，燕凡姑娘以前，是乐籍女子，是杭州十里烟花巷玉树庄三百西子佳人之首，刺玫瑰。"

兰阿郡主听了，望向燕凡，燕凡正望向秋宇。

兰阿郡主变了脸色，拉住燕凡："他在诬蔑你！你是刘家推荐到百合绣庄的绣娘，你是一个绣娘！刘璃说，你到刘家之前一直跟随着杭州德高望重的女神医，你是杭州府尹的母亲推荐到刘家的，你的身世很清白。"

燕凡依旧看着秋宇："不，我确实是，乐籍女子。"

兰阿郡主眼眶湿润了，紧紧拉住燕凡，道："是乐籍女子也不怕！你只不过是个歌伎，一个姑娘，会弹会唱能歌善舞有什么不好？告诉他们，你仅仅是个歌伎！”

燕凡看着秋宇：“不，我不仅仅是个歌伎。”

罗颜道：“师娘，燕姑娘还不只是个一般的烟花女子，在杭州，她是出了名的红颜祸水。王孙公子们经常因她而打得头破血流，最离谱的一次，是西湖书院的学生在玉树庄打群架。而这些学生的父兄，多是在朝为官的，所以这个案子闹得杭州城无人不知——甚至，张文旦大人家的公子，也参与其中。师娘，这样出名的女子，怎么适合做秋家的少夫人？师娘要为少爷想想啊。”

秋宇听住了，秋壶也听住了。

兰阿郡主撒开燕凡，捶胸顿足：“你怎么这么不争气啊！你这样只能做个妾侍了你知道吗？”

燕凡道：“夫人不必说了，我不愿意为妾。我只愿意做秋宇的正室妻子。”

秋先见燕凡如此态度，只劝道：“燕姑娘，你的德貌连郡主也很赞赏，你就是做了宇儿的二房，秋家也会对你相敬的。更何况宇儿也说了你们俩是真心相爱的，既然真心相爱，你何必在乎一个名分呢？”

兰阿郡主此时也道：“燕姑娘，这事你还得想想，你既然真心对他，就替他打算打算，毕竟，一个男人，以后还要在外头行走，不能落人笑柄。”

燕凡道：“我说了我不做妾！”

萱慈站在廊道上，也听住了。

秋宇一时思绪纷乱，只看着燕凡，半天无语。

秋先笑了起来："呵呵，燕姑娘，宇儿只说你是个脱俗的人品，没想到燕姑娘也不能免俗！你们这两个小年轻人，口口声声说，真心相爱，其实，姑娘看重的也是身份和地位。"

秋先看着秋宇："宇儿，你自己想清楚了，假如一个女子只是因为爱你而跟你在一起，她为什么一定要争这个身份地位？"

秋宇还没想清楚答案，燕凡已经忍不住了："为什么一个女子爱上一个男人就会愿意做他的妾？秋老爷，这是你一厢情愿的臆想。"

秋先道："不愿意只能说明情分还没到。"

燕凡道："不，恰恰是爱得太真，所以不能容忍自己只是爱人的一个奴仆，因为不平等是一对恋人之间最远的距离。"燕凡望向秋宇，秋宇却侧过头去。燕凡心中一顿，就听秋先似在自言自语："一个婊子，也立牌坊。"

燕凡顿时站了起来："不，我正是觉得，要么不做婊子，要么不立牌坊。妾跟婊子一样，是跟你睡在一起的奴仆，却多了一块贞节牌坊。可做妾的，人家不过是买断了嫖你的权利！"

"你住口！你住口！"秋壶哭叫了起来，"娘——娘——"萱慈在过道里晕倒了。

后来萱慈跟人家说，她晕倒只是因为来了月事，又有点贫血。但萱慈的晕倒却让燕凡被彻底孤立了。刘璃一时间也不知道怎么替燕凡说话。只有不在现场，没有目睹萱慈晕倒的庭玉愤愤不平。他把燕凡在玉树庄触柱的夜晚复述了一遍给秋宇听，告诉秋宇，你早就见过她了，你第一次见到她的时候她就是个烟花女子了，这么久之后你却要因为本来就存在的事实来节外生枝！

可惜那个夜晚燕凡重伤，眼睛闭着，满脸是血，她没看见他，他也不认得她。

燕凡显然又待不住了。燕凡给秋宇留了几行字，不辞而别。燕凡没有离开东京，只去了一家名叫“金银错”的小绣庄做绣娘。

那张纸写着：“秋宇，曾经有多少王孙公子、富贵荣华，甚至不能免我求死之心，何况羡慕？我已经历过了富贵的轮回，而你还没有。”

纸是用一块禁步压着的，燕凡也只是怕纸飞走，就随手解了一只当纸镇。秋宇知道这是燕凡随身戴的，吩咐好好收着。

一些天过去了，他还没有去找燕凡，不知这算不算《思帝乡》中所唱的“无情弃”？也许他只是不知道该去哪里找，也许他只是没想好找或者不找。

找回来，又该如何续写？

17

百合绣庄那天几乎所有的绣娘都不见了踪影，被支到新作坊上去了。秋宇一跨进绣庄的门就被洛阳、洛溪五花大绑，扔到金针阁里去。

房里头，秋先、方三郎、兰阿郡主、昭儿等人都在。

昭儿从床上扶起苍白的方胜儿。

兰阿郡主抚慰道："孩子，不要紧，慢慢说。"方胜儿脸转向内，哭了半天，方说："师奶奶，我已经没有活路可走，我没办法。我对不起秋家的列祖列宗。孩子死了，我也不想活。当初，小师叔要了我，说以后要三媒六聘地娶我过门，谁知道，小师叔知道我怀了他的孩子以后，又……"

秋宇闻言大惊。

他看着方胜儿，看着众人，连声叫冤："我没有！爹，三师兄！我真的没有，我根本不知道她有身孕……"秋先叫道："住嘴！"

方胜儿又伏在兰阿郡主怀里哭了。兰阿郡主怜悯道："孩子，别委屈，等你身体好起来，我们秋家，就三媒六聘地娶你过门！你一定要养好身子！"

胜儿又抽抽噎噎地说："可是，我知道，我们俩辈分不对。他是我的师叔，我们不该！"

秋宇叫着："你怎么能这样！你怎么能这样！"他几欲喊道："你怎么能这样？我们不是早就两清了吗？"

胜儿继续说："这是丑事。我本想瞒天过海，但求早点嫁入柳家，给孩子一个父亲。但是我慌啊，苦心经营了这些年的绣庄，也草草交割给冷香。找冷香接绣庄，是我匆忙大意，我只是想早一点嫁入柳家！谁知临要走了，还飞来横祸，我不嫁了，但我却知道孩子活不成了。旁人因为绣庄出的那桩事儿，对我颇有流言蜚语，我也是知道的。旁人疑心我为什么突然恨嫁，为什么交绣庄给冷香，可是，我的苦衷，哪里是跟人说得的？人言可畏，人言可畏！我只好这么做了。师公，胜儿肚子里打掉的，是您的嫡孙血脉啊！孩子已经四个月了，我还没能保住他。”

方胜儿说着失声痛哭，哭到一半，突然昏厥。

昭儿惊叫：“出大红啦！出大红啦！”

秋宇被赶出房外，绷紧神经看着胜儿房间闭着的门。

秋先和方三郎师徒两个无神地对望了一眼，又互相避开了。兰阿郡主出了房，狠狠打了秋宇一巴掌：“你这个畜生！”秋宇低头不语，兰阿郡主揩着泪：“胜儿真是命苦，她傻！堕什么胎呢？胡乱吃药吃成这样，这是会没命的！丫头说，昨晚已经挣扎了一夜。”

方三郎勉为其难地拦着师母，一脸乌云密布。

胜儿在床上昏昏一躺就是十多天。昭儿晨昏伺候。

那日，胜儿忽然醒来，问：“昭儿，是谁下的堕胎药？”

昭儿结结巴巴地：“是，是……”

胜儿一瞪眼睛，恍若鬼魅：“说！”

昭儿哆嗦道：“是七少爷。”

方胜儿垂下手去，闭上眼睛，流出泪来：“他这是拿我的命去赌。”昭儿说：“七少爷说，下重一点的手，少局主才会心疼你。”方胜儿一听猛地坐起来：“我要是再活过来，就亲手杀了他！”

昭儿忙跪下：“小姐，求您别动气了，保住身体要紧！”

方胜儿闭目养神：“冷香现在怎么样了？”

昭儿忙道："她死了。"胜儿仍闭着眼睛："你骗我。"昭儿不说话。

胜儿又静了下去，不知是睡了还是晕了，再醒时，却见秋先、兰阿郡主、方三郎、秋宇又都进房里来。方胜儿模样憔悴，毫无起色。

三郎缓缓道："胜儿，我和你师公师奶都来了。你好好说，孩子到底是谁的？好好跟爹说。"

胜儿道："我不是已经说过了吗？"秋宇又忙双膝跪在方三郎面前："三师兄，我是清白的！秋宇自幼蒙师兄教诲，绝不敢做这样龌龊苟且的事……"

胜儿猛地坐起来，含泪指着秋宇："你这些天来，说过多少遍'清白'了？你快逃去吧，你要清白！我是清白不了的了。"又转头向昭儿道："我累了，昭儿，剩下的事你替我收拾吧。"说完在枕头底下拼命掏，摸出个白闪闪的东西，在脖子跟前一抹，顿时流血如注。

众人来不及抢夺，一个人没了。

金针阁中大乱。

佛说，无碍之智，有碍之身。

方三郎一把拉起昭儿，往俊彩堂上来。秋先、秋宇忙跟了去。方三郎吩咐把门关了，旁人不得进来。

昭儿冒着冷汗，跪在方三郎面前。

三郎喝道："快说！知道什么说什么！全说！好的歹的全说！"昭儿哭了起来："奴婢不知道啊！"三郎抡起木棍，往昭儿身上一连几棍打下去。

昭儿整个人倒在地上，嘴角流着血，连连求饶：“我说，我说，但是。”昭儿望着秋先：“秋老爷，您能保我不死吗？”秋先点点头：“我保你不死。”

三郎看了看秋宇。秋宇正端着茶盅认真喝茶。

昭儿声音里仍然在抖：“绣庄的事，不是冷香做的，是小姐。”

三郎面如死灰：“孩子的父亲是谁？”

昭儿道：“少局主，不是这个孩子的父亲。小姐、小姐这样说，只是想保全自己。”三郎煞白着脸连连叫着：“这个孽障！”秋宇却依旧低着头喝茶，连看都不看昭儿一眼。

昭儿又说：“但是，跟小姐有私情的，并不只孩子的父亲一个！小姐并不是被逼的，他们之间也彼此清楚着。所以，有了身孕，谁都是不肯认的。”

“够了！”方三郎勃然大怒，右手扶额，浑身都在抖，“不要再说了！不要再说了！死就让她死了！我没生过这个女儿就是了！”说着把脸转过一边去，悄悄擦了擦泪水，忽又盯着昭儿。

昭儿吓得直磕头：“三爷饶命！”秋宇忙放下屡喝的茶盅，跪到方三郎面前：“三师兄，事已至此，请三师兄息怒节哀！事情不要闹大的好，一则胜儿名节要紧，二则对柳家也不好交代，往后镖局、绣庄也都名声不好了。”

方三郎捂着脸：“少局主裁夺就是，我这把老脸没地儿说话了。”秋宇又说：“绣庄跟绫锦院的事，只能以后慢慢挽回，此事就不要追究下去了。”秋宇说着望了一下秋先的脸，秋先点点头。

秋宇又扶起昭儿：“三师兄，昭儿服侍了胜儿许多年，情同姐妹，师兄不如认了她做女儿，嫁到柳家去，大家都好。”

昭儿一听，如获大赦，感激地望着秋宇，笑也不能，哭也不能。秋宇那清澈双眸似近而远地掠过昭儿的脸，微微含笑。

昭儿忙埋下头去，说道：“昭儿愿拜三爷为父，拜小姐为姐，嫁往柳家。”

方三郎沉沉地说：“不必了！柳家远在边地，你嫁到柳家之后，名字改叫方胜儿就是了！”昭儿什么也不敢多想了，只忙对着方三郎磕了几个响头，道：“谢父亲赐名！”三郎转过脸去，颤着声说：“不要磕了！你嫁了以后，就不用再回娘家来了。”昭儿泪流满面：“是，昭儿知道该怎么做。”

人都走了，包括秋先、秋宇、昭儿。方三郎仍留在俊彩堂里。他忽把视线聚到秋宇屡喝的茶盅上。三郎走了过去，悄悄伸手，捏开盖儿：茶盅里干干净净，亮晃晃地反射着新擦洗过的光泽，别说茶叶末，连茶水痕都没有。

“哗！”茶盅被砸了个稀巴烂。

三郎放声痛哭！

18

香水面前，我有死欲。

死其实是一种欲望，类似于食欲，类似于情欲。这些生于欲望的自杀行为与心胸狭窄还是宽广，悲观还是乐观，软弱还是坚强都关系不大，却关乎对欲望的克制与否。

方胜儿纵欲，不小心也纵了这一欲。

她的婚礼被众人惦记了好些年了，真正好日子一到，众人却惦记不了。她的闺中密友刘璃也是等送亲队伍出城快两天了，才听说的。送亲队伍的排场是极其高调的。这排场却挑在东京人都没睡醒的清晨出现，并且很快消失。

送亲的前一天晚上，秋宇坐在仰行苑愣了个通宵，天一亮就猛地从椅子上弹起来。

送亲的人自然是秋宇。他要亲去送，才放心。

新娘上轿了。

细雨蒙蒙，打湿花轿上的红流苏。秋宇送亲的喜服也被打湿了。花轿出了城，雨就大起来。不得已，花轿停了下来。

城外长亭，风尘仆仆，哪里是落花轿的地方？

秋宇坐在亭里，盯着花轿发呆。新娘子在轿子里一连喊了几声“师叔”，他都没回过神来。媒婆子忙近前笑道：“少局主，新娘子有话说呢，您……”秋宇猛地转过头来看着媒婆子：“啊？”

媒婆子指了指那大红花轿。那轿子里又传来一声：“师叔。”

秋宇忙走向轿帘跟前，半晌说：“胜儿，有什么事？”轿子里说：“师叔，昭儿虽然是个丫头，到底服侍了我一场，如今

要随我去了，她有一件心愿未了，求师叔成全！”秋宇说：“说吧。如果我能办得到的话。”

新娘子在轿子里，双手狠扯下嫁衣上的一个红流苏，递出轿帘来：“师叔，这个红流苏是昭儿答应送给她五岁的小妹妹的，求师叔回京后，差个下人，送去昭儿家中。这就是她还未了的那个心愿了。”

秋宇接过红流苏，说：“可以。”新娘子又说：“多谢师叔。”秋宇又说：“我听说昭儿家从她祖父开始就都是在秋家的田庄上干活，是吗？”新娘子答：“是的。”

秋宇又不含语调地冒出一句：“她随你去柳家后，秋家自然会看着她家里的。”

新娘子心头一凉，也不含语调地答道：“这些她明白。”秋宇点了点头，凝视着手中的红流苏：“明白就好。”

雨越下越大，没有一点要停的意思。

远处赶来一辆马车，人马尽湿。马车远远喊着“方庄主”。秋宇不知来者是谁，恐怕节外生枝，只恨不得像赶鸭子下池塘一样把这支繁冗的送亲队伍赶走。

马车却已近了——

那个身材很好的清儿从马屁股后滚下地来，一路喊着“方庄主”，一路抱住轿门，如她自己嫁女儿般不舍：“庄主，去了柳家以后，一定要常回东京来看我们呀！一定要常来信，我们都会很想你的……”

花轿内一片静悄悄的。没人知道昭儿在轿内听着，早已憋着声气哭得不成样子，一把扯下盖头，捂到口鼻上。

秋宇说："好了好了，清儿，你怎么来了？快回去吧。"

清儿情不能自已，又哭了起来："您怎么不说一声就走了呀！清儿其实很想您的。以前在绣庄我不生性，没少让您操心。庄主，您说话呀。"

秋宇恼了："哭什么哭什么！快回去，我们要赶路了。"

清儿向秋宇央求道："少爷，庄主对我恩重如山，如今她远嫁，以后不知什么时候才能伺候她，您让我再见她一面吧。"

清儿说着，便向前去掀轿帘子，却与轿中穿着嫁衣的昭儿撞了个正面。两人都是泪流满面。四眼相望了一瞬，昭儿忙把盖头盖上，清儿却被秋宇一脚踹开。

秋宇忙掀开轿帘看了看，见新娘盖头严严的，方松了口气，向清儿呵斥着："你瞎掀什么轿帘！这要新郎才能掀！"言罢自悔失言，只是脸上挂霜："谁叫你来的？冒失东西！"

清儿方才见了昭儿，已是吃了一吓，又被秋宇一踹，一时不知如何应答，呆了半晌，抖着手从怀里掏出一个自家使用的小胭脂盒，捧向秋宇："这是姐妹们合着钱买来，要送给庄主的。我，要不我带回去还她们？"

秋宇不说话。

清儿又道："我原想着下大雨，轿子也要避避的。我想趁着这个空儿，见见庄主，您不许，我就……"

秋宇突然向轿夫们叫道："走了走了！不避雨了！不知要下到什么时候。"

队伍便兀自启程了，留下不被理会的清儿。

汴京郊外的雨天，满道上是发黄发黑的油纸伞，伞下藏着红艳艳的送亲队伍。几个轿夫身上包得跟稻草人似的。雨水还在蓑衣笠帽间渗着。天上满是重重的云。云那边，就是边地柳家了。

19

方胜儿从此不见了，秋宇觉得难受，但是怎么个难受法，他没想明白。他始终想不明白他和方胜儿到底算是怎么了。

刘璃屡屡暗示秋宇是否该把燕凡找回来：“郡主平日也太清静了，没人做伴，昨天还提起燕姑娘呢……”

秋宇每次听刘璃说话总是想笑，淑女含蓄的话有时很滑稽。秋宇总想：如果女人都像刘璃一样，那天下不就太平了？一个女子，连说话都处处顾忌，那在其他方面还会兴风作浪吗？尤其是对男人犯上作乱。

但不管怎样，刘璃的话也让秋宇想哭。秋宇每次都用刘璃的讲话风格敷衍回她几句，然后他就又有自己的事忙了。

出趟东京去谈生意是最好不过的事情，他不想嗅到东京的菊花香，让人堵堵的，吐不出，咽不下。

夜月很暗，城郊不比城中市坊瓦肆声色喧嚣，这里上了夜只有纺织娘和萤火虫。秋宇不想上岸住客栈，只让船彻夜漂在金水河上。随行的只有冷香和木寒青。

木寒青在舱外守活更。冷香困不住，早是睡了。秋宇还在盯着一豆油灯看，那豆亮光把船舱抹得安安静静，一时让人不知是渔火还是星辰。

水里，一条钩蛇把尾巴搭在岸上，一只小猫好奇地伸出前脚去，碰了碰蛇尾巴，它疑心那是一条粗大的老鼠尾巴。然而，猫儿“嗷”的一声，肉垫子被钩住了。又一声“扑通”，猫儿进了钩蛇肚子里。

秋宇坐在船头，见方胜儿穿着一袭红裙，不知道又在哪里喝得醉醺醺的，就撞了进来。她不找秋宇，她找睡在船舱里的燕凡。她手里还拿着酒杯，拉着燕凡，依旧是醉生梦死：

“来！干杯吧，贱人！拿着。放心，这不是毒酒。”

“干！告诉我，你是怎么勾引到这么好的男人的？”

“干杯吧，贱人！我佩服你，我崇拜你，不，我不是崇拜你，我是很崇拜你！”

“你怎么也来到这里？”胜儿终于发现了秋宇。

秋宇说：“我不喜欢东京。我是逃出来的。”

胜儿笑了：“东京不好吗？那么繁华，那么热闹，热闹到从不懂得曲终人散的冷清，热闹到你方唱罢我登场，于是戏台上的帷幕永远不必落下，于是戏中人生而复死，死而复生。”

秋宇问：“你呢？东京好，你为什么没在东京？”

胜儿手一举，亮出一条滑腻腻的钩蛇，蛇尾生长着张牙舞爪的钩，如玫瑰刺般扎人：“我来垂钓。我在水里，用这个钓岸上的东西。”

秋宇道："我只见过在岸上钓水里的东西，没见过在水里钓岸上的东西的。"

胜儿摇头："岸上人钓水中物来填肚子，水中蛇为什么不能钓岸上物来填肚子？水中岸上，不过一样是垂钓，一样是上钩。"

江风浩荡，残月东升，渔火明灭，忽有怪鸟啁哳掠过。秋宇猛然惊醒。他慌忙将帘子一掀，里头睡的是冷香，不是燕凡。秋宇松了口气，却见床脚有只摔缺了口的酒杯，秋宇心头又一惊，仔细一想，那杯子是上船的时候就有的。

"胜儿，如果我们都是脏的，是不是你已经被血洗过就干净了，而我还是很脏？"秋宇再也睡不着了，他觉得胜儿的自杀对他来说很不公平。

水波摇荡得他头晕。

很久很久以前，胜儿刚来东京的时候，秋家装扮入时讲究的丫鬟们十个有九个要嘲笑她带着闽阳腔的东京官话。她却用这种闽阳腔官话给秋宇讲故事，说小时候在舅舅家中，一到七月半过节，总要跟表哥竹哥争一只卤水鸭翅膀，干干的，香香的那种。争着争着，她就凄惨惨地哭了，她一哭，表哥就理亏了，卤水鸭翅膀就是她的了。

这种伎俩很龌龊，但是胜儿说那个时候就觉得鸭翅膀是自己的，谁抢治谁，何况表哥也从没让过她。长大以后，胜儿越发想不明白鸭翅膀是表哥的还是自己的。

她于是问秋宇，秋宇说他也不知道卤水鸭翅膀是谁的。他只是对胜儿那些贫贱题材的故事极其好奇。他在每次东京举办菊花节的时候都带胜儿去看花儿，同时也听她那些在他生活中简直连影子都找不到的故事。

然后在数也数不清的花色中，胜儿成了他的第一个女人。当时的心情如同今夜满河的星星碎得一塌糊涂。

后来，胜儿问他："为什么我已经是你的女人，却什么都不是？"

秋宇笑了："你自己很清楚，你不仅仅是我的女人。"

胜儿只好也笑了："但你也不仅仅是我的男人！"

胜儿总是用对等思维来想问题，秋宇不知这是可笑还是可怕。

没想到，最后秋宇想与胜儿对等都不能够了。她竟然怀了童守七的种，就说是他的。秋宇生平听都没听过这么恶心的事情。当其时，就算胜儿不把刀子往自己身上抹，秋宇也想一刀捅过去了。

但他也只是想想而已呀，没想到想着想着，人就死了，人就仿佛真是他捅死的。

这是道德勒索，情感圈套。

秋宇觉得自己就是跟胜儿争鸭翅膀又被她哭成罪人的委屈表哥。

茶余饭后，胜儿说话的语气便会慵懒起来："小师叔，你们男人是不是都觉得女人应该像小姑姑一样，单纯到差点就成了白痴才好？"

秋宇习惯了她的无赖相，只笑着："对。"秋宇当然知道，如秋壶者是不会在铜臭和酒气之间周旋的。正如胜儿所说："你

们秋家养着多少女人，她们个个清白，只因为她们什么都不用干。”

秋宇再次把灯吹熄，静躺着，等待船舱内又渐渐亮起来。月光、波光，还有渔火，交织着映在一旁的冷香身上。

风不息，波未稳，天上的星辰在摇晃。

秋宇突然觉得身旁的姑娘既像是方胜儿，又像是燕凡，他心头一揪，又猛坐起身来。

残月随天色变浅，天却突然冷了起来，秋宇睡梦临醒时，还往冷香身边蜷了蜷。

金水河的水像会回流，事情一办完，东京还是要回的。接管百合绣庄的北枝嫂见到秋宇的第一件事就是大喜地说天雯苑总算租出去了。最见鬼的是，不知外头怎么传起来，说百合绣庄的旧庄天雯苑闹鬼，弄得好端端的黄金地段旺铺冷清了许久。

秋宇问租给了什么人？北枝嫂说：“租作了勾栏，给了安阜来的戏班子。”这戏班子排了一出《闹樊楼多情周胜仙》，是多情女鬼薄情郎的故事，大抵讲些倩女幽魂，轮回报应之事。每天入了夜，华灯初上之时，勾栏那边便有一把鸭公嗓喊着：“闹樊楼多情周胜仙——”后来便时不时地一句小旦声：“我苦啊——一个枭，两个枭！”秋宇在秋府仰行苑远远地总还能听到这两句，有时听得浑身不自在，便又来一把老丑声：“我的我的我的我的我的……冤魂鬼啊——”

秋宇不知这女鬼周胜仙又是什么情况，她也是死于“死欲”？他想起了天青蝉翼，想起了女鬼，是否这些物化与异化的东西才更接近爱情本身？是否爱总要经历一人千解，到最后沦为千人一解的过程？

情不知所起，一往而深；可以生人，可以死人。

赠人玫瑰不能总是手有余香，有时是心有余孽，有时是心存余悸。

秋宇恼极了，干脆叫冷香别等了，说自己在镖局和木寒青睡，不回家。

但是没多久，秋宇的烦恼便消了。这戏班吃了官司，离了东京，又走四方去了。吃的什么官司？自然是东京第一酒家白矾楼告的状，说他“闹樊楼”影射的正是白矾楼，还是个鬼故事，这让酒楼名誉损失很大。酒楼老板经济损失很大，精神损失更大。白矾楼老板要求戏班停止唱这出戏，公开道歉，消除影响，同时赔偿白花花的银子若干。

这些事跟秋宇没多大关系，他只是乐得从此耳根清净。

但北枝嫂又叫苦不迭，说勾栏撤了以后，天雯苑越发租不出去。那戏班明明是被白矾楼店主赶跑的，如今却被传成是戏班自己嫌弃天雯苑而离开的。嫌弃的原因依旧是这里闹鬼。

北枝嫂絮絮叨叨地说，秋宇听了只是笑，不知道怎么说好，只道：“外头以讹传讹，不要听信就是。大不了租金再降一些。”

北枝嫂听了，照做，谁知租金一降，外头的传说就坐实了。这样的地段，别人的价格都在往上涨，偏他有头有脸的秋家反倒降价，就算不闹鬼，也有鬼了。

秋宇听说了，北枝嫂问怎么办，秋宇说大不了再降。北枝嫂这回不听他的了，说不能降，大不了空着，也好过再当一次东京城的头条巷议。

秋宇说嫂子做主就是了。不料这里还愁着，那边租屋的主儿就来了。承租的正是闽州怀恩镇来的酒肆老板娘谢湘榴。

20

天雯苑终于租出去了，变成了“杯相留”酒肆。尽管当垆卖酒的是四五十岁的粗胖老娘，但门前车马客常到，席上金樽酒不空。

东京这座不消停的城，少了什么也不会少了喝酒的人。因为狂欢无非是大家一起寂寞，寂寞只是不跟别人分享的狂欢，但这二者都少不了酒精。

杯相留酒肆来了一个叫作屐桃的男伙计，不但会洗衣服，还能缝补，一应女人能干的活儿他都精细，还有力气，每天一坛坛的酒扛进扛出胜过年纪尚小的小跑堂葱儿许多。

曾经出租遇冷的天雯苑，其实是座很过瘾的老院子，原名叫葭萌院。这里曾住着后蜀降王的宠妃花蕊夫人，花蕊夫人从蜀宫到了宋国之后，依旧巧笑倩兮、美目盼兮。这里还曾莲步生花地转过南唐降主得意人小周后的身影。这身影随即化作冷风而去，凉飕飕、白蒙蒙。

这些女人或有才，或有貌，或有孽，或有罪，无所忆，总堪怜。

某天午后，花蕊夫人盛装毕，离开葭萌院，被出来狩猎的太宗皇帝一箭穿胸，就再也没有回来。

后来，因为汴河一天天满载而来的名和利，南北商旅云集，九桥门街一带也成了黄金旺地。葭萌院一扫深闺怨气，被太宗皇帝赐给了国舅秋先。秋家接手之后，葭萌院就改名天雯苑，成了百合绣庄在宋土上十来个分庄的总部。

然而，不出十年，东京城又轮不到九桥门街旺了，更旺处在杨楼街、在白矾楼。不差钱的百合绣庄于是在他处又兴建了五处新作坊，天雯苑一腾空出来，就成了方胜儿的私闺。

这私闺是极好的。九桥门街虽一时不及杨楼街旺，但东京城毕竟寸土寸金，而满城再也找不出第二处九桥门街，也再找不出第二个天雯苑了。

九桥门街那些相握的木楼遭火不是稀奇事了，其他屋舍遭一次火就新建一次，因此常建常新，只有这天雯苑没遭过火，所以也算是九桥门街一带最老的房子了。

这老房子极遭人喜欢，米黄色的旧纱帏上绣着酒红色大叶牡丹，华丽而伤感。屋里的摆设残缺且不合时宜，基本上都是太祖朝所时兴的。但不知道那酸枝木镜台是不是花蕊夫人所亲眼看中、又兴风作浪地要大宋皇帝送给她的？

有了这些猜想，一间普通酒肆里的酒也就多了几分滋味，像记不清晰又抹之不去的梦魇，像朝夕相对但又不可触摸的情人。

闹鬼这种神秘事件不适合于其他商业场所，却极适宜酒精弥漫的酒肆，让人恍恍惚惚，欲罢不能。

葱儿十四岁，刚发育，未完成，身高一米八，脸却如同刚发酵的面包，肉肉的。他喜欢把抹布捋在腰带上，穿梭于雅座间斟茶倒水，然后听那些情场失意的哥哥姐姐讲述着甲喜欢乙，乙喜欢丙，丙又喜欢丁，丁又喜欢甲的悲伤爱情故事，又或者是甲喜欢乙，又喜欢丙，又喜欢丁，又不太喜欢乙，又不太喜欢丙，又不太喜欢丁的困惑爱情故事。

当然，好听的不仅仅是爱情故事，迎来送往，总有些许奇谈怪论。

临着鹊桥的一桌客人，不知怎的轰然爆笑，几欲把整个金针阁震塌。

葱儿看过去，为首的男子笑得花枝乱颤："这里怎么变成了这个样子？这里怎么变成了这个样子？哈哈，哈哈……"

小跟班们于是附和："就是啊七少爷，你看这里怎么变成了这个样子？哈哈，哈哈。"葱儿不知道七少爷是谁，但屐桃认得，那是童守七。他把酒壶往桌子上一放："客官，您的蓝桥风月。"

童守七看见屐桃，越发笑得不成人样："你，王杰飞，你怎么在这里跑堂？哈哈，哈哈……"王杰飞垂手侍立，脸上并无痛苦表情。此时此刻，尊严对于他来说，有固然好，没有，也不过如此。

童守七见王杰飞并无反抗他羞辱的意思，甚至没有把这当成羞辱的意思，顿觉无趣。他半晌想不出怎么说、怎么做才能激怒王杰飞，只好说了句：“蓝桥风月，再要两瓶。”

当时跟班们都觉得，童守七是说着笑着突然怕冷场才又要了两瓶蓝桥风月的。

童守七第一次走进天雯苑的时候，方胜儿已经是百合绣庄的庄主了。他管这个性感而带着俗气的女人叫作“师叔”，同时也是他的老板。既然是他的老板，他就从来没把她当女人过。

老板派给他的第一个任务就是伺候好管着绫锦院的太监，把百合绣庄做出来的锦啊绣啊成匹成匹地送进绫锦院，穿到王子公主娘娘们的身上。

童守七因为这个任务为秋家立了大功，于是离开百合绣庄，在义风镖局跟随方三郎左右，深受器重。甚至在许多人看来，童守七在义风镖局的一席之地已经与秋宇不相上下了。

方胜儿当初就对童守七说了：“你小子是我弄上来的，我也分分钟可以把你弄下去。”这在当时是事实，于是童守七也就从一开始就丧失了把胜儿当女人的心理基础。

那天晚上，童守七在杯相留酒肆话多了起来，和跟班们说起他和六个太监的故事：

“他妈的绫锦院也是乱套！两年半换了六个管事太监。娘哟，能不能别老换？老那么换我小七吃不消的啊！”

“当时咱远嫁边地柳家这位方庄主跟我说，‘你就看公公们喜好什么，投其所好伺候好就行了’。娘哟，我怎么知道公公们喜好什么？这要是个男人，我左右塞给他个花姑娘就是了。公公……唉！”

“这第一位公公哪，姓胡，一开始只是看着秋家的面，却拒我于千里之外。好不容易花了几个月的时间磨合好了，知道胡公公爱好玩鸟儿，于是我整天打听着哪里又有奇鸟珍禽，寻思着给他弄去。这还不够，陪胡公公玩鸟儿得够专业，这才跟他说得上话。哪种鸟儿烈？哪种鸟儿体弱？怎么调教学舌？中暑了怎么办？感冒了喂什么？他妈的，我有一阵子天天陪潘楼街南调教鹰雀的师傅们喝茶，听他们讲经说法。我他妈那阵子不成兽医也成禽医了，反正禽兽本一家。”

“刚刚把胡公公弄顺了，又换了个曹公公管事。这曹公公爱看戏，我一开始想，那就陪他看戏呗。可人家在宫里就不缺戏看，所以你得陪他谈戏！要谈得够入道儿，他才对你笑。”

“娘的，我谈戏的功课刚入道，过年的关头又换了个爱骑射的林公公，我于是苦练箭法，练到什么程度呢？练到想射得中就射得中，想射不中就射不中。你想啊，要是他中你也中，他不中你中，你还怎么奉承他？”

“谁知清明一过，来了个有背景的黄公公。这黄公公最逗，一见到我就慈眉善目的：‘小七啊，我就喜欢老实人，真的，我就喜欢你！’这黄公公最好伺候，他只是爱钱，于是我也乐得清闲。横竖跟当时咱们那位方庄主一说，她也大方，钱从公中出。而且，这档事肥水来得也方便。”

“不料端午一来，黄公公靠山倒了，他就出事了。接手的郑公公他妈的喜欢诗！我靠！老子就听他吟诗吧，丢！还要给他作诗，他给你命题！活生生把老子弄成个文武全才！”

“郑公公待得久一点，但后来也是换了。肥差嘛，无疾而终。替他的姓罗，喜欢打麻将，每次都是一缺三。德行！每次都要我给他凑人……”

童守七摆的龙门阵在酒气和笑声中热闹非凡，连王杰飞也站在一边听得认真。天渐渐亮，童守七早已沉浸在另一种娱乐中，尽管王杰飞就站在桌边，他也早已没兴趣羞辱这个曾经的对头了。

打烊之后，洗洗睡了，然后连着几天王杰飞只看到那次陪童守七来的同伴，却看不到童守七。同伴说，童守七被抓了。

21

童守七不会再来杯相留酒肆了，但跟班们还会。跟班们边喝着蓝桥风月，边讲着七少爷和六个太监的故事。王杰飞还会饶有兴致地听着，直到打烊。

天都亮了，人都散了，葱儿却突然跑来：“屐桃哥，有个醉鬼，还不肯走。他说要帮他把酒葫芦装满。”王杰飞道：“那你就帮他装满。”葱儿道：“咱没酒了。”

王杰飞猫身到柜台下，又挪出四五只缸来，把那缸底剩下来的浊酒混着倒到一个壶里，看看不满，又把收拾残席上剩下来的酒都倒了进去。

一壶酒终于满了。葱儿目瞪口呆，王杰飞说：“拿去。”

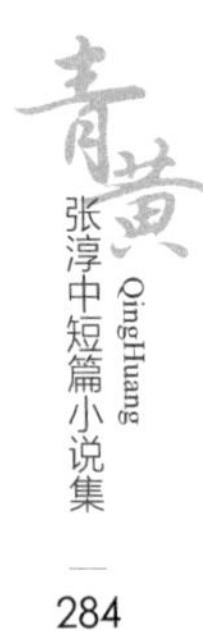

那边客人又在发酒疯，葱儿忙把酒壶送了过去："客官，我给您装上？"

客人道："先别，倒一杯我尝尝。"

葱儿心扑通扑通地跳，把倒出来的酒递上。客人尝了，问："这是什么酒？"王杰飞站在身后："南昆苦泉。"客人转身看着王杰飞，道："怎么是你？"

王杰飞道："原来是张公子。天已亮了，怎么还不回府休息？"

来的正是张庭玉，庭玉四周望了望，道："怎么剩下我一个了？好，回去吧。"便一手抓了那瓶南昆苦泉，一手按下一锭银子，摇摇晃晃出了天雯苑。

没过几天，科举放榜了。庭玉落榜了，区区西湖书院却中了七个进士。虽然中的都是在两百五十名以后的，但也够让庭玉天天都有吃不完的酒席了。同窗们欢庆到最后搞不出花样了，有人说要是能回杭州怜花巷吃蒜蓉烧蚝、肉骨煲该多好。

庭玉想想，也是怜花巷那几档土包子食肆做出来的东西好吃。他怕同窗们接下来要提燕凡的，结果没有。

庭玉说："我带你们去个地方，别的没有，酒好！"

于是一班子才子贵人涌进了杯相留酒肆。庭玉死活要那天喝到的"南昆苦泉"，葱儿送了好几壶来，庭玉一沾口便道："不是这个味儿！"葱儿苦了，支吾下去，这一班子醉醺醺的贵人们便要闹了起来。

谢湘榴忙把王杰飞叫去问个清楚，王杰飞以实相告。谢湘榴方要骂王杰飞，就听庭玉那一桌又在叫：“要南昆苦泉！只要南昆苦泉！”

谢湘榴忙出来安场：“诸位公子少安勿躁，听我卖酒大娘说几句。你们每日在朱雀大街走，什么时候见过相同的街景？即便两边的楼没被火烧，天天一个样，路上的人也是不一样的。即便今天又看到了昨天的熟人，只怕这熟人昨天站在右边，今天却走在左边。诸位公子若闲时赏花，又何曾赏过一模一样的两朵花？即便守住了同一朵花，那日高、日斜、天阴、天晴，花色都是不一样的。公子们哪，既是如此，我酒肆里的酒，又岂能都是一个味儿？”

一语言罢，同窗中一个叫作章彬的失声哭了起来。据说他是西湖书院中落榜次数最多、年龄最大的一个学生。众人劝了他几句，渐渐消停。于是书生们也不闹了，只凭谢湘榴做文章去。

谢湘榴说：“我们有的是好酒，只是今晚你们喝到的酒，明晚也喝不到一样的了，诸位公子可要好好地品，细细地品。”

庭玉一伙说知道了，只管拿来。谢湘榴于是到柜台后告诉王杰飞：“按照那天的法子，再兑几瓶出来。”王杰飞道：“大娘，要是能兑我早兑给他们了。我实在不记得那天兑了哪几样酒。”

谢湘榴笑道：“谁让你兑那天那几样酒了？你随便挑几样，随兴兑些给他们，好喝，喝不死人就成。记住，别兑一样的。”

王杰飞点了点头，于是庭玉一桌的酒也渐渐上来了。王杰飞信口给每瓶酒诌出了名字：“这是‘鸩鸟吻’，这瓶‘僧庐雨'，还有'罗帐泪''石蔷薇血'。"书生们听那名字，先来了酒劲，一一品尝，有人说这个好，有人说那个妙。

最是一瓶石蔷薇血，倒入白瓷杯中竟是血红血红的。众人忙问是什么东西。王杰飞道："这是年初岭南客商带进京来的桑果酱，久置发了酵兑进去的。岭南客把桑葚叫作'相随'。据说当地若有老人喜丧，夫妻先后离世合葬的，必在棺木中放置桑叶桑枝，叫作'相随而去'。蔷薇花是夫妻花，酒色如血，所以叫作蔷薇血。"

书生们又问与石何干？

王杰飞说："花月是至柔之物，而金石至坚、至顽，但顽石也能点头、能动容、会泣血……"章彬听着听着又哭了起来，众人忙把王杰飞"轰走"："行了行了，七绕八绕的，别说了，再说我们章大才子的眼泪都哭干了。"

当然，在这以后的漫漫长夜里，酒桌上更多的是欢腾。他们定了个规矩，中了进士的要负责倒酒，仿佛这是弱势群体应有的尊贵享受。

一声声颠三倒四的"进士，倒酒"在当时只不过是纳闷了邻桌的客人，后来却成了不可复制的记忆，如同杯相留酒肆不可复制的佳酿。多年以后，酒桌上的人才发觉那几乎成了年少时最后的疯狂。离了那一晚，在后来千千万万的饭局酒席上，不管多醉，也再没人敢喊"进士倒酒"了。

但是不少人对杯相留酒肆不可复制的酒上了瘾。

许多人去那里体会什么是一壶酒代替不了另一壶酒，体会永远喝不到两壶相同的酒的遗憾，也体会占有独一无二之物的自我满足。

22

方胜儿十三岁进城那天，天很热。洛阳在帘外替她赶着车，昭儿坐在侧旁。秋宇和方三郎骑着高马就在车前方，样子极像开道。胜儿从没这么风光过。她臂弯揽紧了包裹，因为高兴，她拘谨得身子都僵住了。

掀开帘子，只见街道两旁各色铺子，琳琳琅琅，门类细致。有专卖果子的，摆满南北各地的应时果子，红的青的黄的紫的棕的，果香混杂着飘散。又有专卖绒线的，专卖绦结的，都挂得红红绿绿。更有那珠子铺，一股子珠光宝气。还有牙梳铺子、柏烛铺子、纸札铺子、折叠扇铺子……

马车走过一段路，又冒出好多卖吃的铺子。

艳艳的日头当空照着，微微吹儿阵爽朗的风。各色招牌在阳光下颜色更显鲜艳。而那酒旗们，还有卖猪羊血羹的，卖鱼饭的，它们的布幌子们，都在风里展动得精神。

时又过一大桥，马车停了下来。桥头上有卖豆腐浆的小摊，因为天热，摊上撑一把大大的油纸伞。昭儿站在伞下买豆腐浆，然后一碗碗地递给方三郎、秋宇、胜儿和洛阳。

胜儿笑道："这就是汴河。"秋宇道："这是蔡河，往北才是汴河。"胜儿红了脸，看见桥的另一边有一个卖糖果的摊子。

摊子底下围着一群孩子俯身不知在看什么。胜儿又高兴起来，拉了拉昭儿："我们去看看呀。走呀，昭儿。"

方三郎正要叫住她，她已和昭儿扎进孩子堆里去了。只见那摊上花花绿绿的好多糖果，有各种花样的糖人：鸟啊、马啊、鱼啊，都金黄透明的；又有白如雪的一小团乳胶粘裹着青李子的。

胜儿问："都是什么名字呢？"老板说："麦生糖、金浆画糖、吹气糖、锤子糖。小姐你们要什么？"胜儿说："我要两个锤子糖。"

胜儿把到手的两个锤子糖递给了昭儿一个。昭儿说着"谢谢小姐"，嘴角却浮起了难以名状的笑容。这笑容后来一直令胜儿耿耿于怀。但当时笑完之后，昭儿却马上又拉着胜儿俯下身去看。

原来孩子们围着看的是一桶子鱼。

就见那摊主敲起锣："孩子们，我要让鱼做戏给你们看啦！快来买我的糖。"孩子们欢呼起来。

摊主吆喝呼唤着："老婆子，老头子，浮出水面笑哈哈。"说着向水里掷下两个樱桃大小的精致面具。这小面具一着水，立即被两条鱼顶在水面，摇摇晃晃地来。

胜儿看那两个小面具，一个笑眯眯的老婆婆，一个笑眯眯的老爷爷。那小面具被鱼一摇，就像两个笑脸在点头一样，十分有趣。

摊主又叫："小猪儿，小猫儿，浮上水面笑哈哈。"他这回扔的，却是一个小猪面具和一个小猫面具。那两条鱼又浮上水面来，摇晃跳舞。

胜儿和昭儿都哈哈大笑起来，忽听背后也有人笑起来。她们回头一看，秋宇不知什么时候站在背后，也在看鱼做戏。

方三郎在马背上喊了五六声，这三个才舍得往回走。

方三郎说："胜儿，先回家吧。等以后有空，爹带你到大相国寺门口广场上看货术买卖，那才好看呢。有一次，一个女的把扁担变成蛇。"

胜儿点着头，掀开车帘正要进去，忽又转过头来向秋宇道："那是骗人的，我想明白了，那面具下边有鱼饵。"秋宇呵呵地笑了："你现在才想到啊？"

如果没记错，那是胜儿和秋宇头一回见面，第二遭讲话。

东京的初印象就是大太阳。

胜儿并不喜欢父亲用来安置她的那一处房屋，看不到一花一草，硬邦邦的都是平躺的砖，站立的墙。父亲说，花草多了，蚊子也会多起来的。胜儿却宁愿又有花草又有蚊子。

她第一次在罗颜家里过夜时，她家蚊子就挺多的。当然，爬着月亮的窗格子外却也花影横斜。

胜儿的帐子前飞着两只金色的蚊子，一只雌的，一只雄的。

后来这两只蚊子竟会说话了。雌的那只说，人的皮肤真厚，生计真难找，找着了也是冷的，常常吃坏肚子。雄的那只便说，同样都有一双翅膀，我们只能飞在田边沟渠里，可蝴蝶天生就该飞在花丛中。

醒来后，胜儿问："蚊子呢？"

丫鬟说："蚊子驱走了。"

胜儿依稀记得那两个金色的蚊子说不想做蚊子了，想化蝶，可化蝶不只是梁山伯与祝英台的事情吗？胜儿想起三郎的话，他说花草多了，蚊子也会多。谁说蚊子只飞在田边沟渠里？它们不也飞在花草里吗？只是它们即便飞在花丛里，也是人们眼中越快消失越好的吸血鬼。

但它们本来就是蚊子呀，蚊子当然吸血呀。

她于是无聊地用面粉掺了花粉，和了蜜，捏了两个蝶茧子，搁在柜头，想着哪天蚊子再来时，可以梁祝附体，破茧成蝶。

几天过去了，面粉茧终于长出绿色的茸毛来。

蝶翅呢？没有踪影。

胜儿喜欢花草，花草最多的还数秋壶所住的枕月园。

那天枕月园的丫鬟们领着她进园，一路指点着亭台楼阁、一花一草给她看，有说有笑。她们在议论郡主快生日了，又有戏看。

胜儿道："我也每年都看戏的。今年正月我们韩家宗祠祭祖也请了一台戏的。我去庙里换香、请年灯，人太多，挤了好久，出来的时候戏都快唱完了。只看到一个仙女被两个人抬着扔桥底下，最后，还有好多好多仙女呢！"

一个丫鬟说："怎么还有这出戏？我想不起来了。"又一个丫鬟问："方小姐，您不是姓方吗？怎么变成个韩家宗祠？"还有一个丫鬟十分好奇："什么是换香？什么是请年灯呢？"

后来胜儿记起，这个问什么是换香、什么是请年灯的丫鬟就是冷香。当时的胜儿会跟她解释这些闽阳习俗解释好久，在此后却不会了。

胜儿那次在秋壶的闺房——飞珠阁里吃到了酸酸的怪糕点，见到了林立的胭脂瓶、水粉罐，知道了原来画眉还分横烟眉、远山眉、却月眉、倒晕眉……点唇还分万金红、小红春、大红春、石榴娇……

在飞珠阁她第一次穿上了一袭用郁金香根染成的长裙，那是当时东京城最贵重的颜色。那天她也第一次戴上了“禁步”。当时那对禁步是用丝绦结着的金莲花，左边一个，右边一个。金花游在裙脚鞋边，十分好玩。

秋壶说，那是“莲步生花”。丫鬟群里却又传来数人的嬉笑声：“外八！是外八！”

那天她在飞珠阁被丫鬟们打扮得活像一尊纱丁，兴高采烈地回了家，迎头碰见了罗颜。她叫了声“四婶”。罗颜叫她把脚抬起来，她坐下了，抬起双脚。罗颜于是弯下腰帮她把鞋子脱了：“是谁给你穿这双鞋的？”

胜儿以为自己做错事了，小心道：“是枕月园的一个丫鬟。”

罗颜把鞋底亮给她看，只见鞋底有二色花纹，呈交错游梭之状。罗颜说：“记住，这种鞋底叫‘错到底’，这是在咒你！谁给你穿的，马上过去扇她一巴掌！”

罗颜说着往鞋底吐了几口口水，去了邪祟，然后远远地扔出门外。胜儿依旧讲着带闽阳口音的东京话：“可是，我不记得是哪个丫鬟给我穿的。”罗颜看着昭儿，昭儿怯怯地摇着头：“罗夫人，我也不记得是谁给小姐穿的。”

胜儿眼圈红了。

第二天睡醒，昭儿正给胜儿梳头，胜儿忽然转身扇了昭儿一巴掌："说，昨天是谁给我穿的那鞋子？"昭儿还是摇头："真不记得了。"胜儿于是继续打昭儿，昭儿哭了，跪下了，她还是扇。

胜儿说："我初来，不认识那些人，所以不知道是谁，你在这里做丫鬟，你也不知道吗！"昭儿哭着："我昨天在外头嗑瓜子，里面人多，七手八脚围着小姐转。我真的没看仔细，不知道是谁给小姐穿的'错到底'。"

胜儿又刮了她一个耳光："你是跟着方小姐，所以到外头嗑瓜子去了，如果是跟着罗夫人，你也嗑瓜子吗？"

胜儿继续打，继续扇。后来昭儿实在是哭得太惨了，方三郎听见了，才进来劝住胜儿。

从此以后，买了两个锤子糖就要分一个给昭儿的时代对于胜儿来说结束了，她再也没问昭儿这个叫什么，那个叫什么或者这个东京话怎么讲，那个东京话怎么讲。

好几年后，胜儿还会有事无事地想起罗颜蹲下身替她脱鞋的情形。这个身为东京丝织行会会长、百合绸缎庄庄主的四婶自替她脱鞋之后，就被她在心中奉为太岁。自此，她向"太岁"烧香、膜拜，直至与"太岁"平起平坐，也始终不敢怠慢。

罗颜说："我可是一直把你当成自己的女儿。"

胜儿哭着："我可不敢把四婶当成我娘。我娘命贱，比不得四婶的。"

东京的河流太急了，急得泥沙俱下，所以后来，直到一千年以后，那河便成了一条悬河——上得去、下不来的悬河。它讲述着千年以前，一场繁华不堪承受的梦。它越悬越高，明知越悬越高是不行的，却也只能越悬越高。

悬河之下，危情重重。

悬河之城，什么都可能缺，最不缺的是人才和美女。于是满大街都是骑宝马、着轻裘，却不能娶妻生子，惧怕养家糊口的青年才俊。这是一群生活精致到极致的穷人。他们陷入了自己的悬河，变成其中的一滴水，明知有问题，却也只能随波逐流。他们大可以“天上河”的气势俯瞰东京，但是这条河不安全。因为不安全，他们把自己搞得很神秘。

他们当中，没有谁觉得自己生来势利，但无势无利之时他们心中无法坦然。他们不能在人生该干什么的阶段干什么，而陷入那些与生活本身关系不大的漩涡中，无法自拔。

他们为生活生造概念，夹泥带沙地奔走，然后再毁灭概念。

那些概念那些事情让他们不停地转圈，最后回到原地。在此过程中人们消耗掉自己的时间。他们都做过贵族的梦，但到最后没有谁不觉得自己是草根。

贵族的概念已流于市井。

东京城没有鹤立鸡群，一眼望去，要么都是鸡群，要么都是鹤群。庭玉后来离开了，因为不喜欢这座悬河之城；但胜儿喜欢——它像戴不住禁步的女人。

（本文于2010年收入由广州出版社出版、张欣主编的“芦苇丛书”）